A CIDADE E AS ESTRELAS

Arthur C. Clarke

A CIDADE E AS ESTRELAS

TRADUÇÃO
Aline Storto Pereira

ALEPH

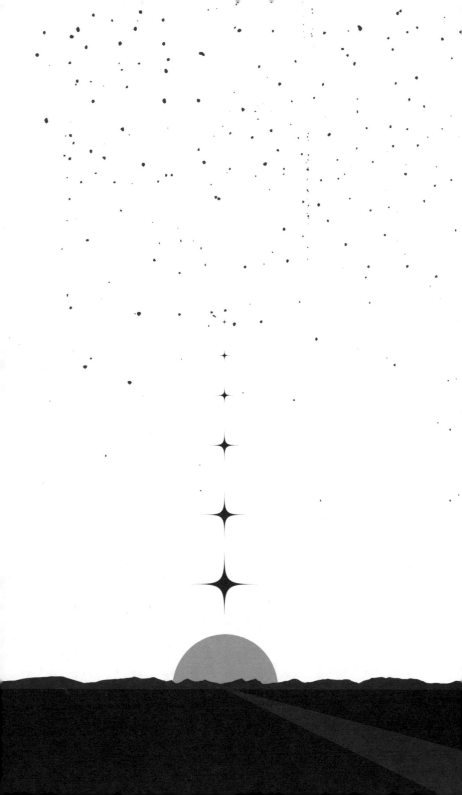

Como uma joia brilhante, a cidade situava-se no seio do deserto. Um dia conhecera o significado de mudança e inovação, mas agora o Tempo lhe passava despercebido. Noites e dias transcorriam sobre a face do deserto, mas nas ruas de Diaspar pairava um eterno crepúsculo, e a escuridão nunca chegava. As longas noites de inverno salpicavam o deserto de geada à medida que o resto de umidade no ar rarefeito da Terra congelava... A cidade, no entanto, não conhecia nem o calor nem o frio. Ela não tinha contato com o mundo externo: era um universo em si mesma.

A humanidade havia construído cidades antes, mas nada que se assemelhasse a esta. Algumas haviam durado séculos, outras, milênios, antes que o Tempo varresse até os seus nomes. Somente Diaspar continuava desafiando a Eternidade, defendendo a si mesma e a tudo o que abrigava do desgaste das eras, da devastação da ruína e da corrosão da ferrugem.

Desde que fora construída, os oceanos da Terra haviam desvanecido e o deserto se espalhara por todo o globo. As últimas montanhas haviam se reduzido a pó pela ação dos ventos e das chuvas e o mundo, exaurido, não conseguia gerar outras. A cidade permanecia indiferente a tudo; mesmo que a Terra se desintegrasse, Diaspar seguiria protegendo os filhos dos seus criadores, conduzindo-os e carregando seus tesouros em segurança pelo fluxo do tempo.

Haviam se esquecido de muita coisa, mas não sabiam. Viviam perfeitamente adaptados ao seu ambiente e este a eles, pois ambos haviam sido projetados juntos. O que havia além dos muros da cidade não lhes dizia respeito, estava excluído de suas mentes. Diaspar era tudo o que existia, tudo de que precisavam, tudo o que conseguiam imaginar. Não significava nada para eles o fato de que o Homem um dia fora o senhor das estrelas.

No entanto, vez por outra antigos mitos ressurgiam para assombrá-los, levando-os a um estado inquieto de perturbação diante das lembranças das lendas do Império, quando Diaspar, ainda jovem, tirava sua força vital do comércio de muitos sóis. Eles não queriam a volta dos velhos tempos, pois viviam satisfeitos mergulhados naquele outono eterno. As glórias do Império pertenciam ao passado e podiam continuar lá. A recordação de como o Império chegara ao fim e a imagem dos Invasores faziam o frio do espaço penetrar nos ossos daquele povo.

Eles então se voltavam mais uma vez para a vida e o aconchego da cidade, para a longa era de ouro cujo início já se perdera e cujo final estava ainda mais distante. Outros homens haviam sonhado com ela, mas só eles a haviam alcançado.

Afinal, haviam vivido na mesma cidade, caminhado pelas mesmas ruas milagrosamente imutáveis, enquanto mais de um bilhão de anos se passara.

1

Haviam levado muitas horas para conseguir sair da Caverna dos Vermes Brancos. Mesmo agora não sabiam ao certo se estavam sendo seguidos por alguns dos monstros pálidos, e a munição das armas estava quase esgotada. À frente, as flechas flutuantes de luz que serviram de guia misterioso pelo labirinto da Montanha de Cristal continuavam acenando-lhes. Eles não tinham escolha a não ser segui-las, embora, como acontecera tantas vezes antes, talvez os conduzissem a perigos ainda mais tenebrosos.

Alvin olhou para trás, na tentativa de verificar se todos os companheiros ainda o acompanhavam. Alystra, bem próxima a ele, carregava a esfera de luz fria, porém sempre acesa, que revelara tanto horror e tanta beleza desde o início daquela aventura. A pálida radiação branca inundava o estreito corredor e respingava pelas paredes cintilantes; enquanto reluzisse, eles conseguiriam vislumbrar o caminho e detectar a presença de quaisquer perigos visíveis. Entretanto, Alvin sabia muito bem que os maiores perigos ali não eram os visíveis.

Atrás de Alystra, sofrendo com o peso dos projetores, vinham Narillian e Floranus. Alvin perguntou-se por um breve instante por que aqueles objetos eram tão pesados, uma vez que teria sido tão simples fornecer ao grupo neutralizadores de gravidade. Ele sempre pensava em coisas desse tipo, mesmo em meio às aventuras mais desesperadas. Nesses momentos, parecia que a estrutura da realidade estremecia por um instante e que, por trás do mundo dos sentidos, ele entrevia outro universo totalmente diferente...

O corredor terminava em uma parede vazia. Teria a flecha os traído outra vez? Não... Enquanto se aproximavam, a rocha começou a se converter em pó. A parede foi perfurada por uma lança de metal giratória, que rapidamente se transformou em uma hélice gigantesca. Alvin e os amigos se afastaram, esperando que a máquina abrisse caminho para a caverna. Com um estrondo ensurdecedor de metal sobre rocha (que com certeza ecoaria por todas as reentrâncias da Montanha e despertaria toda a sua prole aterrorizante!), o subterreno rompeu a parede e parou ao lado deles. Uma porta enorme se abriu e Callistron apareceu, gritando para eles correrem. (Por que Callistron?, perguntou-se Alvin. O que *ele* está fazendo aqui?) Logo depois, todos estavam em segurança e a máquina avançou em sua jornada pelas profundezas da terra.

Fim da aventura. Em breve, como sempre acontecia, estariam em casa, cansados e satisfeitos, deixando para trás todo o espanto, o pavor e a agitação.

Alvin sabia, pela inclinação do solo, que o subterreno adentrava a terra. Presumivelmente, Callistron sabia o que estava fazendo e esse era o caminho que os levaria para casa. Contudo, parecia uma pena...

– Callistron – disse ele de repente –, por que não subimos? Ninguém sabe como são as Montanhas de Cristal de verdade. Seria maravilhoso sair em alguma parte de suas encostas, ver o céu e todo o terreno ao redor. Faz muito tempo que estamos aqui embaixo.

No entanto, mesmo enquanto dizia isso, de algum modo sabia que eram as palavras erradas. Alystra deu um grito abafado, o interior do subterreno estremeceu como uma imagem vista através da água e, atrás e para além das paredes de metal que o cercavam, mais uma vez Alvin entreviu aquele outro universo. Os dois mundos pareciam em conflito, ora um predominando, ora o outro. Depois, de repente, tudo acabou. Apenas uma súbita sensação de ruptura... e o sonho se desfez. Alvin estava de volta a Diaspar, em seu próprio quarto, flutuando uns trinta ou sessenta centímetros acima do chão, protegido pelo campo gravitacional do contato contundente com a matéria bruta.

Era ele mesmo outra vez. *Isto* era a realidade... e ele sabia exatamente o que aconteceria em seguida.

Alystra foi a primeira a aparecer, mais chateada do que irritada, pois estava muito apaixonada por Alvin.

– Ah, Alvin! – lamentou ela ao fitá-lo da parede onde aparentemente se materializara. – Era uma aventura tão empolgante! Por que você tinha que estragar tudo?

– Desculpa. Não fiz por mal... Só achei que seria uma boa ideia...

E então foi interrompido pela chegada simultânea de Callistron e Floranus.

– Escuta só, Alvin – começou Callistron. – Esta é a terceira vez que você interrompe uma Saga. Quebrou a sequência ontem porque quis sair do Vale dos Arco-Íris. E anteontem estragou tudo porque tentou voltar para a Origem naquela linha do tempo que a gente estava explorando. Se não seguir as regras, vai ter que ir sozinho. – E desapareceu tão logo acabou de falar em tom raivoso, levando Floranus consigo.

Narillian nem apareceu, provavelmente irritado demais com aquela situação. Só restou ali a imagem de Alystra olhando com tristeza para Alvin.

Alvin inclinou o campo gravitacional, pôs-se de pé e foi até a mesa que materializara, sobre a qual surgira uma tigela de frutas exóticas... Não era a comida que ele planejara, pois, desconcertado, deixara os pensamentos vagarem. Na tentativa de não revelar seu equívoco, pegou a fruta que lhe pareceu menos perigosa e começou a comê-la com cautela.

– Bem – disse Alystra afinal –, o que você vai fazer?

– Não consigo evitar essas coisas – respondeu, amuado. – Acho as regras idiotas. Além do mais, como vou me lembrar delas quando estou vivendo uma Saga? Só me comportei do jeito que parece normal. *Você* não queria ver a montanha?

Alystra arregalou os olhos, horrorizada.

– Isso significaria ir lá fora! – arquejou ela.

Alvin sabia que era inútil continuar discutindo. Ali estava a barreira que o separava de todas as pessoas do seu mundo e que poderia condená-lo à eterna frustração. Ele sempre queria sair da cidade, tanto no mundo real quanto no sonho. No entanto, para todos em Diaspar, "lá fora" implicava um pesadelo impossível de enfrentar. Jamais falavam sobre o assunto se fosse possível evitá-lo; era imoral e diabólico. Nem mesmo Jeserac, seu tutor, contava-lhe o porquê...

Alystra ainda o observava com um olhar perplexo, ainda que afetuoso.

– Você está infeliz, Alvin – ela falou. – Ninguém deveria estar infeliz em Diaspar. Me deixe ir até aí conversar com você.

Deselegantemente, Alvin negou com a cabeça. Ele sabia aonde *aquilo* ia levar e, no momento, queria apenas ficar sozinho. Duplamente desapontada, Alystra desapareceu de vista.

Em uma cidade de dez milhões de habitantes, pensou Alvin, não havia ninguém com quem pudesse de fato conversar. Eriston e Etania o estimavam do jeito deles, mas, agora que seu tempo de tutela estava chegando ao fim, sentiam-se felizes de deixá-lo moldar os próprios divertimentos e a própria vida. Nos últimos anos, à medida que se tornava mais evidente que ele divergia do padrão, sentia quase sempre o ressentimento dos pais. Não com relação a ele, o que talvez conseguisse enfrentar e combater, mas com relação à pura falta de sorte que os escolhera, entre todos os milhões de habitantes da cidade, quando ele saiu da Sala de Criação vinte anos antes.

Vinte anos. Alvin ainda se lembrava do primeiro momento e das primeiras palavras que ouvira: "Bem-vindo, Alvin, eu sou Eriston, designado para ser seu pai. Esta é Etania, sua mãe." Embora fossem palavras sem significado naquele momento, sua mente as gravara com uma exatidão impecável. Lembrava-se de como fitara o próprio corpo; estava de dois a cinco centímetros mais alto agora, mas quase não mudara desde que nascera. Viera ao mundo quase totalmente desenvolvido e mudaria pouco, a não ser pela altura, quando partisse dali a mil anos.

Antes dessa primeira lembrança não havia nada. Um dia talvez esse nada voltaria, mas por ora era uma ideia remota demais para sensibilizá-lo.

Mais uma vez, voltou a pensar no mistério do seu nascimento. Não lhe parecia estranho que pudesse ter sido criado em um único instante do tempo pelos poderes e forças que materializavam todos os outros objetos de seu cotidiano. Não, não era *esse* o mistério. O enigma estava na sua Singularidade, que nunca fora capaz de solucionar e que ninguém jamais poderia lhe explicar.

Singular. Era uma palavra estranha, triste... e uma coisa estranha e triste de ser. Quando aplicada a ele (como ouvira com frequência quando ninguém achava que estivesse escutando), parecia ter conotações agourentas que ameaçavam mais do que a sua própria felicidade.

Seus pais, seu tutor, todos que conhecia haviam tentado protegê-lo da verdade, como que ávidos por preservar a inocência de sua longa infância. A dissimulação logo terminaria: em poucos dias, ele seria um cidadão pleno de Diaspar e teriam de lhe dizer tudo que quisesse saber.

Por exemplo, por que não se enquadrava nas Sagas? De todas as milhares de formas de recreação da cidade, elas eram as mais populares. Entrava-se em uma Saga não apenas no papel de um mero observador passivo, como nas diversões rudimentares dos tempos primitivos que Alvin algumas vezes experimentara, mas com uma participação ativa, com livre-arbítrio (pelo menos assim parecia). Os eventos e as cenas que constituíam a matéria-prima de suas aventuras podiam ter sido preparados antecipadamente por artistas esquecidos, mas havia flexibilidade suficiente para se promover uma ampla variação. Assim, era permitido que se entrasse nesses mundos fantasmas com amigos em busca da emoção que não existia em Diaspar e, enquanto durasse o sonho, não dava para distingui-lo da realidade. Na verdade, quem poderia ter certeza de que Diaspar não era o sonho?

Ninguém jamais poderia esgotar todas as Sagas concebidas e gravadas desde o começo da cidade. Elas envolviam todas as emoções e eram de uma sutileza infinitamente variável. Algumas (aquelas populares entre os bem jovens) eram dramas descomplicados sobre aventuras e descobertas; outras simplesmente exploravam estados psicológicos; outras, ainda, eram exercícios de lógica ou matemática que podiam oferecer o mais aguçado dos prazeres às mentes mais sofisticadas.

Contudo, embora as Sagas parecessem satisfazer os companheiros de Alvin, elas o deixavam com uma sensação de incompletude. Assim, ainda que coloridas e empolgantes, com *cenários* e temas diversificados, faltava alguma coisa.

As Sagas, concluiu ele, nunca levavam a lugar algum. Eram sempre pintadas em uma tela muito limitada. Não havia visões panorâmicas; não havia nenhuma das paisagens mirabolantes pelas quais sua alma ansiava; não havia, sobretudo, qualquer referência à imensidão onde as explorações do homem antigo de fato haviam ocorrido... O luminoso vazio entre as estrelas e os planetas. Os planejadores das Sagas haviam sido contaminados pela mesma fobia estranha que dominava todos os cidadãos de Diaspar, razão pela qual até suas aventuras mais intensas aconteciam confortavelmente em ambientes fechados, em cavernas subterrâneas ou em pequenos e simples vales cercados por montanhas que bloqueavam o resto do mundo.

Só havia uma explicação. Muito tempo atrás, talvez antes de Diaspar ser fundada, ocorrera alguma coisa que, além de acabar com a curiosidade e a ambição do Homem, também o mandou, acovardado, de volta das estrelas para casa, limitado à busca de abrigo no mundinho fechado da última cidade da Terra. Renunciando ao Universo, ele retornara ao ventre artificial de Diaspar. O ímpeto ardente e invencível que um dia o levara para a Galáxia e para as ilhas de névoa mais além extinguira-se por completo. Nenhuma nave entrara no Sistema Solar por incontáveis eras; lá fora, entre as estrelas, os descendentes do Homem talvez ainda estivessem construindo impérios e destruindo sóis... A Terra não sabia nem se importava.

A Terra não se importava. Mas Alvin, sim.

2

O quarto estava mergulhado na escuridão, exceto por uma parede cintilante sobre a qual ondas de cor fluíam e refluíam enquanto Alvin lutava contra os seus sonhos. Parte do padrão o satisfazia: ele se apaixonara pelos elevados contornos das montanhas à medida que se projetavam do mar. Poder e orgulho emanavam daquelas curvas ascendentes; depois de observá-las por muito tempo, Alvin as salvara na unidade de memória do visualizador, onde ficariam preservadas enquanto ele vivenciava o resto da imagem. Mas alguma coisa lhe escapava, embora não soubesse o quê. Reiteradas vezes tentara preencher as lacunas enquanto o instrumento lia os padrões variáveis em sua mente e os materializava na parede. O resultado não estava bom: linhas desfocadas e instáveis, cores lodosas e opacas. Se o artista desconhecia o seu objetivo, nem mesmo com a mais milagrosa das ferramentas o encontraria.

Alvin apagou os esboços insatisfatórios e olhou melancólico para o retângulo com três quartos vazios que estivera tentando encher de beleza. Em um súbito impulso, dobrou o projeto e deslocou-o para o centro do quadro. Não... Chegara apenas a uma solução desleixada e a um equilíbrio todo distorcido. Pior ainda, a mudança de escala revelara as imperfeições da construção, a incerteza naquelas linhas à primeira vista confiantes. Ele teria de recomeçar.

– Exclusão total – ordenou à máquina. O azul do mar desvaneceu, as montanhas se dissolveram como nevoeiro, restando tão somente a parede vazia. As coisas ficaram como se jamais houvessem existido, como se perdidas no limbo que destruíra todos os mares e todas as montanhas da Terra eras antes de Alvin nascer.

A luz banhou mais uma vez o cômodo, e o retângulo luminoso sobre o qual Alvin projetara seus sonhos fundiu-se com o ambiente, unificando-se com as outras paredes. Mas será que eram paredes? Para qualquer um que nunca tivesse visto um lugar daquele tipo, era um cômodo muito peculiar: inexpressivo, sem móveis, dando a impressão de que Alvin estava no centro de uma esfera. Nenhuma linha divisória visível separava as paredes do chão ou do teto. Não havia nada que o olho pudesse focar: segundo o que dava para o sentido da visão apreender, o espaço poderia ter uns três metros ou três quilômetros de largura. Seria difícil resistir à tentação de caminhar com as mãos estendidas para descobrir os limites físicos daquele lugar extraordinário.

Entretanto, esse tipo de cômodo fora o "lar" da maioria da raça humana durante a maior parte da história. Alvin só precisava moldar o pensamento adequado e as paredes se transformariam em janelas com vista para qualquer parte da cidade que ele escolhesse. Outro desejo e máquinas que nunca vira recheariam o aposento com imagens projetadas de quaisquer peças de mobiliário que precisasse. O fato de serem "reais" ou não era um problema que afetara poucas pessoas nos últimos bilhões de anos. Com certeza não seriam menos reais do que aquela outra matéria sólida e embusteira e, quando não mais necessários, poderiam ser devolvidos para o mundo fantasma dos bancos de memória da cidade. Como todas as outras coisas em Diaspar, nunca se desgastariam e nunca mudariam, a menos que, por um ato deliberado de vontade, os padrões armazenados fossem apagados.

Alvin já havia reconstruído parte de seu quarto quando um toque persistente, semelhante a um sino, soou em seu ouvido. Então, moldou mentalmente o sinal de admissão e a parede sobre a qual estivera pintando até o momento se desvaneceu outra vez. Como esperava, ali estavam seus pais, acompanhados de Jeserac um pouco atrás. A presença do tutor significava que aquela não era uma reunião normal de família – mas ele já sabia disso.

A ilusão era perfeita e não se perdeu quando Eriston falou. Na realidade, como Alvin bem sabia, Eriston, Etania e Jeserac estavam a quilômetros de distância, pois os construtores da cidade haviam conquistado o espaço de uma forma tão plena quanto haviam subjugado o tempo. Alvin nem sequer tinha certeza de que seus pais viviam entre as torres multitudinárias e os intrincados labirintos de Diaspar, pois já haviam se mudado desde a última vez em que estivera fisicamente na presença deles.

– Alvin – começou Eriston –, já faz vinte anos que a sua mãe e eu vimos você pela primeira vez, e bem, você conhece o significado disso. A nossa tutela termina agora; você está livre para fazer o que quiser.

A voz de Eriston revelava um vestígio, mas somente um vestígio, de tristeza, sobreposto pelo tom de alívio, como se Eriston se alegrasse pelo fato de a situação, que na verdade perdurava havia algum tempo, ter reconhecimento legal. Alvin esperava por sua liberdade fazia um bom tempo.

– Entendo – respondeu ele. – Agradeço a vocês por tomarem conta de mim; vou guardá-los em minhas lembranças por todas as minhas vidas. – Alvin usara a resposta formal, ouvida tantas vezes que perdera todo o significado... era apenas um padrão de sons sem nenhum sentido em particular. Contudo, a expressão "todas as minhas vidas" soava estranha, quando se parava para pensar nela. Ele sabia vagamente o que aquilo significava; agora chegara o momento de descobrir com exatidão. Havia muitas coisas em Diaspar que ele não entendia, as quais teria de aprender nos séculos vindouros.

Por um momento, pareceu que Etania queria falar. Ela levantou uma das mãos, agitando a gaze iridescente do vestido, mas depois a deixou repousar ao lado do corpo. Então se virou impotente para Jeserac e, pela primeira vez, Alvin percebeu que os pais estavam preocupados. Sua memória repassou rapidamente os eventos das últimas semanas. Não, não acontecera nada que pudesse haver desencadeado aquela ligeira insegurança, aquele ar de leve inquietação que parecia emanar dos pais.

Jeserac, no entanto, parecia estar no comando da situação. Lançou um olhar inquiridor a Eriston e Etania, satisfeito por não terem mais nada para dizer, e proferiu um discurso guardado havia muitos anos.

– Alvin – começou ele –, durante vinte anos você foi meu pupilo e dei o meu melhor para lhe ensinar os costumes da cidade e conduzi-lo para a herança que é sua. Você me fez muitas perguntas e nem todas eu pude responder. Algumas coisas você não estava pronto para aprender, e outras nem eu mesmo sabia. Agora sua primeira infância terminou, embora sua infância mal tenha começado. Ainda cabe a mim guiá-lo se precisar da minha ajuda. Em duzentos anos, Alvin, você poderá começar a conhecer mais desta cidade e um pouco da história dela. Mesmo eu, que estou quase chegando ao fim desta vida, vi menos de um quarto de Diaspar e talvez menos de um milésimo de seus tesouros.

Nenhuma novidade para Alvin, mas seria impossível apressar Jeserac. O ancião olhava para ele com firmeza através do abismo dos séculos, as palavras vergadas com a sabedoria incomputável adquirida por meio do convívio de uma vida longeva com homens e máquinas.

– Me diga, Alvin – perguntou ele –, você já se perguntou *onde* estava antes de nascer... Antes de se encontrar com Eriston e Etania na Sala de Criação?

– Pensei que não estava em lugar nenhum, que eu não passava de um padrão na mente da cidade, esperando para ser criado, alguma coisa assim.

Um sofá baixo tremeluziu e materializou-se ao lado de Alvin. Ele se sentou e esperou que Jeserac continuasse.

– Você está certo, claro – o ancião retrucou. – Mas essa é apenas uma parte da resposta... uma parte bem pequena, na verdade. Até agora, você só conheceu crianças da sua idade, e elas ignoram a verdade. Em breve vão se lembrar, mas não você, portanto, devemos prepará-lo para encarar os fatos.

"Por mais de um bilhão de anos, Alvin, a raça humana viveu nesta cidade. Desde que o Império Galáctico caiu e os Invasores voltaram para as estrelas, este tem sido o nosso mundo. Fora dos muros de Diaspar, existe apenas o deserto de que as nossas lendas falam, e nada mais.

"Dos nossos ancestrais primitivos, sabemos somente que eram seres de vida muito curta e que, por mais que pareça estranho, podiam se reproduzir sem a ajuda de unidades de memória ou organizadores de matéria. Em um processo complexo e aparentemente incontrolável, os principais padrões de cada ser humano eram preservados em estruturas celulares microscópicas criadas dentro do corpo. Se estiver interessado, os biólogos podem explicar melhor, mas o método não é mais relevante, uma vez que foi abandonado no limiar da história.

"Um ser humano, como qualquer outro objeto, é definido por sua estrutura, seu padrão. O padrão de um homem, e mais ainda o padrão que define a mente de um homem, é incrivelmente complexo. Porém, a Natureza conseguia armazenar esse padrão em uma célula tão minúscula que nem sequer é vista a olho nu.

"O que a Natureza consegue fazer, o homem também consegue, à sua maneira. Não sabemos quanto tempo levou esse processo. Talvez um milhão de anos, mas o que representa esse tempo? No final, nossos ancestrais aprenderam a analisar e armazenar a informação que definiria a natureza particular de qualquer ser humano, usando-a para recriar o original, assim como você acabou de criar esse sofá.

"Sei que você se interessa por essas coisas, Alvin, mas não sei dizer exatamente como se chegou a elas. Não importa o processo de armazenagem; importa a informação em si. Podem ser palavras escritas em papel, variados campos magnéticos, padrões de carga elétrica. Os homens usaram todos esses métodos de armazenamento e muitos outros. Basta dizer que, muito tempo atrás, as pessoas conseguiram armazenar a si mesmas... ou, para ser mais exato, os padrões incorpóreos a partir dos quais poderiam ser trazidas de volta à existência.

"Essa parte você já sabe. Foi assim que nossos ancestrais nos deram a imortalidade, porém evitaram os problemas causados pela extinção da morte. Mil anos em um corpo é tempo suficiente para qualquer pessoa; no final desse período, a mente está tão repleta de lembranças que só quer descanso... ou um novo começo.

"Dentro de pouco tempo, Alvin, vou me preparar para deixar esta vida. Vou voltar para as minhas lembranças, editá-las ou apagar as que não quero guardar. Então entrarei na Sala de Criação por uma porta que você nunca viu. Este corpo velho deixará de existir, assim como minha consciência. Nada restará de Jeserac a não ser uma galáxia de elétrons congelados no núcleo de um cristal.

"Vou dormir um sono sem sonhos, Alvin. Então um dia, talvez daqui a cem mil anos, estarei em um corpo novo, diante dos escolhidos para serem os meus guardiões. Eles vão cuidar de mim como Eriston e Etania guiaram você porque, no começo, não saberei nada sobre Diaspar e nem sequer sobre quem eu era antes. As lembranças retornarão aos poucos, no final da minha infância, e vou desenvolvê-las à medida que avançar no meu novo ciclo de existência.

"Esse é o padrão das nossas vidas, Alvin. Todos nós já estivemos aqui muitas, muitas vezes antes, embora, como os intervalos da inexistência variam de acordo com leis aparentemente aleatórias, esta população atual jamais se repetirá. O novo Jeserac terá novos e diferentes amigos e interesses, mas o velho Jeserac, o tanto dele que eu quiser preservar, continuará existindo.

"E ainda tem mais. Em qualquer momento, Alvin, apenas um centésimo dos cidadãos de Diaspar vive e caminha pelas ruas. A maioria repousa nos bancos de memória, esperando pelo sinal que os chamará ao estágio de existência mais uma vez. É assim que temos continuidade, mas também mudança... Imortalidade, mas não estagnação.

"Sei o que está pensando, Alvin. Quer saber quando recuperará as lembranças das suas vidas anteriores, como já está acontecendo com os seus companheiros.

"Essas lembranças não existem porque você é singular. Nós tentamos esconder esse fato de você o máximo possível, de modo que nenhuma sombra encobrisse a sua infância... Mas acho que você já deve ter adivinhado parte da verdade. Nós mesmos não suspeitamos disso até cinco anos atrás, mas agora não restam dúvidas.

"Você, Alvin, representa uma coisa que aconteceu em Diaspar somente um punhado de vezes desde a fundação da cidade. Talvez você estivesse adormecido nos bancos de memória durante todas as eras... ou talvez tenha sido criado apenas vinte anos atrás por alguma permutação aleatória. Talvez os arquitetos da cidade tenham planejado você, ou talvez seja um acidente sem propósito da nossa própria época.

"Não sabemos. A única coisa que sabemos é isto: você, Alvin, exemplar único da raça humana, nunca viveu antes. A verdade, literalmente, é que você é a primeira criança a nascer na Terra em pelo menos dez milhões de anos."

3

Quando Jeserac e seus pais desapareceram, Alvin passou um bom tempo tentando não pensar em nada. Fechou o cômodo ao seu redor para que ninguém pudesse interromper o transe em que mergulhara.

Não estava dormindo; jamais vivenciara o sono, que pertencia a um mundo em ciclos de dias e noites, e ali existia apenas dias. A mente vazia era o mais próximo que conseguia chegar desse estado esquecido de sono e, apesar de não ser realmente essencial para ele, sabia que ajudaria a recompor sua mente.

Descobrira poucas novidades; já havia presumido quase tudo que Jeserac lhe contara. Mas uma coisa era presumir, e outra bem diferente era ter essa suposição confirmada de um modo irrefutável.

Como aquilo afetaria sua vida? Afetaria mesmo? Ele não tinha como saber e a incerteza era uma sensação nova para Alvin. Talvez não fizesse diferença nenhuma: se não se adaptasse completamente a Diaspar nesta vida, ele se adaptaria na próxima... ou na seguinte...

Ao mesmo tempo em que formulava esse pensamento, sua mente o rejeitava. Diaspar talvez bastasse para o resto da humanidade, mas não para ele. Não duvidava que uma pessoa pudesse viver mil existências sem esgotar todas as suas maravilhas ou sem desfrutar de todas as permutações de experiências possíveis. Essas coisas ele podia fazer... mas, se não pudesse ir além disso, nunca estaria satisfeito.

Havia só um problema: o que mais *haveria* para fazer?

A pergunta sem resposta o tirou do transe. Ele não conseguiria continuar ali naquele estado de inquietação e havia apenas um lugar na cidade onde talvez encontrasse um pouco de paz interior.

A parede desapareceu parcialmente tão logo ele entrou no corredor, as moléculas polarizadas resistindo à sua passagem como uma brisa suave roçando-lhe o rosto. Poderia ser transportado sem esforço até o seu destino de variadas maneiras, mas ele preferiu caminhar. O cômodo de Alvin ficava quase no nível principal da cidade e uma pequena passagem o levou a uma rampa em espiral que dava para a rua. Ignorando a via móvel, ele permaneceu na estreita calçada – uma atitude excêntrica, já que ainda precisaria percorrer muitos quilômetros. Mas Alvin gostava do exercício, pois acalmava sua mente. Além do mais, parecia uma pena passar correndo pelas mais recentes maravilhas de Diaspar quando se tinha a eternidade pela frente.

Os artistas da cidade (e todo mundo em Diaspar era artista em algum momento) costumavam expor suas produções mais recentes nas laterais das vias móveis, para que os transeuntes pudessem admirar seu trabalho. Dessa forma, apenas alguns dias depois, a população inteira já teria feito um exame crítico de qualquer criação digna de nota e também expressado os próprios pontos de vista sobre ela. O veredito, registrado automaticamente por aparelhos de amostragem de opinião que ninguém jamais fora capaz de subornar ou enganar (apesar das várias tentativas), decidiam o destino da obra-prima. Se recebesse votos positivos suficientes, sua matriz entrava para a memória da cidade e qualquer pessoa, em qualquer momento do futuro, poderia ter uma reprodução perfeita.

As obras menos bem-sucedidas seguiam o mesmo caminho: ou eram diluídas em seus elementos originais ou acabavam nas casas dos amigos do artista.

Alvin viu apenas um *objet d'art* que o impressionou enquanto caminhava: uma criação de pura vida que lembrava vagamente uma flor se abrindo. Desenvolvendo-se gradualmente a partir de um núcleo minúsculo de cor, ela se expandia em complexas espirais e ondulações, depois se rompia de repente e recomeçava o ciclo. No entanto, não de forma exata, pois não havia dois ciclos iguais. Embora Alvin observasse durante dezenas de pulsações, cada vez afloravam diferenças sutis e indefiníveis, apesar de o padrão básico continuar o mesmo.

Ele sabia por que gostava daquela escultura intangível. O ritmo expansivo dela sugeria a ideia de espaço, até mesmo de fuga, razão pela qual provavelmente não agradaria a muitos dos compatriotas de Alvin. Anotou o nome do artista e decidiu ligar para ele na primeira oportunidade.

Todas as vias, móveis e estáticas, terminavam no parque, o pulmão verde da cidade. Ali, em um espaço circular de uns cinco quilômetros de diâmetro, pulsava a memória do que a Terra fora antes do deserto engolir tudo, menos Diaspar. Primeiro, avistava-se um largo cinturão de relva, seguido de árvores baixas que iam se tornando cada vez mais frondosas à medida que se andava sob sua sombra. Ao mesmo tempo, o solo se inclinava ligeiramente para baixo, de modo que, quando uma pessoa saía do estreito bosque, todo sinal da cidade desvanecia, escondida pela cortina de árvores.

Diante de Alvin, estendia-se um amplo curso de água chamado simplesmente de "o Rio". Não tinha outro nome, nem precisava. Em determinados lugares, era atravessado por pontes e corria em torno do parque em um círculo completo e fechado, interrompido por lagoas ocasionais. Nunca pareceu estranho para Alvin que um rio de correntes ligeiras conseguisse voltar a passar sobre si mesmo após um percurso de menos de dez quilômetros; na realidade, Alvin não teria sequer pensado duas vezes sobre o assunto se, a certa altura do circuito, o Rio não fluísse para o alto da colina. E havia coisas ainda mais estranhas do que essa em Diaspar.

Uma dúzia de jovens nadava em uma das lagoinhas ali e Alvin parou para observá-los. Conhecia quase todos de vista, quando não de nome, e, por um momento, sentiu-se tentado a entrar na brincadeira. Entretanto, em razão do segredo que carregava, decidiu que não, satisfeito com o papel de espectador.

Pela aparência física, era impossível identificar quais jovens haviam saído da Sala de Criação naquele ano e quais haviam vivido em Diaspar por tanto tempo quanto Alvin. Apesar das consideráveis variações de altura e peso, elas não tinham nenhuma relação com a idade. Todos simplesmente nasciam daquele jeito; embora em média quanto mais alta a pessoa, mais idade teria, essa não era uma regra confiável a menos que se tratasse de séculos.

O rosto era um guia mais seguro. Alguns dos recém-nascidos, ainda que mais altos do que Alvin, aparentavam imaturidade, o semblante marcado por uma expressão de surpresa deslumbrada diante do mundo onde estavam naquele momento, que os denunciava de imediato. Era estranho pensar que, adormecidas e inexploradas em suas mentes, repousavam infinitas vistas de vidas das quais em breve se recordariam. Alvin os invejava, porém não sabia ao certo se deveria se sentir assim. A primeira existência de uma pessoa era um presente precioso que jamais se repetiria. Era maravilhoso ver a vida aflorar pela primeira vez, como no frescor do amanhecer. Se ao menos houvesse outros como ele com quem pudesse compartilhar seus pensamentos e sensações...

Entretanto, fisicamente ele fora colocado no mesmo molde que os jovens brincando na água. O corpo humano não mudara nada nos bilhares de anos desde a construção de Diaspar, quando o projeto básico fora congelado para sempre nos bancos de memória da cidade. Modificara-se bastante, porém, em relação à sua forma primitiva original, ainda que a maior parte das alterações fossem internas e invisíveis aos olhos. O homem se reconstruíra muitas vezes no curso de sua longa história, no esforço de eliminar aqueles males que a carne um dia herdara.

Acessórios desnecessários como unhas e dentes não mais existiam. Só restara pelo na cabeça, sem mais vestígio algum no corpo. A mudança mais surpreendente, no entanto, talvez fosse o desaparecimento do umbigo, cuja ausência inexplicável despertaria a curiosidade dos homens primitivos, os quais, à primeira vista, também ficariam desnorteados com o problema de como distinguir homens e mulheres. Talvez inclusive imaginassem que não existia mais diferença, o que seria um grave equívoco. Nas circunstâncias apropriadas, era inviável que se desconfiasse da virilidade de qualquer homem em Diaspar. Só que agora o equipamento masculino ficava acondicionado internamente quando não usado, o que evidenciava um aperfeiçoamento da disposição original deselegante e na verdade bem perigosa criada pela natureza.

Era verdade que a reprodução deixara de ser preocupação do corpo, pois era importante demais para ficar à mercê dos jogos de sorte que usavam cromossomos como dados. No entanto, apesar de a concepção e o nascimento estarem apagados de quaisquer lembranças, o sexo continuava existindo. Mesmo nos tempos mais antigos, menos de um centésimo da atividade sexual tinha a ver com a reprodução. A extinção desse percentual mudara não só o padrão social humano, mas também o significado de palavras como "pai" e "mãe" – mas o desejo sexual persistira, ainda que com mero propósito de prazer, como qualquer outro conectado aos sentidos.

Alvin deixou seus contemporâneos brincalhões e seguiu rumo ao coração do Parque. Havia leves sinais de trilhas que se cruzavam e entrecruzavam em meio aos arbustos baixos e que, em alguns locais, dividiam-se em ravinas estreitas entre grandes rochedos cobertos de líquen. Certa vez ele se deparara com uma pequena máquina poliédrica não maior do que a cabeça de um homem, a qual flutuava entre os galhos de uma árvore. Ninguém sabia quantas variedades de robô havia em Diaspar; eles se mantinham distantes e trabalhavam com tanta eficiência que era bastante raro ver um.

E então, o solo começou a se elevar de novo; Alvin se aproximava de uma pequena colina no centro exato do Parque e, portanto, da própria cidade. Havia ali menos obstáculos e desvios, proporcionando a ele uma boa visão do cume e da construção simples que o sobrepujava. Um pouco ofegante quando chegou ao seu destino, ficou feliz de recostar em uma das colunas cor-de-rosa e olhar para o caminho por onde viera.

Algumas formas de arquitetura jamais mudam porque alcançaram a perfeição. O Túmulo de Yarlan Zey talvez tivesse sido projetado pelos construtores de templos das primeiras civilizações da humanidade, embora lhes fosse impossível imaginar de que material era feito. O telhado abria-se ao céu e a única câmara era pavimentada com grandes placas que apenas à primeira vista se assemelhavam à pedra natural. Durante eras geológicas, pés humanos haviam cruzado e recruzado aquele chão, mas sem deixar vestígio sobre aquele material inconcebivelmente resistente.

O criador do grande Parque – o construtor, diziam alguns, da própria Diaspar – sentava-se ali com olhos ligeiramente abaixados, como se examinasse os projetos espalhados sobre os joelhos. A expressão facial era tão curiosamente indefinível que causara perplexidade no mundo durante muitas gerações. Alguns consideravam que não passava de um mero capricho do artista, mas, outros, achavam que Yarlan Zey sorria por conta de algum gracejo secreto.

A construção inteira era um enigma, pois nada constava sobre ela nos registros históricos da cidade. Alvin nem sabia ao certo o significado da palavra "túmulo". Jeserac talvez lhe explicasse, ele gostava de colecionar palavras obsoletas e salpicar suas conversas com elas, para desconcerto dos ouvintes.

Daquele mirante central, Alvin podia ver claramente o outro lado do Parque, por cima da cortina de árvores, e até a cidade. As construções mais próximas, localizadas a uns três quilômetros de distância, formavam um cinturão baixo que cercava todo o local. Atrás delas, fileira após fileira em altura crescente, estavam as torres e os terraços que constituíam a maior parte da cidade. Estendiam-se quilômetro após quilômetro subindo pouco a pouco pelo céu, cada vez mais complexos e impressionantes. Diaspar fora planejada como um organismo único, uma excepcional máquina repleta de poder. No entanto, embora sua aparência complexa fosse quase avassaladora, ela era apenas um indício das maravilhas tecnológicas ocultas sem as quais todas aquelas construções grandiosas seriam sepulcros sem vida.

Alvin olhou para os limites do seu mundo. A trinta e dois quilômetros dali, com seus detalhes perdidos na distância, ficavam as muralhas da cidade, sobre as quais parecia repousar a abóbada celeste. Depois delas, não havia mais nada, absolutamente nada, exceto o vazio doloroso do deserto onde um homem em pouco tempo enlouqueceria.

Então por que aquele vazio o atraía como não atraía nenhuma outra pessoa que ele conhecera? Alvin não sabia. Olhou para os pináculos e as muralhas coloridos que agora encerravam o domínio total da humanidade, como que procurando por uma resposta.

Em vão. Mas, naquele momento, quando seu coração ansiava pelo inatingível, tomou uma decisão.

Ele agora sabia o que ia fazer de sua vida.

4

Jeserac não ajudou muito, mesmo cooperando mais do que Alvin esperava. Já ouvira várias vezes essas mesmas perguntas em sua longa carreira como mentor e não acreditava que mesmo um Singular como Alvin pudesse causar surpresas ou apresentar-lhe problemas que ele não pudesse resolver.

Era verdade que Alvin estava começando a revelar algumas pequenas excentricidades de comportamento que, um dia, talvez exigissem correção. Ele não participava tanto quanto deveria da vida social incrivelmente elaborada da cidade ou dos mundos de fantasia dos companheiros. Não se interessava muito pelos reinos superiores do pensamento, embora isso não surpreendesse na idade dele. O mais notável era sua vida amorosa errática: não se podia esperar que formasse parcerias relativamente estáveis por pelo menos cem anos, contudo, a brevidade de seus relacionamentos já se tornara famosa: eram intensos enquanto duravam, nunca mais do que algumas semanas. Tudo indicava que Alvin só conseguia se interessar por uma coisa de cada vez. Às vezes, participava de corpo e alma dos jogos eróticos dos companheiros, ou então desaparecia com a parceira escolhida durante vários dias. Mas, depois que aquele ímpeto passava, vinham longos períodos nos quais parecia perder totalmente o interesse por algo que deveria ter sido uma ocupação importante na sua idade. Esse comportamento provavelmente era negativo para ele, e com certeza negativo para as amantes rejeitadas, que perambulavam melancólicas pela cidade e demoravam muito para encontrar algum consolo. Conforme Jeserac já percebera, Alystra havia alcançado esse infeliz estágio.

Não era que Alvin fosse insensível ou arrogante. No amor, como em todas as outras coisas, ele parecia à procura de um objetivo que Diaspar não podia lhe oferecer.

Nada disso preocupava Jeserac. Já esperava que um Singular agisse dessa forma e, no devido tempo, Alvin se enquadraria no padrão geral da cidade. Nenhum indivíduo, por mais excêntrico ou brilhante que fosse, afetaria a imensa inércia de uma sociedade que permanecera praticamente inalterada por mais de um bilhão de anos. Jeserac não apenas acreditava na estabilidade; na verdade, qualquer outra coisa seria inconcebível.

– O problema que preocupa você é muito antigo – ele disse para Alvin –, mas vai ficar surpreso ao descobrir quantas pessoas menosprezam tanto o mundo que nem sequer pensam nele. É verdade que a espécie humana um dia ocupou um espaço infinitamente maior do que o desta cidade. Você já viu alguma coisa de como a Terra era antes que os desertos a dominassem e os oceanos desaparecessem. Os registros que tanto gosta de projetar são os mais antigos que possuímos, os únicos que mostram a Terra antes da chegada dos Invasores. Imagino que poucas pessoas tenham visto esses registros; não suportaríamos a visão daqueles espaços abertos e ilimitados.

"E mesmo a Terra, claro, era um mero grão de areia no Império Galáctico. Como deviam ser os vazios interestelares é um pesadelo que nenhum homem são tentaria imaginar. Nossos ancestrais atravessaram esses vazios no alvorecer da história, quando saíram para construir o Império. E depois os atravessaram de novo pela última vez quando os Invasores os forçaram a voltar para a Terra.

"Diz a lenda, mas não passa de uma lenda, que fizemos um pacto com os Invasores: eles seriam senhores do universo, e nós nos contentaríamos com o mundo onde nascemos.

"Mantivemos esse pacto e esquecemos os sonhos vaidosos da nossa infância, como você também esquecerá, Alvin. Os construtores desta cidade e aqueles que planejaram sua sociedade eram senhores da mente e da matéria; colocaram tudo do que a raça humana poderia precisar dentro dessas muralhas… e depois se certificaram de que nunca sairíamos daqui.

"Ah, as barreiras físicas são o que menos importa. Talvez existam caminhos que levem para fora da cidade, mas não acho que você iria muito longe, mesmo que os encontrasse. E, caso fosse bem-sucedido, de que serviria? Seu corpo não duraria muito no deserto, pois estaria sem a proteção e a comida da cidade."

– Se existe um caminho – perguntou Alvin devagar –, então o que me impediria de segui-lo e sair daqui?

– Que pergunta tola – respondeu Jeserac. – Acho que já sabe a resposta.

Jeserac estava certo, mas não do modo como imaginava. Alvin sabia… ou melhor, adivinhara. Seus companheiros haviam-lhe dado a resposta tanto na vida real quanto nas aventuras oníricas que haviam compartilhado com ele. Eles jamais conseguiriam sair de Diaspar. O que Jeserac não sabia, entretanto, era que a compulsão que dominava a vida do grupo não exercia poder sobre Alvin. Se sua Singularidade se devia a um acidente ou a um projeto antigo, ele não sabia, mas esse era um dos resultados. Perguntava-se quantos outros ainda existiriam.

Ninguém nunca estava com pressa em Diaspar, uma regra que mesmo Alvin raras vezes quebrava. Ele se concentrou no problema durante várias semanas e passou muito tempo procurando os primeiros registros históricos da cidade. Passava horas a fio deitado, sustentado pelos braços invisíveis do campo antigravitacional, enquanto o projetor hipnono abria sua mente para o passado. Assim que o registro terminava, a projeção se transformava em um borrão e desvanecia, mas mesmo assim Alvin continuava fitando o nada antes de regressar das eras passadas e mais uma vez encarar a realidade. Ele revia as léguas de água azul, mais vastas que a própria terra, rolando em ondas contra as praias douradas. Em seus ouvidos, ressoava o estrondoso marulho da arrebentação silenciado havia milhões de anos. Lembrava-se das florestas e das pradarias, e dos estranhos animais que um dia compartilharam o mundo com o Homem.

Restavam muito poucos desses registros; todos aceitavam, embora ninguém soubesse o motivo, que, em algum momento entre a chegada dos Invasores e a construção de Diaspar, as lembranças dos tempos primitivos se perderam. A obliteração fora tão completa que era difícil acreditar que fosse mera obra do acaso. A história do passado da humanidade se dissipara, exceto por algumas crônicas que talvez fossem apenas lendas. Antes de Diaspar, só havia… as Eras do Amanhecer. Nesse limbo que fundia inextricavelmente o primeiro homem a domar o fogo e o primeiro a liberar a energia atômica, o primeiro a construir uma canoa de madeira e o primeiro a chegar às estrelas. Do outro lado desse deserto temporal, eram todos vizinhos.

Alvin pretendia fazer essa experiência sozinho, mas nem mesmo a solidão era sempre possível em Diaspar. Ele mal saíra do cômodo quando encontrou Alystra, que nem tentou fingir casualidade.

Nunca passara pela cabeça de Alvin que Alystra fosse bonita, pois desconhecia a feiura humana. Quando a beleza é universal, ela perde seu poder sobre o coração, e só a sua ausência consegue produzir efeito emocional.

Por um momento, Alvin ficou irritado com o encontro, com a lembrança de paixões que não sentia mais. Ainda era jovem e autoconfiante demais para sentir necessidade de relacionamentos duradouros e, quando chegasse a hora, talvez tivesse dificuldades em construí-los. Até em momentos mais íntimos, a barreira de sua Singularidade pairava entre ele e suas amantes. Apesar do físico adulto, ele ainda era uma criança, e assim continuaria durante décadas, enquanto seus companheiros, um a um, recordavam-se de lembranças de suas vidas passadas e o deixavam para trás. Ele já passara por isso antes, razão pela qual hesitava em se doar sem reservas a qualquer outra pessoa. Mesmo Alystra, que parecia simples e *ingênua* agora, em pouco tempo se tornaria um inimaginável complexo de lembranças e competências.

A ligeira irritação de Alvin desvaneceu-se quase que de pronto. Não havia nenhum motivo para Alystra não vir com ele se ela quisesse. Além de não ser egoísta, ele não queria passar por essa experiência sozinho, como se fosse avarento. Na verdade, talvez até aprendesse bastante com as reações dela.

Alystra não fez nenhuma pergunta, o que era incomum, quando o canal expresso os afastou do coração apinhado da cidade. Juntos caminharam até a seção central de alta velocidade, indiferentes ao milagre debaixo dos seus pés. Um engenheiro do mundo antigo enlouqueceria na tentativa de entender como uma pista aparentemente sólida, fixada nas laterais, movia-se a uma velocidade cada vez maior no centro. Mas, para Alvin e Alystra, parecia perfeitamente natural a existência de tipos de matéria com propriedades de sólidos em uma direção e de líquidos em outra.

Ao redor deles, as construções se erguiam cada vez mais alto, como se a cidade se protegesse cada vez mais do mundo externo. Seria bem estranho, pensou Alvin, se as muralhas se tornassem tão transparentes quanto o vidro, de modo que as pessoas pudessem observar a vida ali dentro. Dispersos pelo espaço em volta estavam os amigos que ele conhecia, os amigos que conheceria um dia e os estranhos que jamais encontraria, na verdade, bem poucos, pois, no transcorrer de sua existência, ele conheceria quase todas as pessoas de Diaspar. A maioria delas estaria em seus cômodos individuais, mas não sozinhas. Bastava-lhes formular um desejo e estariam, de todas as formas, menos no sentido físico, na presença de qualquer outra pessoa que escolhessem. Nunca estavam entediadas, pois poderiam acessar qualquer coisa ocorrida nos reinos da imaginação ou da realidade desde quando a cidade fora construída. Para as pessoas cuja mente operava desse modo, a existência implicava satisfação plena. Ou talvez inutilidade, nem Alvin compreendia ainda.

À medida que ele e Alystra se afastavam do coração da cidade, ia diminuindo aos poucos o número de pessoas nas ruas, até não haver mais ninguém quando pararam diante de uma longa plataforma marmórea de cores vivas. Então atravessaram o turbilhão congelado de matéria onde a substância da via móvel retornara à sua origem e se defrontaram com uma parede transpassada por túneis bem iluminados. Alvin escolheu um sem hesitar e entrou, com Alystra logo atrás. O campo peristáltico capturou-os de imediato e os impulsionou para a frente enquanto se deitavam confortáveis, observando o entorno.

Parecia impossível que estivessem em um túnel subterrâneo. A arte que se estendera por Diaspar inteira como tela também estava ali, e acima deles o céu parecia aberto aos ventos do paraíso. Por toda a volta havia os pináculos da cidade, cintilando à luz do sol. Não era a cidade que Alvin conhecia, mas a Diaspar de uma era muito mais antiga. Embora a maior parte dos grandes edifícios fosse familiar, havia diferenças sutis que tornavam a cena mais interessante. Alvin queria ficar mais ali, porém jamais descobriu uma maneira de retardar o avanço pelo túnel.

Em pouquíssimo tempo, eles estavam bem acomodados em uma grande câmara elíptica totalmente cercada por janelas. Através delas, tinham vislumbres tentadores de jardins resplandecentes com flores vívidas. Ainda havia jardins em Diaspar, mas só na mente do artista que os concebera. Com certeza não existiam flores como aquelas no mundo de hoje.

Alystra, deslumbrada com a beleza delas, ficou com a impressão de que Alvin a levara até ali com esse propósito. Ele a observou um pouco enquanto ela corria de cena em cena, apreciando todo o entusiasmo de Alystra a cada nova descoberta. Havia centenas desses lugares nas construções meio abandonadas da periferia de Diaspar, mantidos em perfeita ordem pelos poderes ocultos que cuidavam deles. Um dia, talvez a maré da vida mais uma vez fluísse nesse curso, mas, até lá, aquele antigo jardim era um segredo compartilhado só por eles.

– Temos outros caminhos pela frente – disse Alvin por fim. – Isto é apenas o começo. – Ele atravessou uma das janelas e a ilusão se esvaiu. Não havia nenhum jardim por trás do vidro, mas um corredor circular que se curvava abruptamente para o alto. Alvin conseguia ver Alystra poucos metros atrás, embora soubesse que ela não o via, até que, sem qualquer hesitação, logo estava ao lado dele no corredor.

Sob os pés de ambos, o chão começou a deslizar para a frente, parecendo ansioso para levá-los ao destino. Eles seguiram alguns instantes pelo corredor, até que a velocidade do caminho se acelerou tanto que fazer mais esforço seria um desperdício.

O corredor continuou subindo e, em trinta metros, fez uma curva de noventa graus. Mas só a lógica sabia disso; para todos os sentidos, era como se ambos passassem às pressas por um corredor absolutamente nivelado. O fato de eles estarem na realidade subindo por um fosso vertical com milhares de metros de profundidade não lhes causou nenhuma sensação de insegurança, pois era impensável qualquer falha do campo polarizador.

E então o corredor começou a "descer" de novo até fazer outra curva de noventa graus. O movimento do chão reduziu imperceptivelmente a velocidade até estancar ao final de um comprido salão repleto de espelhos, onde, Alvin sabia, Alystra permaneceria um longo tempo. Afinal, além de algumas características femininas perpassarem o tempo inalteradas desde Eva, ninguém resistiria ao fascínio daquele lugar ímpar em Diaspar. Em razão de algum capricho do artista, só alguns espelhos refletiam a cena como era de fato – e mesmo esses, Alvin tinha certeza de que ainda mudavam constantemente de posição. Os demais refletiam *alguma coisa*, mas era desconcertante se ver andando por um entorno imaginário e instável.

Às vezes, surgiam pessoas em um vaivém contínuo no mundo atrás dos espelhos, e mais de uma vez Alvin reconheceu alguns rostos, mas nenhum de amigos. Percebeu com bastante clareza que não estivera olhando para nenhum dos amigos que conhecia nesta existência. Através da mente do artista desconhecido, via o passado, observando as encarnações anteriores de pessoas que andavam pelo mundo atual. Entristeceu-o pensar, lembrando-se de sua Singularidade, que jamais encontraria um eco antigo dele mesmo, por mais que se debruçasse diante daquelas cenas.

– Você sabe onde estamos? – Alvin perguntou para Alystra quando concluíram o passeio pelos espelhos.

Alystra chacoalhou a cabeça.

– Imagino que em algum lugar próximo dos limites da cidade – respondeu ela com indolência. – Parece que percorremos um caminho longo, mas não faço ideia da distância.

– Estamos na Torre de Loranne – explicou Alvin –, um dos pontos mais altos de Diaspar. Venha, vou te mostrar. – Ele pegou a mão de Alystra e a levou para fora do salão.

Não havia saídas visíveis, mas em vários locais o padrão do chão indicava a existência de corredores laterais. Quando alguém se aproximava dos espelhos nesses pontos, os reflexos pareciam se fundir em um arco de luz, abrindo passagem para outro corredor. Alystra perdeu toda noção consciente das voltas e viradas e, por fim, eles se encontraram em um túnel longo, com centenas de metros nas duas direções, onde soprava um vento frio e em cujas extremidades brilhavam diminutos círculos de luz.

– Não gosto deste lugar – reclamou Alystra. – É gelado. – Ela provavelmente nunca sentira frio de verdade na vida, e Alvin se sentiu meio culpado. Ele deveria ter-lhe dito que levasse uma capa, e das boas, pois as roupas em Diaspar eram puramente ornamentais, de nada valiam como proteção.

Portanto, sob o peso da culpa, Alvin entregou a própria capa a ela sem dizer uma palavra. Não era uma atitude de cavalheirismo: a igualdade dos sexos, estabelecida havia muito tempo, impediu a sobrevivência dessas convenções. Se fosse o contrário, Alystra daria sua capa a Alvin, que a aceitaria de forma igualmente automática.

Não era desagradável andar com o vento às costas e eles logo chegaram ao fim do túnel, impedidos de prosseguir em razão de uma vasta filigrana de pedra malhada. Melhor assim, pois estavam à beira do nada. O grande duto de ar se abria na íngreme parede da torre e, lá embaixo, tão somente uma queda vertical de pelo menos trezentos e cinco metros. Eles estavam bem no alto das muralhas externas da cidade, e Diaspar se espalhava lá embaixo... Poucos ali haviam vislumbrado tal cena.

A vista era o anverso da que Alvin olhara a partir do centro do Parque. Ele via as ondas concêntricas de pedra e metal à medida que elas descendiam em curvas largas de mais ou menos um quilômetro e meio rumo ao coração da cidade. Ao longe, meio escondidos por torres, ele podia vislumbrar os campos distantes, as árvores e o rio em um fluxo eterno. Mais longe ainda, os baluartes mais remotos de Diaspar se elevavam mais uma vez até o céu.

Ao seu lado, Alystra compartilhava com prazer toda aquela paisagem, mas sem nenhuma surpresa. Ela vira a cidade incontáveis vezes em outros mirantes quase igualmente bem localizados... e com mais conforto.

– É o nosso mundo... ele inteiro – disse Alvin. – Agora quero te mostrar outra coisa. – Afastando-se da grade, caminhou em direção ao distante círculo de luz na outra extremidade do túnel. O vento gelado lhe açoitava o corpo coberto por vestimentas leves, mas ele mal notava o desconforto enquanto avançava pelo sistema de ar.

Logo percebeu que Alystra não o seguia. Ela o fitava, o vento deslizando pela capa emprestada, uma das mãos erguida até o rosto. Alvin viu o movimento dos lábios, mas as palavras não o alcançaram. Ele olhou para trás primeiro com espanto, depois com uma impaciência não totalmente desprovida de pena. As palavras de Jeserac eram verdadeiras. Ela não podia segui-lo; aprendera o significado daquele remoto círculo de luz através do qual o vento soprava infindo para dentro de Diaspar. Atrás de Alystra estava o mundo conhecido, repleto de maravilhas, porém vazio de surpresas, flutuando como uma bolha brilhante, ainda que firmemente fechada, pela corrente do tempo. À frente, distante dela apenas alguns passos, estava a imensidão vazia, o mundo do deserto, o mundo dos Invasores.

Alvin voltou e surpreendeu-se ao ver que ela estava tremendo.

– Por que está com medo? – perguntou ele. – Ainda estamos seguros em Diaspar. Você olhou por aquela abertura atrás de nós... Com certeza pode olhar por esta também!

Alystra fitava Alvin como se ele fosse um monstro estranho. Para os seus padrões, era mesmo.

– Eu não conseguiria – ela respondeu enfim. – Só de pensar nisso fico mais gelada do que este vento. Não dê mais nenhum passo, Alvin.

– Mas isso não tem lógica! – protestou Alvin sem remorso. – Que mal poderia fazer você andar até o fim do corredor e olhar para fora? É estranho e solitário, mas não horrível. Na verdade, quanto mais olho, mais bonito...

Alystra nem o ouviu terminar a frase. Dando meia-volta, retornou à longa rampa que os levara ao túnel. Alvin não tentou impedi-la, pois, se assim agisse, estaria impondo a própria vontade a outra pessoa. Persuadir seria em vão. Ele sabia que Alystra só pararia quando encontrasse os companheiros. E também sabia que ela não se perderia nos labirintos da cidade, pois seria capaz de refazer os próprios passos. A capacidade instintiva de se desvencilhar até do mais complexo dos labirintos fora apenas uma das muitas realizações humanas resultante da vida em cidades. O rato, mamífero há muito tempo extinto, fora forçado a adquirir habilidades semelhantes quando deixou o campo e tentou a sorte com a humanidade.

Alvin ainda aguardou um momento, como se à espera de que Alystra voltasse. Não se surpreendera com a reação dela, mas com a violência e irracionalidade do ato. Embora lamentasse sinceramente a partida da companheira, desejou que pelo menos a capa tivesse ficado.

O frio incomodava, mas pior ainda era a dificuldade de se locomover contra o vento que soprava pelos pulmões da cidade. Alvin lutava contra a corrente de ar e também contra as forças que a mantinham em movimento. Só relaxou ao alcançar a grade de pedra e prender os braços ao redor das barras. Havia espaço apenas para ele passar a cabeça pela abertura e, mesmo assim, a visão da paisagem era restrita, uma vez que a entrada do duto se encontrava em parte em uma reentrância da muralha da cidade.

Todavia, conseguiu ver o bastante. Milhares de metros abaixo, a luz do sol estava abandonando o deserto; os raios quase horizontais atravessavam a grade e desenhavam um estranho padrão de ouro e sombra até bem além no túnel. Alvin protegeu os olhos contra a claridade e observou a terra sobre a qual o homem andara por eras e mais eras.

Talvez olhasse para um mar para sempre congelado. Por quilômetros e quilômetros, dunas de areia ondulavam para o oeste, os contornos destacados pela luz inclinada. Aqui e ali, algum capricho do vento esculpira curiosos redemoinhos e valetas na areia, de modo que às vezes era difícil perceber que nenhuma daquelas esculturas era obra da inteligência. A uma distância incomensurável, estendia-se uma série de colinas levemente arredondadas. Alvin se decepcionou: teria dado tudo para ver a cena real das montanhas altas dos registros antigos e dos seus próprios sonhos.

O sol pairava sobre a borda das colinas, a luz enfraquecida e avermelhada em razão das centenas de quilômetros de atmosfera que estava atravessando. Havia duas grandes manchas pretas sobre sua forma circular; Alvin descobrira em seus estudos que essas coisas existiam, mas ficou surpreso de poder vê-las com tanta facilidade, similares a um par de olhos espreitando-o de volta enquanto ele permanecia agachado em seu solitário olho mágico, o ruído contínuo do vento assobiando-lhe incessantemente nos ouvidos.

Não havia crepúsculo. Quando o sol desvanecia, as poças de sombra entre as dunas de areia se uniam em um vasto lago de escuridão. As cores apagavam-se do céu; vermelhos e dourados vivos esvaindo-se em um azul ártico cada vez mais profundo até anoitecer. Alvin esperou o auge da cena que, de toda a raça humana, só ele conhecia: o tremeluzir da primeira estrela.

Estivera no mesmo lugar havia muitas semanas e sabia que a conformação do céu noturno devia ter mudado nesse meio-tempo. Mesmo assim, não estava pronto para ver pela primeira vez os Sete Sóis.

Não podiam ter outro nome; a expressão saltava espontaneamente aos lábios. Formavam um grupo minúsculo, muito compacto e incrivelmente simétrico contra o resplendor do pôr do sol. Seis deles estavam dispostos em uma elipse ligeiramente achatada que, Alvin tinha certeza, era na realidade um círculo perfeito, meio inclinado em direção à linha de visão. Cada estrela tinha uma cor diferente – vermelha, azul, dourada e verde –, mas nem todas ele distinguia. Do exato centro da formação sobressaía um único gigante branco – a estrela mais fulgurante em todo o céu visível. O grupo inteiro assemelhava-se a uma joia; parecia incrível e muito além dos limites das leis do acaso que a Natureza pudesse haver produzido um padrão tão perfeito.

À medida que os olhos de Alvin foram se habituando à escuridão, ele avistou o grande véu nevoento um dia chamado de Via Láctea. Estendia-se do zênite ao horizonte, com os Sete Sóis emaranhados em suas dobras. As outras estrelas recém-surgidas pareciam desafiá-los e os agrupamentos aleatórios só enfatizavam o enigma daquela simetria perfeita. Era quase como se alguma força, contrariando o caos natural do universo de forma deliberada, deixasse sua marca nas estrelas.

Dez vezes, não mais, a Galáxia girara sobre o próprio eixo desde que o Homem andara sobre a Terra pela primeira vez. Para seus próprios padrões, aquilo representava apenas um momento. No entanto, nesse curto período, ela mudara por completo, muito mais do que teria direito no curso natural dos eventos. Os grandes sóis que um dia arderam com tanta intensidade no orgulho da juventude marchavam para a morte. Mas Alvin nunca vira a glória antigo dos céus e, portanto, não tinha consciência de tudo o que se perdera.

Com o frio enregelando-lhe os ossos, resolveu retornar à cidade, antes friccionando o corpo para ativar a circulação. À sua frente, túnel abaixo, a luz que emanava de Diaspar era tão brilhante que, por um momento, ele teve que desviar os olhos. Fora da cidade, existiam dias e noites, mas nela existia apenas o dia eterno. À medida que o sol se punha, Diaspar se enchia de luz e ninguém percebia o desaparecimento da iluminação natural. Mesmo antes de perder a necessidade de dormir, o homem havia eliminado a escuridão das cidades. A única noite que recaía sobre Diaspar era uma rara e imprevisível obscuridade que às vezes cobria o Parque, transformando-o em um lugar de mistérios.

Alvin voltou lentamente pelo salão de espelhos, ainda pensando na noite e nas estrelas. Sentia-se inspirado pela beleza, porém deprimido diante da aparente inviabilidade de escapar para aquele enorme vazio. E que propósito racional justificaria tal fuga? Jeserac dissera que um homem morreria em pouco tempo no deserto, e Alvin acreditava nele. Talvez algum dia descobrisse uma maneira de sair de Diaspar, mas sabia que precisaria voltar logo. Chegar ao deserto seria apenas um jogo divertido, nada mais. Era um jogo que não poderia compartilhar com ninguém e que não o levaria a lugar nenhum. Mas pelo menos valeria a pena se ajudasse a saciar o anseio de sua alma.

Como que não querendo voltar ao mundo familiar, Alvin mergulhou nos reflexos do passado. Parado diante de um dos grandes espelhos, observou o vaivém das cenas controladas por sua presença e seus pensamentos. Os espelhos sempre estavam vazios quando ele entrava na sala, mas se enchiam de ação assim que começava a caminhar por ali.

Naquele momento, parecia estar em um grande pátio aberto que nunca vira na realidade, mas que provavelmente ainda existia em algum recanto de Diaspar. No lugar estranhamente lotado, parecia acontecer algum tipo de reunião pública. Dois homens discutiam de forma educada em uma plataforma, cercados por apoiadores que emitiam exclamações de tempos em tempos. O silêncio total acentuava o charme da cena, pois a imaginação já trabalhava para encher o cenário de sons. O que estariam debatendo? Talvez não fosse uma cena real do passado, mas apenas um episódio criado pela imaginação. O cuidadoso equilíbrio de cada detalhe, os movimentos meio formais, tudo a fazia parecer certinha demais para a vida real.

Ele examinou os rostos na multidão, procurando alguém conhecido. Não havia ninguém que ele conhecesse, mas talvez olhasse para amigos que só encontraria dali a séculos. Quantos padrões de fisionomias humanas existiriam? O número, apesar de gigantesco, era finito, sobretudo porque todas as variações antiestéticas haviam sido eliminadas.

As pessoas no mundo espelhado continuaram uma discussão há muito esquecida, ignorando a imagem de Alvin imóvel ali. Às vezes era muito difícil acreditar que ele próprio não fazia parte da cena, pois a ilusão era perfeita. Quando um dos fantasmas no espelho se deslocava para trás de Alvin, desvanecia exatamente como um objeto real teria desaparecido, e, quando um deles passava à sua frente, era o próprio Alvin quem se esvaía.

Então, já se preparando para partir, percebeu um homem com vestes estranhas um pouco afastado do grupo principal. Tudo nele parecia deslocado: movimentos, roupas... Ele se desviava do padrão; assim como Alvin, era um anacronismo.

Contudo, ele era bem mais que isso. Ele era real, e fitava Alvin com um sorriso ligeiramente interrogativo.

5

Em sua curta existência, Alvin conhecera menos de um milésimo dos habitantes de Diaspar. Portanto, não lhe surpreendeu que o homem diante dele fosse um estranho. A real surpresa veio de encontrar alguém naquela torre deserta, tão próxima da fronteira do desconhecido.

Virando as costas para o mundo espelhado, Alvin encarou o intruso. Antes que pudesse falar, o sujeito se dirigiu a ele:

– Acredito que você seja Alvin. Quando descobri que alguém estava vindo para cá, deveria ter imaginado que era você.

O comentário obviamente não tinha a intenção de ofender, era uma simples afirmação do fato, e Alvin o aceitou como tal. Não se admirou por ter sido reconhecido; gostasse ou não, era Singular, e as potencialidades não reveladas desse traço o tornaram conhecido por todos da cidade.

– Eu sou Khedron – continuou o estranho, como se o nome explicasse tudo. – Me chamam de Bufão.

Alvin fez cara de quem não entendeu e Khedron deu de ombros com uma dissimulada resignação.

– Ah, a fama é assim. Porém, você é jovem e não ocorreram zombarias durante a sua existência. Portanto, ignorância desculpada.

Havia alguma coisa agradavelmente fora do comum em Khedron. Alvin vasculhou a mente em busca do significado da palavra "Bufão"; ela evocava pálidas lembranças, mas ele não conseguia identificá-la. Com tantos títulos na complexa organização social da cidade, levava-se uma vida inteira para aprender todos.

– Você vem sempre aqui? – perguntou Alvin com um pouco de ciúmes. Ele começara a pensar na Torre de Loranne como sua propriedade exclusiva e se sentiu meio contrariado ao constatar que mais alguém conhecia aquelas maravilhas. Mas, perguntava-se, teria Khedron olhado para o deserto, ou vislumbrado as estrelas se pondo no oeste?

– Não – respondeu Khedron, como que respondendo aos pensamentos silenciosos de Alvin. – Nunca estive aqui antes. Mas gosto de ficar sabendo de acontecimentos inusitados na cidade, e já faz muito tempo desde que alguém veio até a Torre de Loranne.

Alvin se perguntou de modo fugaz como Khedron sabia de suas visitas anteriores, mas logo descartou a questão. Diaspar estava repleta de olhos e ouvidos e de outros órgãos de sentidos mais sutis, que mantinham a cidade informada de tudo. Qualquer um que se interessasse pelo assunto poderia, sem dúvida, encontrar uma forma de grampear esses canais.

– Mesmo que seja raro alguém vir aqui – retrucou Alvin, ainda esgrimindo verbalmente –, por que você estaria interessado?

– Porque em Diaspar – respondeu Khedron – qualquer coisa inusitada é prerrogativa minha. Eu tinha reparado em você faz muito tempo; sabia que a gente ia se conhecer um dia. Do meu próprio modo, eu também sou um Singular. Ah, não do mesmo jeito que você: esta não é a minha primeira vida. Saí mil vezes da Sala de Criação. Mas em algum momento lá do começo me escolheram para ser Bufão, e só existe um Bufão de cada vez em Diaspar. A maioria das pessoas acha que mesmo um é demais.

A ironia na fala de Khedron deixava Alvin meio perdido. Não seria educado fazer perguntas pessoais diretas, mas, afinal, Khedron tocara no assunto.

– Me desculpe a ignorância – falou Alvin –, mas o que é um Bufão e o que ele faz?

– Você pergunta "o quê" – replicou Khedron –, então vou começar contando "por quê". É uma longa história, mas acho que vai gostar.

– Eu me interesso por tudo – comentou Alvin com bastante sinceridade.

– Pois muito bem. Os homens... Se é que eram homens, às vezes eu duvido... que projetaram Diaspar precisavam encontrar a solução para um problema incrivelmente complexo. Diaspar não é apenas uma máquina, é um organismo vivo, e imortal. Estamos tão acostumados com a nossa sociedade que não somos mais capazes de avaliar como ela deve ter parecido estranha para os nossos primeiros ancestrais. Aqui vivemos em um mundinho fechado e inalterado, exceto em alguns aspectos secundários que, no entanto, são perfeitamente estáveis, era após era. Diaspar provavelmente durou mais tempo do que o resto da história humana... Mas, *naquela* história, acredita-se que existiam incontáveis milhares de culturas e civilizações que perduravam algum tempo e depois desapareciam. Como foi que Diaspar conquistou sua extraordinária estabilidade?

Alvin, surpreso com o caráter elementar da pergunta, sentiu esmorecer a esperança de descobrir algo novo.

– Por causa dos bancos de memória, claro – retorquiu ele. – A população de Diaspar é sempre formada pelas mesmas pessoas, mas que são reunidas em grupos diferentes à medida que seus corpos são criados ou destruídos.

Khedron chacoalhou a cabeça.

– Essa é só uma pequena parte da resposta. Exatamente com as mesmas pessoas, seria possível criar muitos padrões sociais diferentes. Não posso provar isso e não tenho evidências diretas, mas acredito ser verdade. Os projetistas da cidade não fixaram apenas sua população, mas também as leis que regem o seu comportamento. Nós mal notamos que essas leis existem, mas obedecemos a elas. Diaspar é uma cultura congelada que não aceita mudanças fora de limites estreitos. Os bancos de memória armazenam muitas outras coisas além dos padrões do nosso corpo e personalidade; conservam a imagem da própria cidade, preservando cada átomo contra todas as mudanças que o Tempo pode trazer. Olhe para este pavimento... Foi assentado milhões de anos atrás e incontáveis pés andaram sobre ele. Você vê algum sinal de desgaste? A matéria desprotegida, por mais resistente, teria virado poeira eras atrás. Mas, enquanto houver energia para alimentar os bancos de memória e enquanto as matrizes guardadas por eles ainda controlarem os padrões da cidade, a estrutura física de Diaspar nunca vai mudar.

– Mas aconteceram *algumas* mudanças – protestou Alvin. – Derrubaram muitas construções desde a criação da cidade e ergueram novas.

– Claro... mas só descarregando a informação armazenada nos bancos de memória e depois configurando novos padrões. Em todo caso, eu estava apenas citando um exemplo de como a cidade se preserva fisicamente. Na verdade, meu propósito é demonstrar que em Diaspar existem máquinas que preservam a nossa organização social, observando qualquer mudança e corrigindo-a antes que ela se torne significativa demais. Como fazem isso? Não faço ideia... Talvez selecionando aqueles que saem da Sala de Criação, talvez mexendo nos nossos padrões de personalidade; nós até podemos achar que temos livre-arbítrio, mas podemos ter certeza?

"Em qualquer caso, solucionaram o problema. Diaspar sobreviveu e seguiu seu caminho em segurança ao longo das eras, como uma grande nave cargueira transportando tudo o que sobrou da raça humana. É uma conquista excepcional da engenharia social, mas se vale a pena é outra questão.

"Porém, estabilidade não basta, pois acaba promovendo a estagnação, e daí vem a decadência. Para evitar isso, os projetistas da cidade se precaveram, ainda que nessas construções desertas não tenham sido tão bem-sucedidos. Eu, Khedron, o Bufão, faço parte desse plano, talvez uma ínfima parte. Gosto de pensar diferente, mas nunca terei certeza."

– E qual exatamente é essa parte? – perguntou Alvin, ainda sem entender muito e um tanto exasperado.

– Digamos que eu incorporo à cidade quantidades calculadas de desordem. Explicar mais seria destruir a eficácia do meu trabalho. Julgue-me pelos meus poucos atos, não pelas minhas muitas palavras.

Alvin jamais conhecera ninguém como Khedron. A personalidade do Bufão era autêntica, bem acima do nível geral de uniformidade típico de Diaspar. Mesmo sem esperança de descobrir com precisão os deveres dele e como os realizava, isso pouco significava. Alvin achou que o mais importante era a presença de uma pessoa com quem podia conversar – alguém capaz de lhe dar respostas para muitos dos problemas que o intrigavam havia tanto tempo.

Eles voltaram juntos pelos corredores da Torre de Loranne e saíram ao lado da via móvel deserta. Só quando estavam nas ruas passou pela cabeça de Alvin que Khedron nunca lhe perguntara o que ele estava fazendo ali no limite do desconhecido. Desconfiou que Khedron sabia e ficou interessado, mas não espantado. Algo lhe dizia que seria muito difícil surpreender Khedron.

Então, trocaram os números de identificação para ligar um para o outro quando quisessem. Alvin estava ansioso para saber mais do Bufão, ainda que imaginasse que a companhia do sujeito seria exaustiva caso se prolongasse tempo demais. Entretanto, antes de um novo encontro, ele queria descobrir o que seus amigos, e em especial Jeserac, podiam lhe dizer sobre Khedron.

– Até mais – disse Khedron, e logo desapareceu.

Alvin se irritou. Quando se encontrava alguém que era apenas projeção de si mesmo, que não estava presente em carne e osso, era de bom-tom deixar isso claro desde o início, afinal, a situação talvez colocasse a pessoa que ignorava os fatos em desvantagem. Khedron provavelmente estivera quieto em casa o tempo todo, onde quer que morasse. O número que ele dera a Alvin garantiria o recebimento de quaisquer mensagens, mas não revelava seu endereço, o que pelo menos seguia o costume habitual. Podia-se ter bastante liberdade com os números de identificação, mas o endereço real só era revelado aos amigos íntimos.

Enquanto voltava para a cidade, Alvin refletia sobre as palavras de Khedron quanto a Diaspar e à sua organização social. Era estranho que ele não houvesse conhecido mais ninguém insatisfeito com aquele modo de vida. Diaspar e seus habitantes haviam sido projetados como parte de um plano mestre; formavam uma simbiose perfeita. Durante sua longa vida, a população da cidade nunca se sentia entediada, vivendo em um mundo que, embora diminuto pelos padrões das eras anteriores, tinha uma complexidade extraordinária, com incalculável fartura de maravilhas e tesouros. Ali o Homem reunira todos os frutos do seu engenho, tudo o que restara da ruína do passado. Diziam que todas as cidades já existentes haviam proporcionado alguma coisa a Diaspar; antes da chegada dos Invasores, o nome da cidade era conhecido em todos os planetas que o Homem perdera. Da construção de Diaspar participaram todas as competências, todo o talento artístico do Império. Quando os gloriosos dias se aproximavam do fim, gênios da humanidade haviam remodelado a cidade e as máquinas que a imortalizaram. Independentemente do que fosse esquecido, Diaspar viveria e transportaria em segurança os descendentes do Homem pela corrente do tempo.

Eles não haviam concretizado nada além da sobrevivência e estavam satisfeitos. Havia um milhão de coisas que ocupavam suas vidas entre a hora em que saíam já crescidos da Sala de Criação e a hora em que seus corpos, apenas um pouco mais velhos, voltavam aos bancos de memória da cidade. Em um mundo onde toda a população tem uma inteligência que um dia teria sido considerada a marca de um gênio, não poderia haver risco de tédio. As maravilhas de uma conversa e uma discussão, as intricadas formalidades das relações sociais, os grandes debates formais que a cidade inteira ouvia fascinada enquanto mentes brilhantes se encontravam em combate ou se esforçavam para escalar aqueles cumes de montanhas que nunca eram conquistados, mas cujo desafio jamais cessava... Tudo isso já bastava para ocupar parte significativa da vida dos cidadãos.

Todos os homens e mulheres cultivavam algum interesse intelectual. Eriston, por exemplo, passava boa parte do tempo em prolongados solilóquios com o computador central, que praticamente administrava a cidade, mas mantendo tempo livre para muitas discussões com qualquer um que se desse o trabalho de competir contra ele. Há trezentos anos, Eriston tentava elaborar paradoxos lógicos que a máquina não conseguisse resolver. E não esperava fazer grandes progressos antes que se passassem muitas existências.

Os interesses de Etania eram de natureza mais estética. Ela projetava e construía, com a ajuda de organizadores de matéria, padrões entrelaçados tridimensionais de uma complexidade tão bela que constituíam de fato problemas extremamente avançados de topologia. Seu trabalho podia ser visto por toda parte e alguns dos padrões criados por ela haviam sido incorporados aos pisos de grandes salas de coreografia, servindo de base para o desenvolvimento de novas criações de balé e temas de dança.

Essas ocupações talvez parecessem estéreis para aqueles cujo intelecto não valorizava tantas sutilezas. No entanto, em Diaspar, todos entendiam alguma coisa do trabalho de Eriston e Etania e voltavam-se a algum interesse próprio igualmente insaciável.

O atletismo e vários esportes, inclusive muitos só viáveis com o controle da gravidade, tornavam prazerosos os primeiros séculos da juventude. Para o senso de aventura e o exercício da imaginação, as Sagas forneciam tudo o que se desejasse. Elas eram o inevitável produto final daquela aspiração por realismo, e começaram quando alguns homens foram capazes de reproduzir imagens móveis e gravar sons, depois recorrendo a todas essas tecnologias para representar cenas da vida real ou imaginária. Nas Sagas, o perfeccionismo da ilusão decorria do fato de todas as impressões sensoriais envolvidas serem transmitidas diretamente ao cérebro, desviadas quaisquer sensações conflitantes. O espectador fascinado se desligava da realidade durante a aventura; vivia um sonho, ainda que acreditasse estar acordado.

Em um mundo de ordem e estabilidade que, em linhas gerais, não mudara em cem milhões de anos, talvez não fosse surpresa o interesse cativante por jogos de azar. A humanidade sempre fora fascinada pelo misterioso rolar do dado, pela virada de uma carta, pelo giro do ponteiro. Em nível subjacente, o interesse se baseava em mera ganância – uma emoção que não deveria sobreviver em um mundo onde todos tinham tudo de que precisassem com moderação. Mesmo excluído esse motivo, restava o puro fascínio intelectual pelo acaso para seduzir as mentes mais sofisticadas. Máquinas que operavam de um modo estritamente aleatório, acontecimentos cujo resultado jamais poderia ser previsto, por mais informação que se acumulasse, e assim filósofos e jogadores conseguiam o mesmo nível de diversão.

E ainda restavam, para que todos compartilhassem, as palavras entrelaçadas Amor e Arte. Entrelaçadas, pois Amor sem Arte era apenas a mitigação do desejo, e Arte não pode ser apreciada se não abordada com Amor.

O ser humano procurara a beleza de muitas formas: em sequências de som, em linhas sobre o papel, em superfícies de pedras, em movimentos corporais humanos, em cores espalhadas pelo espaço. Todas essas manifestações ainda sobreviviam em Diaspar e, ao longo das eras, outras foram aflorando. Ninguém sabia ao certo se todas as possibilidades artísticas já haviam se esgotado, ou se elas tinham algum significado fora da mente humana.

E o mesmo era verdade quanto ao Amor.

6

Jeserac estava imóvel dentro de um turbilhão numérico. Os primeiros mil números primos, expressos na escala binária usada para todas as operações aritméticas desde a invenção dos computadores eletrônicos, desfilavam em ordem diante dele: infinitas fileiras de uns e zeros colocavam diante dos olhos de Jeserac as sequências completas de todos aqueles números desprovidos de fatores a não ser eles mesmos e o um. O mistério dos números primos sempre fascinara o ser humano e ainda o seduzia.

Jeserac não era matemático, embora às vezes gostasse de acreditar nisso. Portanto, restava-lhe procurar, na infinita gama de números primos, relações e regras especiais que homens mais talentosos pudessem incorporar a leis gerais. Ele conseguira descobrir o funcionamento dos números, mas não sabia explicar por quê. Comprazia-se em cortar caminho entre a selva aritmética e às vezes descobrir maravilhas despercebidas por exploradores mais habilidosos.

Ele encontrara a matriz de todos os números inteiros possíveis e pôs o computador para enfileirar os números primos pela superfície, assim como contas poderiam ser dispostas nas interseções de uma rede. Fizera isso centenas de vezes sem chegar a resultado algum. Mas ficava fascinado pelo modo como os números estudados se espalhavam, aparentemente sem lei nenhuma, sobre o espectro dos números inteiros. Apesar de conhecer as leis de distribuição já descobertas, sempre esperava descortinar mais.

Não podia reclamar de interrupção. Se não quisesse ser perturbado, deveria ter configurado seu sinal visual de acordo. Quando o toque suave ressoou em seus ouvidos, a parede de números estremeceu, os números fundindo-se em um único borrão, e Jeserac voltou ao mundo da mera realidade.

Reconhecendo Khedron de imediato, não ficou muito satisfeito. Jeserac não se importava que alterassem seu estilo organizado de vida, e Khedron representava o imprevisível. Mesmo assim, cumprimentou o visitante com educação e disfarçou todos os indícios de alguma leve preocupação.

Quando duas pessoas se encontravam pela primeira vez em Diaspar, ou mesmo pela centésima vez, era costume passar mais ou menos uma hora trocando cortesias antes de ir direto ao ponto, se fosse o caso. Khedron de certo modo ofendeu Jeserac ao percorrer apressadamente essas formalidades em apenas quinze minutos e então dizer de forma brusca:

– Eu gostaria de falar sobre Alvin. Acredito que você seja o tutor dele.

– É verdade – replicou Jeserac. – Continuo encontrando-o várias vezes por semana... Quantas vezes ele quiser.

– E você diria que ele é um discípulo competente?

Jeserac pensou um pouco; era uma pergunta difícil de responder. A relação discípulo-tutor, extremamente importante, constituía um dos alicerces da vida em Diaspar. Em média, dez mil novas mentes chegavam à cidade todo ano, com lembranças anteriores ainda latentes, e os primeiros vinte anos de sua existência eram de novidades e estranhezas. Precisariam aprender não só o manejo de uma infinidade de máquinas e aparelhos que formavam o plano de fundo da vida cotidiana, mas também a convivência na sociedade mais complexa que o ser humano já construíra.

Parte dessa instrução cabia aos casais escolhidos por sorteio como pais dos novos cidadãos, e os deveres não eram onerosos. Eriston e Etania não haviam dedicado mais do que um terço do seu tempo à criação de Alvin, cumprindo tudo o que se esperava deles.

Jeserac era responsável pelos aspectos mais formais da educação de Alvin. Presumia-se que os pais o ensinassem a se comportar em sociedade e o apresentassem a um círculo de amigos cada vez maior. Eles se incumbiam do caráter de Alvin; Jeserac, da mente.

– Acho um tanto difícil responder à sua pergunta – afirmou Jeserac. – Sem dúvida não há nada de errado com a inteligência de Alvin, mas muitas coisas que deveriam interessá-lo são encaradas com total indiferença. Por outro lado, ele demonstra uma curiosidade mórbida por assuntos que nós quase nunca discutimos.

– O mundo fora de Diaspar, por exemplo?

– É... Mas como você sabe?

Khedron hesitou, perguntando-se até que ponto poderia se abrir com Jeserac. Ainda que sabendo das boas intenções e da amabilidade dele, também sabia que devia ser limitado pelos mesmos tabus que controlavam todos em Diaspar, todos menos Alvin.

– Só adivinhei – respondeu ele enfim.

Jeserac ajeitou-se de maneira mais confortável nas profundezas da poltrona que acabara de materializar. Ali estava uma situação bem curiosa e ele queria analisá-la da forma mais completa possível. Contudo, não havia muito o que descobrir, a menos que Khedron estivesse disposto a cooperar.

Ele devia ter previsto que algum dia Alvin conheceria o Bufão, com consequências imprevisíveis. Khedron era a única pessoa da cidade que podia ser chamada de excêntrica – e mesmo sua excentricidade fora programada pelos projetistas de Diaspar. Muito tempo atrás, descobriu-se que, sem um pouco de crime ou desordem, a utopia logo se tornaria insuportavelmente tediosa. Porém, em relação ao crime, devido à natureza das coisas, seria impossível garantir que permanecesse no nível de excelência exigido pelas equações sociais. Se era autorizado e regulado, deixava de ser crime.

O ofício do Bufão foi a saída – à primeira vista *ingênua*, porém, na verdade profundamente sutil – encontrada pelos projetistas da cidade. Em toda a história de Diaspar, a herança mental de ao menos duzentas pessoas as tornava aptas para esse papel peculiar. Apesar de certos privilégios que as protegiam das consequências de suas ações, houve Bufões que ultrapassaram os limites e pagaram com a única penalidade imposta por Diaspar: a expulsão para o futuro antes que a encarnação atual terminasse.

Em ocasiões raras e imprevisíveis, o Bufão virava a cidade de cabeça para baixo com algum trote que às vezes não passava de uma brincadeira bem engendrada, mas em outras era um ataque calculado a alguma crença ou modo de vida social. Considerando todos os aspectos, o nome "Bufão" era muito apropriado. Um dia, ainda quando existiam cortes e reis, houvera homens com deveres muito semelhantes, trabalhando com a mesma licenciosidade.

– Vai ajudar se nós formos sinceros um com o outro – disse Jeserac. – Nós dois sabemos que Alvin é Singular, que nunca teve uma vida anterior em Diaspar. Talvez você possa imaginar melhor do que eu as implicações disso. Duvido que alguma coisa na cidade seja não planejada; portanto, a criação de Alvin tem um objetivo. Não sei se ele atingirá esse objetivo, seja qual for, assim como não sei se tal propósito é bom ou ruim. Na verdade, não tenho a mínima ideia do que seja.

– Você acha que tem a ver com alguma coisa fora da cidade?

Jeserac sorriu com paciência; o Bufão recorria a uma piadinha, como era de se esperar.

– Contei para Alvin o que há lá fora; ele sabe que só existe o deserto. Leve-o até lá se puder; talvez *você* conheça um jeito. Quando ele vir a realidade, pode ser que ela cure essa estranheza mental.

– Acho que ele já viu – replicou Khedron baixinho. Mas disse para si mesmo, não para Jeserac.

– Não acho que Alvin esteja feliz – continuou Jeserac. – Ele não criou vínculos verdadeiros e será muito difícil criá-los enquanto continuar tão obcecado. Mas, afinal, ele é muito jovem. Vai conseguir superar essa fase e viver de acordo com o padrão da cidade.

Jeserac falava para se tranquilizar. Khedron se perguntava se o homem acreditava mesmo no que dizia.

– Me diga, Jeserac – perguntou Khedron de forma brusca –, Alvin sabe que não é o primeiro Singular?

Jeserac pareceu perplexo, depois um pouco desafiador.

– Eu devia ter adivinhado – comentou ele com pesar – que *você* saberia disso. Quantos Singulares já existiram em toda a história de Diaspar? Dez?

– Catorze – respondeu Khedron sem hesitar. – Sem contar Alvin.

– Você está mais bem informado do que eu – retrucou Jeserac em tom irônico. – Talvez possa me dizer o que aconteceu com os outros Singulares.

– Desapareceram.

– Obrigado, isso eu já sabia. Foi por isso que contei o mínimo possível para Alvin sobre os antecessores dele. De que adiantaria no estado em que ele está no momento? Posso contar com a sua cooperação, Khedron?

– Por enquanto, pode. Quero estudá-lo eu mesmo. Os mistérios sempre me intrigaram, e existem tão poucos em Diaspar.

Além do mais, acho que o destino está preparando uma zombaria que vai fazer os meus esforços parecerem insignificantes. Nesse caso, quero ter certeza de estar por perto quando acontecer o clímax.

– Você tem um apreço exagerado por falar por enigmas – reclamou Jeserac. – O que exatamente está prevendo?

– Duvido que as minhas suposições sejam melhores que as suas. Mas acredito no seguinte: nem eu, nem você, nem ninguém em Diaspar será capaz de impedir Alvin quando ele decidir o que quer fazer. Teremos alguns séculos muito interessantes pela frente.

Jeserac ficou estático durante um bom tempo, a matemática esquecida, depois que a imagem de Khedron desapareceu de vista. Uma insólita sensação de agouro pairava pesadamente sobre ele. Por um momento fugaz, perguntou-se se deveria solicitar uma audiência com o Conselho – mas isso não implicaria armar uma confusão ridícula por nada? Talvez aquela situação toda não passasse de uma pilhéria complicada e obscura de Khedron, embora não conseguisse imaginar por que fora escolhido como vítima.

Ele ponderou sobre o problema, examinando-o de todos os ângulos. Depois de um pouco mais de uma hora, tomou uma decisão característica.

Ia esperar.

Alvin logo se empenhou em descobrir tudo sobre Khedron. Jeserac, como de costume, era sua principal fonte de informação. O velho tutor lhe fez um relato cuidadosamente fatual sobre seus encontros com o Bufão, acrescentando o pouco que sabia sobre o modo de vida do outro. Tanto quanto era possível em Diaspar, Khedron vivia recluso: ninguém conhecia seu endereço nem seu estilo de vida. Fizera uma última pilhéria havia quinze anos, uma brincadeira um tanto infantil envolvendo a total paralisação das vias móveis. Um século antes, soltara um dragão repugnante que perambulara pela cidade devorando todas as obras do escultor mais popular da época. O próprio artista, justificadamente alarmado diante da dieta obsessiva da fera, escondeu-se e não mais apareceu até o monstro sumir de maneira tão misteriosa quanto surgira.

Uma coisa se tornara óbvia a partir desses relatos. Khedron devia ser profundo conhecedor do funcionamento das máquinas e das forças que administravam a cidade, e assim conseguia que obedecessem a ele como a ninguém mais. Presumivelmente, devia existir algum controle supremo que impedia algum Bufão superambicioso de causar danos permanentes e irreparáveis à estrutura complexa de Diaspar.

Alvin armazenou todas essas informações, mas não tomou iniciativa alguma de contatar Khedron. Embora tivesse muitas perguntas para fazer ao Bufão, sua obstinada propensão à independência – talvez a mais verdadeiramente singular de todas as suas qualidades – motivava-o a descobrir tudo por conta própria. Embarcara em um projeto que talvez demandasse anos de dedicação, mas, desde que caminhasse em direção ao seu objetivo, estava feliz.

Iniciara a exploração sistemática de Diaspar como um viajante de eras passadas mapeando um território desconhecido. Durante dias e semanas vagou pelas torres solitárias nos limites da cidade, na esperança de que, em algum lugar, descobriria uma saída para o mundo exterior. Encontrou uma dúzia de grandes aberturas de ventilação de ar, mas todas bloqueadas – e, mesmo que as barras não estivessem ali, a simples queda de mais de um quilômetro já configuraria um entrave assustador.

Não encontrou nenhuma outra saída, mesmo explorando mil corredores e dez mil câmaras vazias. Todas aquelas construções estavam naquela condição perfeita e impecável que a população de Diaspar considerava parte da ordem normal das coisas. Às vezes, Alvin encontrava um robô, claramente perambulando em um passeio de inspeção, e nunca deixava de questioná-lo. Em vão, porque as máquinas que encontrava não estavam codificadas para reagir à fala ou ao pensamento humano. Apesar de perceberem a presença dele ali, pois flutuavam educadamente para o lado para deixá-lo passar, recusavam-se ao diálogo.

Às vezes, Alvin não via outro ser humano durante dias. Quando sentia fome, entrava em um dos compartimentos residenciais e pedia uma refeição. Máquinas milagrosas em cuja existência ele raramente pensava despertavam após eras de inércia, os padrões armazenados tremulando no limite da realidade, organizando e direcionando a matéria que controlavam. E, dessa maneira, uma refeição preparada por um grande chef cem milhões de anos antes renascia para encantar o paladar ou apenas satisfazer o apetite.

A solidão daquele mundo deserto – a casca vazia em torno do coração vivo da cidade – não deprimia Alvin. Ele já se habituara à solidão, mesmo no convívio com aqueles a quem chamava de amigos. Essa exploração ardente, que devorava toda a sua energia e interesse, levava-o a se esquecer por um tempo do mistério de sua herança e da anomalia que o diferenciava dos companheiros.

Depois de explorar menos de um centésimo dos limites da cidade, decidiu, movido pelo bom senso, que estava desperdiçando seu tempo. Se fosse necessário, voltaria e concluiria sua missão, mesmo que demorasse o resto de sua vida. Vira o bastante, porém, para se convencer de que, se existisse uma saída de Diaspar, ela não seria encontrada tão facilmente. Talvez desperdiçasse séculos em uma busca infrutífera, a menos que recorresse à ajuda de um homem mais sábio.

Jeserac lhe dissera sem rodeios que desconhecia a existência de um caminho que levasse para fora de Diaspar, e que até duvidava que existisse. Quando questionadas por Alvin, as máquinas de informação haviam procurado em vão pela resposta em suas memórias quase infinitas. Elas eram capazes de lhe contar cada pormenor da história da cidade até o início do tempo registrado – até a barreira além da qual as Eras do Amanhecer permaneciam para sempre escondidas. Mas não conseguiam responder à única pergunta de Alvin, ou então eram impedidas de fazê-lo por alguma força maior.

Ele teria de reencontrar Khedron.

7

– Você não teve pressa – disse Khedron –, mas eu sabia que viria mais cedo ou mais tarde.

Tanta confiança irritava Alvin; ele não gostava de pensar que seu comportamento pudesse ser previsto com tanta precisão. Perguntava-se se o Bufão observara toda a sua busca infrutífera e se sabia exatamente o que estivera fazendo.

– Estou tentando encontrar uma saída da cidade – retrucou ele com franqueza. – *Deve* existir uma, e acho que você poderia me ajudar a achá-la.

Khedron se calou por um instante. Se quisesse, poderia virar as costas para a estrada que se estendia à sua frente conduzindo-o a um futuro além do seu poder de profecia. Ninguém mais teria hesitado; nenhum outro homem na cidade, mesmo que tivesse o poder, ousaria perturbar os fantasmas de uma era que acabara havia milhões de séculos. Talvez não houvesse perigo, talvez nada pudesse alterar a perpétua imutabilidade de Diaspar. Mas, se houvesse algum risco de aflorar no mundo alguma coisa estranha e insólita, aquela poderia ser a última chance de evitá-la.

Khedron estava satisfeito com a ordem das coisas. Verdade, ele até podia importuná-la de tempos em tempos – mas só um pouco. Era um crítico, não um revolucionário. Portanto, contentava-se em provocar algumas marolas nas águas do fluxo plácido do tempo, acovardado pela ideia de desviar o curso. O desejo por uma aventura que extravasasse a da mente fora eliminado dele e de todos os cidadãos de Diaspar de forma rigorosa e completa. Contudo, ainda mantinha, apesar de quase extinta, a centelha da curiosidade que um dia fora o maior dom do Homem. Ainda se sentia preparado para correr riscos.

Fitando Alvin, tentou se lembrar da própria juventude, dos próprios sonhos de quinhentos anos antes. Qualquer momento do passado que quisesse escolher resplandecia claro e nítido quando ativado. Como contas em um cordão, esta vida e todas as anteriores retrocediam pelas eras: podia observar e reexaminar qualquer uma delas. A maioria dos Khedrons mais antigos era estranha para ele; os padrões básicos podiam ser os mesmos, mas o peso da experiência o desagregava deles para sempre. Se quisesse, poderia limpar sua mente de todas as encarnações anteriores ao retornar à Sala de Criação para dormir até que a cidade o convocasse de novo. Mas isso seria um tipo de morte, e ele ainda não estava pronto para isso. Ainda se sentia preparado para continuar acumulando tudo o que a vida pudesse lhe oferecer, como um náutilo em conchas acrescentando pacientemente novas células à sua espiral em lenta expansão.

Em sua juventude, não se diferenciara dos companheiros. Só na maioridade foram voltando as lembranças latentes da vida anterior, em que assumira o papel a ele destinado muito tempo atrás. Às vezes, ressentia-se pelo fato de a inteligência idealizadora de Diaspar, com uma habilidade tão infinita, conseguir, mesmo agora, passadas tantas eras, fazê-lo agir como uma marionete no palco deles. Talvez ali estivesse a chance de vingança há muito adiada. Surgira em cena um novo ator que poderia baixar a cortina de uma peça que se arrastara por demasiados atos.

Simpatia por alguém cuja solidão devia ser até maior do que a sua, sentimento de tédio causado por eras reiteradas sem inovação e um senso irreverente de diversão – eram essas as razões que instigavam Khedron a agir.

– Talvez eu consiga ajudar você – ele disse para Alvin –, ou talvez não. Não quero dar falsas esperanças. Me encontre daqui a meia hora na interseção do Raio 3 com o Círculo 2. Se eu não puder fazer mais nada, pelo menos posso prometer uma viagem interessante.

Alvin chegou ao local dez minutos antes, embora fosse do outro lado da cidade. Esperou impaciente enquanto as vias móveis passavam infinitas vezes por ele, transportando pessoas tranquilas e satisfeitas que cuidavam de seus assuntos sem importância. Por fim, vislumbrou a distância o vulto alto de Khedron e, um instante depois, viu-se pela primeira vez diante da presença física do Bufão. Não era uma imagem projetada; quando tocaram as palmas no antigo cumprimento, Alvin sentiu Khedron bastante real.

O Bufão se sentou em uma das balaustradas de mármore e fitou Alvin com um ar de curiosidade.

– Eu me pergunto – ele falou – se você tem a noção exata do que está pedindo. E me pergunto também o que faria se conseguisse. Você imagina *mesmo* que poderia deixar a cidade, mesmo que encontrasse uma saída?

– Tenho certeza – retorquiu Alvin com bastante coragem, embora Khedron percebesse uma leve incerteza naquela voz.

– Então vou lhe contar uma coisa que talvez você não saiba. Está vendo aquelas torres ali? – Khedron apontou para os picos gêmeos da Central de Energia e do Conselho da Cidade, um diante do outro, e no meio de ambos um cânion com mais de um quilômetro de profundidade. – Imagine se eu colocasse uma prancha bem firme entre as duas torres, uma prancha de apenas uns quinze centímetros de largura. Você conseguiria atravessá-la?

Alvin hesitou.

– Não sei – respondeu. – Eu não gostaria de tentar.

– Tenho certeza de que ia fracassar. Ficaria com tonturas e despencaria antes de dar uma dúzia de passos. Mas, se a mesma prancha estivesse apoiada pouco acima do solo, você caminharia por ela sem dificuldades.

– E o que isso prova?

– Uma coisa simples: nos dois experimentos, a prancha seria exatamente a mesma. Um desses robôs de rodinhas que perambulam de vez em quando por aí passaria por ela com a mesma facilidade, não importa se estivesse entre as duas torres ou próxima do chão. *Nós* não conseguiríamos porque temos medo de altura. Pode ser irracional, mas é forte demais para ser ignorado. O medo é inerente a nós.

"Da mesma maneira, tememos o espaço. Mostre a qualquer pessoa em Diaspar uma estrada que leve para fora da cidade, uma estrada que pode ser igualzinha a esta à nossa frente, e ela não caminharia para muito longe; acabaria voltando, assim como você voltaria se começasse a atravessar uma prancha entre as duas torres."

– Mas por quê? – perguntou Alvin. – Deve ter existido uma época...

– Eu sei, eu sei – falou Khedron. – Os homens um dia andaram por todo o mundo e alcançaram as estrelas. Mas por alguma razão mudaram, e agora já nascem com esse medo. Só você imagina que não tem. Bem, vamos descobrir. Vou levar você ao Conselho da Cidade.

O Conselho era um dos maiores edifícios da cidade e quase inteiramente administrado pelas máquinas, que eram os verdadeiros gestores de Diaspar. Não muito distante do cume ficava a câmara onde o Conselho se encontrava nas raras ocasiões em que havia algum assunto a ser discutido.

Eles foram tragados pela ampla entrada e Khedron caminhou até o brilho dourado. Alvin nunca estivera no Conselho da Cidade antes. Nenhuma regra proibia a entrada (havia poucas regras proibindo qualquer coisa em Diaspar), mas, como toda a população, Alvin mantinha uma reverência meio religiosa pelo lugar. Em um mundo desprovido de deuses, o Conselho da Cidade era a coisa mais próxima de um templo.

Khedron jamais hesitou enquanto conduzia Alvin por corredores e rampas feitos para máquinas com rodas, não para o trânsito humano. Algumas das rampas ziguezagueavam até as profundezas em ângulos tão íngremes que seria impossível manter o equilíbrio sem a alteração da gravidade para compensar o declive.

Então, enfim chegaram a uma porta fechada que deslizou silenciosa e se abriu diante deles, e em seguida impediu que recuassem. Mais à frente havia outra porta, que não abriu quando a alcançaram. Khedron não fez menção de tocá-la, mas ficou imóvel ali, até uma voz falar em tom baixo:

– Por favor, digam seus nomes.

– Sou Khedron, o Bufão. Meu acompanhante se chama Alvin.

– E por que vieram?

– Simples curiosidade.

Para surpresa de Alvin, a porta se abriu de imediato. Em sua experiência, se uma pessoa respondia de maneira espirituosa a uma máquina, sempre causava confusão e era preciso voltar ao começo. A máquina que interrogara Khedron devia ser muito sofisticada, ocupando uma posição bem superior na hierarquia do Computador Central.

Eles não encontraram mais barreiras, mas Alvin desconfiava que haviam sido submetidos a muitos testes dos quais nem sequer tinham conhecimento. Um corredor curto os levou abruptamente a uma imensa câmara circular com um extraordinário piso rebaixado, com o qual Alvin se maravilhou: vislumbrou Diaspar inteira estendida à sua frente, as construções mais altas quase lhe alcançando os ombros.

Passou tanto tempo identificando lugares familiares e observando panoramas inesperados que demorou um pouco para prestar alguma atenção ao resto da câmara. Uma estampa microscopicamente detalhada e irregular de quadrados pretos e brancos revestia as paredes, e, quando Alvin mexia os olhos depressa, ficava com a impressão de que ela bruxuleava em movimentos rápidos, embora nunca mudasse. No piso, a intervalos regulares, havia máquinas operadas por teclados, cada uma acompanhada de uma tela e um assento para o operador.

Khedron deixou Alvin olhar à vontade. Depois apontou para a maquete da cidade e perguntou:

– Você sabe o que é isso?

Alvin sentiu-se tentado a dizer "imagino que uma maquete", mas a obviedade da resposta o levou a concluir que estava errado. Então chacoalhou a cabeça em sinal negativo e esperou Khedron responder à pergunta.

– Você se lembra – falou o Bufão – de que uma vez eu contei sobre o processo de manutenção da cidade, como os Bancos de Memória congelam o padrão para sempre? Esses bancos estão aqui, ao nosso redor, com todo o seu estoque imensurável de informação, o que configura completamente a cidade como ela é. Cada átomo de Diaspar está codificado por forças que já esquecemos nas matrizes cravadas nestas paredes.

Khedron estendeu os braços em direção ao simulacro perfeito e infinitamente detalhado de Diaspar sob eles.

– Não é uma maquete; nem existe de verdade. É só uma imagem projetada dos padrões guardados nos Bancos de Memória e, portanto, absolutamente idêntica à própria cidade. Essas máquinas de visualização aqui permitem que uma pessoa amplie qualquer porção desejada para vê-la em tamanho real ou maior. São usadas quando é preciso fazer alterações no projeto, apesar de ter passado muito tempo desde que isso aconteceu. Se quiser saber como é Diaspar, este é o lugar certo. Você descobrirá mais aqui em alguns dias do que durante uma vida inteira explorando a cidade.

– É maravilhosa – comentou Alvin. – Quantas pessoas sabem da existência dessa imagem?

– Ah, muitas, mas raramente se preocupam com isso. O Conselho vem aqui de tempos em tempos; nenhuma alteração pode ser feita na cidade se não estiverem todos aqui, e a mudança ainda depende da aprovação do Computador Central. Duvido que visitem esta sala mais do que duas ou três vezes por ano.

Alvin queria saber como Khedron tinha acesso a tanta informação, e então lembrou que muitas das zombarias mais refinadas dele deviam ter envolvido o conhecimento dos mecanismos internos da cidade, o que exigiria um estudo muito profundo. Devia ser um dos privilégios do Bufão ir a qualquer lugar e aprender qualquer coisa; ele não poderia ter guia melhor para os segredos de Diaspar.

– O que você está procurando talvez não exista – disse Khedron –, mas, se existir, é aqui que vai encontrar. Deixe-me mostrar como operar os Monitores.

Alvin ficou sentado diante de uma das telas durante uma hora, aprendendo a usar os controles. Ele tinha liberdade de escolher à vontade um ponto da cidade e examiná-lo com qualquer grau de ampliação. Ruas e torres e muralhas e vias móveis desfilavam rapidamente pela tela à medida que Alvin mudava as coordenadas; era como se ele fosse um espírito incorpóreo e onisciente capaz de se deslocar facilmente por toda Diaspar, livre de qualquer obstáculo material.

No entanto, na realidade, ele não examinava Diaspar. Apenas se movia através das células de memória, olhando para a imagem onírica da cidade – a fantasia com o poder de manter a Diaspar real intocada por um bilhão de anos. Ele só conseguia ver a parte imutável da cidade; as pessoas pelas ruas não participavam daquela imagem congelada. Isso não importava a Alvin, focado apenas na criação de pedra e metal onde estava aprisionado, sem ligar para aqueles que compartilhavam (por mais que fosse de bom grado) seu confinamento.

Ele procurou a Torre de Loranne, encontrou-a e atravessou rapidamente os corredores e passagens antes explorados na realidade. Quando a imagem da grade se ampliou diante dos seus olhos, quase pôde sentir o vento gelado que soprara incessantemente durante talvez metade de toda a história da humanidade, e que continuava a fazê-lo naquele preciso instante. Ele se aproximou da grade, olhou para fora e... vazio total. Por um momento, o choque foi tão grande que quase o levou a duvidar da própria memória. Será que a visão do deserto fora tão somente um sonho?

Então se lembrou da verdade. O deserto não fazia parte de Diaspar e, portanto, não aparecia naquele mundo espectral que estava explorando. Poderia haver qualquer coisa além da grade no mundo real, mas o monitor jamais a revelaria.

Contudo, mostraria alguma coisa que nenhum homem vivo jamais vira. Alvin avançou sua perspectiva através da grade até o vazio além da cidade. Virando o controle que alterava a direção da visão, vislumbrou o caminho por onde viera. E atrás dele estava Diaspar, vista de fora.

Para os computadores, para os circuitos de memória e para todos os inumeráveis mecanismos que criavam a imagem para a qual Alvin estava olhando, era apenas um simples problema de perspectiva. Eles "conheciam" a forma da cidade, portanto, seriam capazes de mostrar sua aparência externa. Entretanto, apesar de poder apreciar o truque, o efeito sobre Alvin foi avassalador. Em espírito, se não na realidade, ele saíra da cidade, e parecia flutuar no espaço, alguns metros de distância da parede íngreme da Torre de Loranne. Por um momento, fitou a superfície lisa e cinzenta, depois, tocou o controle e alterou sua perspectiva para o solo.

Agora que conhecia as possibilidades daquele instrumento maravilhoso, seu plano de ação ficou claro. Não havia necessidade de passar meses e anos explorando Diaspar a partir do lado de dentro, cômodo por cômodo, corredor por corredor. A partir desse novo ponto de observação, Alvin percorreria o lado externo da cidade e identificaria de imediato quaisquer aberturas que levassem ao deserto e ao mundo além.

A sensação de vitória, de realização, fez o rapaz se sentir atordoado e ansioso para compartilhar sua alegria. Ele se virou para Khedron querendo agradecer-lhe. Mas o Bufão desaparecera, e Alvin logo entendeu por quê.

Alvin talvez fosse o único homem em Diaspar que não era afetado por aquelas imagens que desfilavam pela tela. Khedron podia ajudá-lo, mas até mesmo o Bufão compartilhava o estranho pavor do universo que prendera a humanidade por tanto tempo naquele mundinho. Assim, ele deixara Alvin seguir sozinho.

O senso de solidão, que por algum tempo abandonara a alma de Alvin, aflorou mais uma vez. Mas aquele não era o momento para melancolia; havia coisas demais para fazer. Então, voltou-se para a tela, ajustou a imagem da muralha da cidade para se mover devagar e começou sua busca.

Diaspar soube muito pouco de Alvin nas semanas seguintes, embora poucas pessoas houvessem notado sua ausência.

Jeserac, quando descobriu que o antigo pupilo passava todo o tempo no Conselho da Cidade, sentiu-se meio aliviado, imaginando que Alvin não se envolveria em problemas por lá. Eriston e Etania ligaram para o cômodo dele uma ou duas vezes, ficaram sabendo que Alvin não estava e não acharam nada de mais. Apenas Alystra insistiu.

Era uma pena, e afetara-lhe a paz de espírito, ela ter se apaixonado por Alvin com tantas outras escolhas mais adequadas. Alystra nunca tivera dificuldades para encontrar um parceiro, mas, se comparados com Alvin, os outros homens eram insignificantes, feitos a partir do mesmo molde amorfo. Ela não ia perdê-lo sem lutar: o desinteresse e a indiferença de Alvin desencadearam um desafio a que não conseguia resistir.

Contudo, talvez seus motivos fossem completamente egoístas, maternais em vez de sexuais. Ainda que esquecida a origem, os instintos femininos de proteção e solidariedade persistiam. Embora Alvin transmitisse a imagem de autoconfiança e determinação, Alystra sentia a solidão interior dele.

Quando descobriu que o rapaz desaparecera, perguntou de imediato a Jeserac o que havia acontecido. Com apenas uma breve hesitação, ele lhe contou. Se Alvin não queria companhia, a resposta estava nas mãos dele. Como tutor, nem aprovava nem reprovava esse relacionamento. No geral, até gostava de Alystra e esperava que sua influência ajudasse Alvin a se ajustar à vida em Diaspar.

O fato de Alvin estar no Conselho da Cidade significava que se mantinha ocupado com algum tipo de projeto de pesquisa, e saber disso ao menos tranquilizava quaisquer suspeitas de Alystra quanto a possíveis rivais. Embora o desaparecimento de Alvin não despertasse ciúmes, despertava a curiosidade de Alystra, que às vezes se recriminava por ter abandonado o jovem na Torre de Loranne, apesar de saber que, se as circunstâncias se repetissem, faria a mesma coisa outra vez. Impossível entender a mente de Alvin, ela disse para si mesma, exceto se descobrisse o que ele estava tentando fazer.

Entrou decidida no saguão principal, impressionada, mas não intimidada, pelo silêncio assim que passou pelo pórtico. As máquinas de informações estavam lado a lado na parede mais distante, e Alystra escolheu uma aleatoriamente.

Assim que o sinal de reconhecimento acendeu, ela disse:

– Estou procurando Alvin; ele está em algum lugar aqui. Onde posso achá-lo?

Mesmo depois de uma vida inteira, uma pessoa nunca se acostumava com a completa ausência de intervalo de tempo quando uma máquina de informações respondia a uma pergunta comum. Havia pessoas que sabiam, ou diziam saber, como acontecia o processo, e discursavam como especialistas sobre "tempo de acesso" e "espaço de armazenamento", mas isso não tornava o resultado final menos maravilhoso. Qualquer pergunta de natureza puramente factual, dentro da gama gigantesca de informações disponíveis da cidade, era respondida de imediato. Apenas se envolvesse cálculos complexos ocorreria algum atraso significativo.

– Ele está com os Monitores – veio a resposta.

Não foi de muita serventia, uma vez que o nome não significava nada para Alystra. Nenhuma máquina dava informações além do solicitado e aprender a expressar perguntas adequadas era uma arte cujo domínio costumava demorar um longo tempo.

– Como chego até ele? – perguntou Alystra, decidida a saber o que eram os Monitores quando encontrasse Alvin.

– Só posso responder com a permissão do Conselho.

Sem dúvida, um acontecimento inesperado, até mesmo desconcertante. Em Diaspar, havia bem poucos lugares que não podiam ser visitados por qualquer um que quisesse. Alystra tinha quase certeza de que Alvin *não* obtivera permissão do Conselho, o que significava que recebia ajuda de uma autoridade mais elevada.

O Conselho administrava Diaspar, mas o próprio Conselho podia ser suplantado por uma força superior: o intelecto quase infinito do Computador Central. Por isso era difícil não pensar nele como uma entidade viva, localizada em um único lugar, embora na verdade fosse constituído por todas as máquinas de Diaspar. Mesmo que não estivesse vivo no sentido biológico, nele com certeza havia tanta percepção e autoconsciência quanto em um ser humano. Portanto, além de saber o que Alvin estava fazendo, também aprovava, caso contrário o teria impedido ou o teria encaminhado ao Conselho, como a máquina de informações fizera com Alystra,

De que adiantaria continuar ali? Alystra sabia que qualquer tentativa de encontrar Alvin, mesmo que ela soubesse exatamente onde ele estava naquele prédio enorme, estaria fadada ao fracasso. As portas não se abririam, os passadiços deslizantes inverteriam a direção assim que pusesse os pés neles, levando-a a um movimento de recuo; elevadores ficariam misteriosamente inertes, recusando-se a transportá-la de um andar a outro. E, caso insistisse, seria gentilmente escoltada até a rua por um robô educado, porém firme, ou então a conduziriam em voltas e voltas ao redor do Conselho da Cidade, até que se cansasse e saísse por vontade própria.

Alystra, mal-humorada quando saiu do prédio, estava também um pouco mais do que intrigada, sentindo pela primeira vez que algum mistério ali fazia seus desejos e interesses pessoais parecerem muito triviais. Isso não significava que seriam menos importantes para ela. Não tinha a mínima ideia do que fazer, mas estava certa de uma coisa: Alvin não era a única pessoa teimosa e persistente em Diaspar.

8

A imagem na tela desvaneceu quando Alvin ergueu as mãos do painel de controle e apagou os percursos. Por um momento, ficou parado ali, olhando para o retângulo preto que ocupara toda a sua mente consciente durante tantas semanas, circunvagando seu mundo. Por aquela tela desfilara cada metro quadrado do muro externo de Diaspar, assim, Alvin conhecia a cidade melhor do que qualquer pessoa viva, exceto talvez por Khedron, e sabia que não havia nenhuma saída pelas muralhas.

O sentimento que o dominava não era mero desapontamento; jamais esperara que fosse fácil, que encontraria uma saída logo na primeira tentativa. O importante é que havia eliminado uma possibilidade. Agora precisava lidar com as outras.

Levantou-se e foi até a imagem da cidade que quase preenchia a câmara. Era difícil não pensar nela como uma maquete de fato, embora soubesse que, na realidade, não passava de uma projeção ótica do padrão nas células de memória que estivera explorando. Quando ele alterava os controles do monitor e fazia o ponto de observação se deslocar por Diaspar, um sinal de luz atravessava a superfície da réplica, permitindo-lhe ver exatamente aonde estava indo. Fora um guia útil nos primeiros dias, mas em pouco tempo Alvin se tornara tão habilidoso em definir as coordenadas que não precisava mais dessa ajuda.

A cidade se espalhava abaixo dele, que a fitava como um deus. No entanto, mal a via enquanto pensava, um a um, nos passos que deveria seguir agora.

Se mais nada desse certo, ainda restava uma solução para o problema. Os circuitos de Diaspar talvez a mantivessem em inércia, congelada para sempre de acordo com o padrão das células de memória. Mas esse padrão poderia ser alterado, modificando também a cidade e, por consequência, reestruturando uma seção da muralha externa para criar uma entrada, inserir esse padrão nos Monitores e deixar a cidade se remodelar segundo o novo conceito.

Alvin supunha que as grandes áreas do painel de controle do monitor, cujo propósito Khedron não lhe explicara, referiam-se a essas alterações. Seria inútil fazer experimentos com elas: os controles capazes de alterar a própria estrutura da cidade eram bloqueados e só seriam operados com a autorização do Conselho e a aprovação do Computador Central. A chance de que o Conselho lhe concedesse o que ele pedia era ínfima, mesmo que estivesse preparado para décadas ou séculos de súplicas pacientes, uma perspectiva que não o agradava nem um pouco.

Então voltou o pensamento aos céus. Por vezes imaginara, em fantasias cuja recordação o constrangia, que reconquistara a liberdade do ar à qual o homem renunciara havia tanto tempo. Do espaço, naves gigantescas, carregando tesouros desconhecidos, atracavam no lendário porto de Diaspar, localizado além dos limites da cidade. Eras atrás, ele fora coberto pelo movimento das areias. Ele podia sonhar que, em algum lugar da labiríntica Diaspar, ainda se escondesse um aparelho voador, mas não acreditava nisso. Mesmo quando pequenos jatos pessoais se tornaram de uso comum, era muito pouco provável que tivessem permissão para operar mesmo dentro dos limites da cidade.

Por um instante, Alvin divagou nesse velho sonho familiar. Imaginou-se o mestre dos céus, o mundo lá embaixo convidando-o a viajar para onde quisesse. Não via o mundo da sua época, mas o mundo perdido do Amanhecer, um panorama rico e vívido de colinas e lagos e florestas. Sentia uma inveja amarga de seus ancestrais desconhecidos, que haviam voado com tanta liberdade por toda a Terra, mas tinham deixado essa beleza morrer.

No entanto, mergulhado em um devaneio inútil, forçou-se a voltar ao presente e ao problema que tanto o afligia. Se o céu era inalcançável e o caminho por terra estava bloqueado, o que restaria?

Outra vez ele chegava a um ponto em que precisava de ajuda, pois não conseguia avançar mais apenas com seus esforços. Não gostava de admitir o fato, mas era honesto o bastante para não o negar. Inevitavelmente, os pensamentos de Alvin se voltaram para Khedron.

O jovem jamais decidira se gostava de fato do Bufão. Sentia-se muito feliz por haverem se conhecido e grato a Khedron pelo auxílio e pela solidariedade implícita que recebera. Não havia mais ninguém em Diaspar com quem tivesse tantas coisas em comum, entretanto, alguma coisa na personalidade do outro lhe desagradava, talvez a sutil expressão de indiferença irônica, que às vezes dava a Alvin a impressão de que Khedron ria de seus esforços pelas costas, mesmo quando parecia empenhado em ajudar. Por conta disso, bem como de sua obstinação e independência naturais, Alvin hesitava em se aproximar do Bufão a não ser como último recurso.

Eles combinaram um encontro em um pequeno pátio não muito longe do Conselho da Cidade. Havia em Diaspar muitos lugares isolados na cidade, talvez a apenas alguns metros de alguma via pública movimentada, porém completamente apartados dela. Em geral, só era possível chegar lá a pé, em uma caminhada marcada por ziguezagues; às vezes, eles estavam no centro de labirintos habilidosamente planejados, o que aumentava o isolamento. A escolha daquele lugar era coisa bem típica de Khedron.

O pátio tinha pouco mais de quinze passos de diâmetro, localizado no interior de algum edifício grande. Contudo, parecia não ter limites físicos definidos, sendo circunscrito apenas por um material translúcido azul-esverdeado que reluzia com uma suave luz interna. Porém, embora não houvesse limites visíveis, a configuração impedia qualquer sensação de se estar perdido no espaço infinito. Paredes baixas, que não chegavam à altura da cintura, com algumas aberturas pelas quais se podia passar, davam a impressão de confinamento seguro, elemento crucial para a felicidade em Diaspar.

Khedron examinava uma dessas paredes quando Alvin chegou. Era revestida de um intrincado mosaico de azulejos coloridos, tão fantasticamente dispostos que Alvin nem sequer tentou decifrá-los.

– Olhe para este mosaico, Alvin – falou o Bufão. – Você percebe alguma coisa estranha nele?

– Não – confessou Alvin após uma breve análise. – Eu não ligo para isso… Mas não há nada de estranho *nele*.

Os dedos de Khedron deslizaram pelos azulejos coloridos.

– Você não é muito observador – comentou. – Olhe para essas bordas aqui… veja como ficaram arredondadas e atenuadas, algo que se vê raras vezes em Diaspar, Alvin. É desgaste, deterioração da matéria sob a investida do tempo. Ainda me recordo de quando esse padrão era novo, apenas oitenta mil anos atrás, na minha última existência. Se eu voltar para este lugar daqui a uma dúzia de vidas, esses azulejos estarão completamente desgastados.

– Não vejo nada de muito surpreendente nisso – respondeu Alvin. – Existem outras obras de arte na cidade que não merecem ser armazenadas nos circuitos de memória, ainda que não sejam ruins a ponto de ser descartadas. Imagino que um dia vá aparecer outro artista e fazer um trabalho melhor. E não permitirão que a obra dele se desgaste.

– Conheci o homem que projetou esta parede – disse Khedron, os dedos ainda explorando as rachaduras do mosaico. – Muito estranho me lembrar disso e não do próprio homem. Talvez eu não gostasse dele, então devo tê-lo apagado da minha mente. – Ele deu uma risada breve. – Ou talvez eu mesmo tenha projetado a parede em uma das minhas fases artísticas, e ficado tão irritado quando a cidade se recusou a eternizá-la que decidi esquecer a coisa toda. Daí... eu sabia que esse pedaço estava se soltando.

Khedron conseguiu tirar uma lasca de azulejo dourado e pareceu muito satisfeito com esse ato irrelevante. Então, jogou o fragmento no chão e exclamou:

– Agora os robôs da manutenção vão ter que fazer alguma coisa!

Alvin entendeu que o fato lhe trazia uma lição. O estranho instinto conhecido como intuição, que parecia trilhar atalhos inacessíveis para a simples lógica, dizia-lhe isso. Ele olhou para o caco dourado aos seus pés, tentando relacioná-lo de alguma forma ao problema que agora dominava sua mente.

Não foi difícil encontrar a resposta depois de perceber que ela existia.

– Entendo o que está tentando me dizer – ele disse a Khedron. – Existem objetos em Diaspar que não estão armazenados nos circuitos de memória, então eu jamais os encontraria nos Monitores do Conselho da Cidade. Se eu fosse lá e me concentrasse neste pátio, não existiria nenhum sinal desta parede.

– Acho que encontraria a parede, mas sem mosaico.

– É, estou entendendo – replicou Alvin, impaciente demais para se preocupar com esses pormenores. – E, da mesma maneira, talvez existam partes da cidade que nunca foram armazenadas nos circuitos de eternidade, mas que ainda não se desgastaram. Mesmo assim, ainda não vejo como isso me ajuda. Eu *sei* que a muralha externa existe... e que ela não tem saídas.

– Talvez não exista uma saída – retrucou Khedron. – Não posso prometer nada. Mas acho que ainda existe muita coisa que os Monitores podem nos mostrar... com a permissão do Computador Central. E ele parece ter gostado de você.

Alvin refletiu sobre esse comentário enquanto caminhavam para o Conselho da Cidade. Até aquele momento, presumira que tivera acesso aos Monitores por influência de Khedron. Não lhe ocorrera que alguma qualidade intrínseca dele mesmo fosse a causa. Ser um Singular acarretava muitas desvantagens; era justo que tivesse algumas compensações...

A imagem imutável da cidade ainda dominava a câmara onde Alvin passara tantas horas. Ele a fitava com um novo entendimento: tudo existia ali, mas talvez nem tudo de Diaspar se refletisse naquela imagem. No entanto, quaisquer discordâncias deviam ser, com certeza, triviais – e, até onde ele podia ver, indetectáveis.

– Tentei fazer isso muitos anos atrás – revelou Khedron quando se sentou à mesa do monitor –, mas os controles estavam bloqueados para mim. Talvez me obedeçam agora.

Aos poucos, e depois com mais confiança à medida que recuperava o acesso a habilidades há muito esquecidas, os dedos de Khedron deslizavam pela mesa de controle, repousando por um momento nos pontos nodais da rede sensível escondida no painel à sua frente.

– Acho que está tudo certo – disse ele por fim. – De qualquer forma, logo veremos.

A tela se iluminou, mas, em vez da imagem que Alvin esperava, apareceu uma mensagem desconcertante:

A REGRESSÃO COMEÇARÁ ASSIM QUE VOCÊ INSERIR
A TAXA DE CONTROLE

– Que tolice! – murmurou Khedron. – Fiz tudo certo e esqueci a coisa mais importante. – Seus dedos se moviam com uma segurança confiante sobre o teclado e, quando a mensagem sumiu da tela, ele se virou no assento para poder observar a réplica da cidade. – Observe isto, Alvin – ele falou. – Acho que vamos descobrir alguma coisa nova sobre Diaspar.

Alvin esperou pacientemente, mas não aconteceu nada. A imagem fascinante e familiar da cidade flutuava ali diante de seus olhos, embora ele não tivesse consciência dela naquele momento. Estava prestes a perguntar a Khedron o que deveria procurar quando um movimento repentino lhe chamou a atenção e ele virou a cabeça depressa para segui-lo. Um mero lampejo ou tremulação parcialmente vislumbrada, mas Alvin se virara tarde demais para identificar a causa. Nada se alterara; Diaspar continuava como ele sempre a conhecera. Depois, ao ver que Khedron o observava com um sorriso irônico, olhou para a cidade de novo. Desta vez, a coisa aconteceu bem ali, diante dos seus olhos.

Uma das construções na extremidade do parque de repente desapareceu. substituída de imediato por outra de design bastante diferente. A transformação foi tão abrupta que, se Alvin houvesse piscado, não a teria visto. Olhou com espanto a cidade alterada, desde o choque inicial de assombro procurando a resposta. Lembrou-se das palavras na tela, A REGRESSÃO COMEÇARÁ, e entendeu de pronto o que estava acontecendo.

– Esta é a aparência da cidade milhares de anos atrás – falou para Khedron. – Estamos voltando no tempo.

– Uma explicação pitoresca, sem dúvida, mas não muito exata – retorquiu o Bufão. – Na verdade, os Monitores estão se lembrando das versões anteriores da cidade. Quando se fazia alguma modificação, as informações dos circuitos não eram simplesmente deletadas, mas transportadas para unidades subsidiárias de armazenamento, para serem recuperadas sempre que necessário. Ajustei o monitor para regressar por essas unidades a uma taxa de mil anos por segundo. Já estamos olhando para a Diaspar de meio milhão de anos atrás. Precisaremos regredir muito mais para ver alguma mudança real... Vou aumentar a velocidade.

Ele se virou para o painel de controle e não um edifício, mas um quarteirão inteiro desapareceu, logo substituído por um grande anfiteatro oval.

– Ah, a Arena! – exclamou Khedron. – Eu me lembro da confusão quando decidimos nos livrar dela. Quase não era usada, mas tinha um valor sentimental.

O monitor estava recuperando suas memórias a uma velocidade muito maior. A imagem de Diaspar voltava ao passado a milhões de anos por minuto e as mudanças se sucediam com tanta rapidez que era impossível acompanhá-las. Alvin notou que as alterações pareciam ocorrer em ciclos: um longo período de inércia, depois uma verdadeira onda de reconstrução, seguida por outra pausa. Era quase como se Diaspar fosse um organismo vivo que tinha de recobrar suas forças depois de cada explosão de crescimento.

Ao longo de todas as mudanças, o projeto básico da cidade não se alterara. Construções iam e vinham, mas o padrão das ruas parecia eternizado e o Parque continuava sendo o coração verde de Diaspar. Alvin se perguntou até onde o monitor seria capaz de regressar. Conseguiria voltar até a fundação da cidade e romper o véu que separava a história conhecida dos mitos e lendas do Amanhecer?

Já haviam retrocedido quinhentos milhões de anos ao passado. Do lado de fora das muralhas de Diaspar, além do conhecimento dos Monitores, haveria uma Terra diferente, talvez com oceanos e florestas, e até mesmo com outras cidades ainda não abandonadas pela humanidade em sua longa retirada para o último lar.

Os minutos se passaram, cada qual refletindo uma era no microuniverso dos Monitores. Em pouco tempo, pensou Alvin, chegariam às primeiras de todas as memórias armazenadas e a regressão terminaria. Mas, ainda que ali estivesse uma lição fascinante, ele não entendia como ela o ajudaria a sair da cidade.

Com uma implosão súbita e silenciosa, Diaspar se contraiu a uma fração do seu tamanho anterior. O Parque desvaneceu, a muralha fronteiriça de torres titânicas e interligadas evaporou. Aflorou uma cidade aberta ao mundo, com as estradas radiais se estendendo até os limites da imagem do monitor sem obstrução. Ali estava Diaspar como fora antes da grande mudança que recaíra sobre a humanidade.

– Não podemos ir mais além – constatou Khedron, apontando para a tela, onde aparecia a frase REGRESSÃO CONCLUÍDA. – Esta deve ser a primeira versão da cidade preservada nas células de memória. Antes disso, duvido que as unidades da eternidade fossem usadas, e permitia-se que os edifícios se desgastassem naturalmente.

Por muito tempo, Alvin olhou para a maquete da antiga cidade. Pensou no intenso tráfego daquelas estradas, com o vaivém livre das pessoas a todos os cantos do mundo – e aos outros mundos também. Ali estavam seus ancestrais, e sentia-se mais próximo deles do que daqueles com quem compartilhava sua vida. Gostaria de poder vê-los e falar com eles enquanto caminhavam pelas ruas daquela Diaspar de um bilhão de anos atrás.

No entanto, não seriam pensamentos felizes, pois deviam viver sob a sombra dos Invasores. Em mais alguns séculos, desviariam o rosto da glória conquistada e construiriam uma muralha contra o universo.

Khedron voltou e avançou o monitor uma dúzia de vezes pelo breve período da história que forjara a transformação. A mudança de uma cidadezinha aberta para uma fechada e muito maior levara pouco mais de mil anos. Nesse período, talvez tivessem projetado e construído as máquinas que haviam servido Diaspar com tanta fidelidade e introduzido nos circuitos de memória o conhecimento para que realizassem tantas tarefas. Para os mesmos circuitos também deviam ter ido os padrões essenciais de toda a população viva naquele momento, de modo que, quando o impulso certo as invocasse de volta, fossem revestidas pela matéria para saírem renascidas da Sala de Criação. De certa maneira, percebeu Alvin, ele devia ter existido naquele mundo antigo. Era possível, claro, que fosse totalmente sintético, que toda a sua personalidade tivesse sido projetada por técnicos-artistas operando ferramentas complexas em direção a um objetivo previsto com clareza. No entanto, ele achava mais provável que resultasse de uma combinação de homens que um dia caminharam pela Terra.

Muito pouco da velha Diaspar permanecera quando a nova fora criada: o Parque a havia ocultado quase por completo. Mesmo antes da transformação, existira uma pequena clareira coberta de relva no centro de Diaspar, cercando a junção de todas as ruas radiais. Depois, ela se expandira dez vezes, erradicando ruas e edifícios. O Túmulo de Yarlan Zey fora criado nessa época, substituindo uma imensa estrutura circular localizada antes no ponto de encontro de todas as ruas. Alvin nunca acreditara nas lendas sobre a antiguidade do Túmulo, mas agora pareciam verdadeiras.

– Imagino – arriscou Alvin, tomado por uma súbita ideia – que podemos explorar essa imagem assim como exploramos a de Diaspar de hoje.

Khedron movimentou os dedos rapidamente pelo painel de controle do monitor e a tela respondeu à pergunta de Alvin. A cidade há muito desvanecida começou a se expandir diante dos olhos dele à medida que seu ponto de observação se deslocava pelas ruas curiosamente estreitas. Essa memória da Diaspar dos tempos remotos continuava tão clara e nítida quanto a imagem da cidade onde ele vivia. Durante um bilhão de anos, os circuitos de informação a haviam mantido em uma pseudoexistência fantasmagórica, à espera do momento em que alguém a fizesse surgir outra vez. E não via, pensou Alvin, apenas uma memória naquele momento. Era algo bem mais complexo – a memória de uma memória...

Ele não sabia o que descobriria e se isso poderia ajudá-lo em sua jornada. Não importava; era fascinante vislumbrar o passado, um mundo onde as pessoas ainda vagavam pelas estrelas. Então apontou para o edifício baixo e circular no coração da cidade.

– Vamos começar por ali – disse a Khedron. – Parece um lugar tão bom para começar quanto qualquer outro.

Talvez fosse pura sorte, talvez alguma memória remota, talvez lógica elementar... Não importava, pois ele chegaria àquele lugar mais cedo ou mais tarde: o ponto de convergência de todas as ruas radiais da cidade.

Em dez minutos, Alvin descobriu que elas não se encontravam ali apenas por razões simétricas – em dez minutos, descobriu que a longa procura fora recompensada.

9

Alystra achara muito fácil seguir Alvin e Khedron sem que percebessem. Eles pareciam muito apressados (algo que, por si só, era muito estranho) e nunca olharam para trás. Fora um jogo divertido segui-los pelas vias móveis, esconder-se nas multidões, mas sem nunca os perder de vista. Ao final, o destino deles se tornara óbvio: quando deixaram o padrão das ruas e entraram no Parque, só podiam estar se dirigindo ao Túmulo de Yarlan Zey. No Parque não havia nenhuma outra construção, e alguém com tanta pressa quanto Alvin e Khedron não estaria interessado apenas em apreciar a paisagem.

Sem onde se esconder nos últimos cento e poucos metros até o Túmulo, Alystra esperou Khedron e Alvin desaparecerem na escuridão marmoreada. Tão logo sumiram de vista, ela correu pela encosta coberta pela relva, certa de que se esconderia atrás de uma das grandes colunas até descobrir o que Alvin e Khedron estavam fazendo. Pouco importava se depois a vissem ali.

O Túmulo consistia em dois círculos concêntricos de colunas que delimitavam um pátio circular. Exceto em um setor, as colunas encobriam o interior, e Alystra evitou aproximar-se por essa abertura, entrando no Túmulo pela lateral. Então contornou com todo cuidado o primeiro círculo de colunas, sem ver ninguém à vista, e avançou na ponta dos pés para o próximo. Pelos vãos, via Yarlan Zey olhando através da entrada para o Parque que ele construíra e, mais adiante, para a cidade que observara durante tantas eras.

E mais ninguém naquela solidão de mármore. O Túmulo estava vazio.

Naquele momento, Alvin e Khedron estavam trinta metros abaixo da terra, em um compartimento pequeno como uma caixa, cujas paredes pareciam ter uma dinâmica contínua de flutuação. Não havia outro sinal de movimento; nenhuma vibração que mostrasse que eles se embrenhavam rapidamente terra abaixo, rumo a um destino que nenhum dos dois entendia completamente.

A caminhada fora absurdamente fácil, pois parecia preparada para eles. (Por quem?, perguntava-se Alvin. Pelo Computador Central? Ou pelo próprio Yarlan Zey, quando transformou a cidade?) A tela mostrara-lhes o longo fosso vertical mergulhando nas profundezas, mas ainda haviam trilhado apenas um pequeno trecho de seu curso quando a imagem apagou. Alvin sabia que isso significava que estavam solicitando informações que o monitor não possuía e talvez nunca houvesse possuído.

Ele mal terminara de formular esse pensamento quando a tela se acendeu mais uma vez. Nela, apenas uma curta mensagem, escrita com a letra simplificada que as máquinas usavam para se comunicar com os homens desde que haviam atingido equidade intelectual:

FIQUE NO LUGAR PARA ONDE A ESTÁTUA OLHA – E LEMBRE-SE:
DIASPAR NEM SEMPRE FOI ASSIM.

As últimas cinco palavras apareciam em fonte maior e o significado do texto ficou claro para Alvin de imediato. Usavam-se mensagens codificadas mentalmente concebidas desde tempos antigos para abrir portas ou colocar máquinas em movimento. Quanto a "fique no lugar para onde a estátua olha", era de fato *muito* simples.

– Eu me pergunto quantas pessoas leram esta mensagem – comentou Alvin, pensativo.

– Que eu saiba, catorze – respondeu Khedron. – Mas podem ter existido outras. – Ele não completou esse comentário um tanto misterioso e Alvin tinha demasiada pressa para chegar ao Parque para continuar interrogando-o.

Eles não sabiam ao certo se os mecanismos ainda respondiam ao impulso de acionamento. Quando chegaram ao Túmulo, logo localizaram a única placa, em meio a todas que pavimentavam o piso, na qual o olhar de Yarlan Zey se fixava. Só à primeira vista a estátua parecia olhar para a cidade. Parando bem diante dela, percebia-se que os olhos apontavam para baixo e que o sorriso indefinível se dirigia a um ponto logo na entrada do Túmulo. Uma vez desvendado o segredo, não restava mais nenhuma dúvida. Alvin passou para a placa ao lado e viu que Yarlan Zey não mais olhava na direção dele.

Voltou para perto de Khedron e ecoou mentalmente as palavras que o Bufão dissera em voz alta: DIASPAR NEM SEMPRE FOI ASSIM. De imediato, como se não houvesse passado milhões de anos desde a última vez que funcionaram, as máquinas em espera reagiram: a grande placa de pedra onde estavam começou a levá-los suavemente para as profundezas.

Lá no alto, a faixa azul de repente se esvaiu. O fosso não estava mais aberto; não havia perigo de que alguém caísse acidentalmente nele. Alvin ficou imaginando por um brevíssimo momento se outra placa de pedra de algum modo se materializara para substituir aquela que sustentava ambos, depois concluiu que não. A placa original provavelmente continuava pavimentando o Túmulo, e aquela sobre a qual se encontravam talvez existisse durante frações infinitesimais de segundo, em um processo contínuo de recriação em profundidades cada vez maiores na terra, assim garantindo a ilusão de constante movimento descendente.

Nenhum dos dois falou enquanto as paredes deslizavam silenciosamente. Khedron outra vez se embrenhava em uma batalha contra a sua consciência, imaginando se desta vez fora longe demais. Não tinha a mínima ideia de aonde esse trajeto os levaria, se é que levaria mesmo a algum lugar. Pela primeira vez na vida, compreendeu o verdadeiro significado de medo.

Alvin, ao contrário, estava muito entusiasmado, dominado pela mesma sensação que sentira ao ir à Torre de Loranne e vislumbrar o deserto inexplorado, as estrelas galgando a noite. Naquele momento, apenas observara o desconhecido; agora estava sendo levado até ele.

O deslizar das paredes parou. Uma faixa de luz emergiu de um lado do misterioso compartimento móvel, clareando até se tornar uma porta. Eles a atravessaram, deram alguns passos pelo corredor e então se viram em uma grande caverna circular cujas paredes se uniam em uma curva ampla noventa metros acima.

A coluna por onde haviam descido parecia pequena demais para suportar os milhões de toneladas de rocha sobre ela. Na verdade, nem parecia integrar a câmara, dando a impressão de haver sido colocada lá depois. Khedron, seguindo o olhar de Alvin, chegou à mesma conclusão.

– Essa coluna – falou ele de forma brusca, talvez movido pela mera ansiedade de dizer alguma coisa – só foi construída para abrigar o fosso por onde descemos. Ela jamais aguentaria o tráfego por aqui quando Diaspar ainda se abria ao mundo.

Esse tráfego vinha daqueles túneis ali; imagino que você os reconheça.

Alvin olhou para as paredes da câmara a mais de noventa metros de distância. Marcando-as a intervalos regulares, surgiam doze grandes túneis se espalhando para todas as direções, exatamente como as vias móveis. Ele via que elas se inclinavam suavemente para cima, e então reconheceu a superfície cinzenta familiar das vias móveis: eram apenas tocos cortados das grandes estradas. A estranha matéria que um dia lhes dera vida estava paralisada. Na construção do Parque, haviam soterrado o terminal do sistema de vias móveis. Mas nunca o destruíram.

Alvin caminhou em direção ao túnel mais próximo. Depois de alguns passos, percebeu que alguma coisa acontecia com o piso sob os seus pés. *Estava ficando transparente.* Mais alguns metros e ele parecia suspenso no ar sem nenhum suporte visível. Então parou e olhou para o vazio lá embaixo.

– Khedron! – gritou. – Venha ver isso!

O outro veio ao encontro dele e juntos olharam para a maravilha lá embaixo. Vagamente visível, a uma profundidade indefinida, havia um mapa enorme... uma grande rede de linhas convergindo em direção a um ponto sob o eixo central. Fitaram-no calados por um momento, depois Khedron perguntou baixinho:

– Você percebe o que é isso?

– Acho que sim – respondeu Alvin. – Um mapa do sistema de transporte inteiro, e os círculos devem indicar as outras cidades da Terra. Vejo nomes ao lado deles, mas não consigo lê-los; estão meio apagados.

– Deve ter existido alguma forma de iluminação interna um dia – comentou Khedron, distraído. Ele rastreava as linhas sob seus pés, seguindo-as com os olhos em direção às paredes da câmara. – Foi o que pensei! – exclamou de súbito. – Está vendo como todas essas linhas radiais levam aos túneis pequenos?

Alvin notara que, além dos grandes arcos das vias móveis, inúmeros túneis menores conduziam para fora da câmara, os quais se inclinavam *para baixo* em vez de para cima.

Khedron continuou a falar sem esperar uma resposta:

– É difícil pensar em um sistema mais simples. As pessoas desciam pelas vias móveis, escolhiam o lugar que queriam visitar e então seguiam a linha apropriada no mapa.

– E o que acontecia depois? – perguntou Alvin.

Khedron ficou em silêncio, os olhos esquadrinhando o mistério dos túneis que desciam, trinta ou quarenta deles, todos idênticos. Só seriam identificados pelos nomes no mapa, os quais estavam quase ilegíveis.

Alvin havia se afastado e circundava o pilar central. Em seguida, sua voz chegou até Khedron levemente abafada e sobreposta por ecos das paredes da câmara.

– O que foi? – gritou Khedron, evitando se movimentar, uma vez que quase conseguira ler um dos grupos de caracteres debilmente visíveis. Mas, dada a insistência da voz de Alvin, foi se juntar a ele.

Bem mais abaixo estava a outra metade do mapa, seu tênue traçado em forma de teia irradiando para os pontos cardeais. Dessa vez, destacava-se uma das linhas, e apenas uma, intensamente iluminada, sem parecer conectar-se com o resto do sistema e apontando como uma flecha reluzente para um dos túneis de inclinação descendente. Próxima ao final, a linha transpassava um círculo de luz dourada, e oposta a esse círculo estava uma única palavra, LYS. Só isso.

Durante muito tempo, os dois ficaram olhando para aquele símbolo silencioso. Para Khedron, era um desafio que ele jamais aceitaria e que, na realidade, preferia que não existisse. Mas, para Alvin, insinuava-se como a realização de todos os seus sonhos; embora a palavra LYS não significasse nada para ele, deixou-a rolar pela boca, experimentando sua sonoridade como algum sabor exótico. O sangue pulsava em suas veias e as bochechas ficaram vermelhas como se estivesse com febre. Olhou para o grande saguão, tentando imaginá-lo nos tempos antigos, quando cessara o transporte aéreo, mas as cidades da Terra ainda mantinham contato umas com as outras. Pensou nos incontáveis milhões de anos decorridos com o tráfego diminuindo continuamente e as luzes do grande mapa se apagando uma a uma, até por fim restar apenas aquela única linha. Por quanto tempo, ele se perguntava, ela reluzira ali entre as companheiras apagadas, à espera de guiar passos que nunca vieram, até Yarlan Zey lacrar as vias móveis e fechar Diaspar para o mundo?

E isso fora um bilhão de anos atrás. Mesmo naquela época, Lys já devia ter perdido contato com Diaspar. Parecia impossível que pudesse ter sobrevivido. Talvez, no final das contas, o mapa não significasse nada.

Por fim, Khedron interrompeu o devaneio de Alvin. Parecia nervoso e desconfortável, em nada lembrando a pessoa confiante e segura de si que sempre fora na cidade lá em cima.

– Acho que não devíamos seguir adiante agora – disse ele. – Talvez aqui não seja seguro até… até estarmos mais preparados.

Havia prudência no comentário, mas Alvin reconheceu o tom implícito de medo na voz de Khedron. Não fosse por isso, ele talvez tomasse uma resolução mais sensata, mas a intensa consciência de seu próprio valor, combinada com um desdém pela timidez de Khedron, fez Alvin continuar. Pareceu-lhe tolice ter chegado tão longe só para voltar quando o objetivo podia estar próximo.

– Vou descer o túnel – falou em tom obstinado, como que desafiando Khedron a impedi-lo. – Quero ver aonde leva. – Partiu resoluto e, após uma breve hesitação, o Bufão o seguiu ao longo da flecha de luz que ardia sob seus pés.

Quando entraram no túnel, sentiram o puxão familiar do campo peristáltico e, um instante depois, estavam sendo arrastados para as profundezas, em uma viagem de menos de um minuto. Quando o campo os soltou, viram-se na extremidade de uma câmara comprida e estreita em forma de meio cilindro. Na outra extremidade mais distante, dois túneis mal iluminados estendiam-se rumo ao infinito.

Pessoas de quase todas as civilizações desde o Amanhecer teriam achado o entorno completamente familiar; no entanto, para Alvin e Khedron, significava um vislumbre de um outro mundo. Era evidente o propósito da máquina aerodinâmica comprida apontada como um projétil no túnel distante, o que não o tornava menos estranho. A parte de cima era transparente e, olhando pelas paredes, Alvin viu fileiras de luxuosos assentos fixos. Não havia nenhum sinal de alguma entrada e a máquina inteira flutuava trinta centímetros acima de uma única haste de metal que se estendia ao longe, desaparecendo em um dos túneis. A alguns metros de distância, outra haste conduzia ao segundo túnel, mas nenhuma máquina flutuava sobre ela. Alvin sabia, como se alguém houvesse lhe contado, que em algum lugar sob a distante e desconhecida Lys aquela segunda máquina estaria esperando em outra câmara igual àquela.

Khedron começou a falar um pouco rápido demais:

– Que sistema de transporte peculiar! Só transportava cem pessoas de cada vez, então provavelmente não esperavam muito tráfego. E por que tiveram esse trabalho todo de se enterrar na Terra se os céus ainda estavam abertos? Talvez os Invasores nem sequer permitissem que eles voassem, uma coisa pouco provável. Ou será que construíram isto durante o período de transição, enquanto as pessoas ainda viajavam, mas não queriam se lembrar do espaço? Elas podiam ir de cidade a cidade e nunca ver o céu e as estrelas. – Ele deu uma risada nervosa. –

Tenho certeza de uma coisa, Alvin. Quando Lys existia, era bem parecida com Diaspar. Todas as cidades devem ser essencialmente a mesma. Não é de admirar que tenham sido todas abandonadas e se transformado em Diaspar. Por que existiria mais de uma?

Alvin nem o ouviu. Estava ocupado examinando o longo projétil, tentando encontrar a entrada. Se a máquina era controlada por alguma ordem mental ou verbal, talvez nunca conseguisse que ela obedecesse a ele, e aquilo permaneceria um enigma enlouquecedor pelo resto da vida.

O movimento silencioso da porta abrindo-se o pegou de surpresa. Sem ruído, sem aviso, uma parte da parede simplesmente se esvaiu e o interior belamente projetado se abriu diante dos olhos de Alvin.

Era o momento da decisão. Até este instante, sempre fora capaz de voltar se quisesse, mas, se entrasse por aquela porta convidativa, sabia o que aconteceria, mesmo sem saber aonde o levaria. Perderia o controle do seu próprio destino, ficando sob a guarda de forças desconhecidas.

Ele mal hesitou. Teve medo de recuar, receando que, se esperasse tempo demais, o momento nunca se repetisse – ou que sua coragem não correspondesse ao desejo por conhecimento. Khedron abriu a boca em um protesto ansioso, mas, antes que pudesse falar, Alvin passara pela entrada. Virou-se para encarar Khedron, emoldurado pelo retângulo vagamente visível da porta e, por um momento, houve um silêncio forçado enquanto cada um esperava o outro falar.

A decisão não foi tomada por eles. Depois de uma leve tremulação de translucidez, toda a máquina se fechara de novo. Enquanto Alvin erguia o braço num gesto de despedida, o longo cilindro começou a avançar. Antes de entrar no túnel, já se movia mais rápido do que um ser humano conseguia correr.

Houve um tempo em que, todos os dias, milhões de pessoas faziam sua jornada do lar para trabalhos monótonos e vice-versa em máquinas basicamente iguais àquela. Desde esse tempo distante, o Homem explorara o Universo e voltara para a Terra – conquistara um império e o tivera arrebatado das mãos. Agora, a jornada era retomada em uma máquina onde multidões de homens desinteressados e pouco ousados se sentiam completamente à vontade.

E seria a jornada mais decisiva que qualquer ser humano empreendera em um bilhão de anos.

Alystra vasculhara o Túmulo uma dúzia de vezes, embora uma bastasse, pois não havia lugar onde alguém pudesse se esconder. Após o primeiro choque de surpresa, ela se perguntara se seguira pelo Parque apenas as projeções de Alvin e Khedron. Mas isso não fazia sentido: as projeções se materializavam no local que se desejava visitar sem o trabalho de ir até lá pessoalmente. Ninguém em sã consciência faria sua projeção "andar" uns três quilômetros, demorando meia hora para chegar ao destino, quando poderia estar lá instantaneamente. Não, ela realmente seguira os verdadeiros Alvin e Khedron.

Então, em algum lugar deveria haver uma entrada secreta que Alystra poderia muito bem procurar enquanto esperava ambos voltarem.

Por sorte, não viu Khedron, pois vasculhava uma coluna atrás da estátua quando ele surgiu do outro lado. Ela ouviu os passos dele, virou em sua direção e viu de pronto que estava sozinho.

– Onde está Alvin? – gritou ela.

Demorou algum tempo antes de o Bufão responder. Parecia aflito e hesitante, e Alystra teve de repetir a pergunta antes que ele a visse de fato ali, sem demonstrar surpresa alguma.

– Não sei – respondeu por fim. – Só sei que ele está a caminho de Lys. Agora você sabe tanto quanto eu.

Não era sensato levar as palavras de Khedron ao pé da letra. Mas Alystra não precisou de mais garantias para entender que o Bufão não estava desempenhando seu papel. Ele lhe contara a verdade – o que quer que ela significasse.

10

Quando a porta se fechou, Alvin deixou-se cair no assento mais próximo. De repente, toda a força parecia ter se evaporado de suas pernas: finalmente conhecera o medo do desconhecido que assombrava todos os seus semelhantes. O corpo tremia, e a visão estava enevoada, vaga. Se pudesse escapar daquela máquina veloz, ele o faria de bom grado, mesmo à custa de abandonar todos os seus sonhos.

Não apenas o medo o dominava, mas um indescritível sentimento de solidão. Tudo o que conhecia e amava estava em Diaspar; mesmo que não corresse qualquer risco no local aonde ia, talvez nunca mais visse seu mundo. Sabia, como nenhum homem soubera em eras, o significado de deixar o lar para sempre. Nesse momento de desolação, pouco lhe importava se o caminho o conduzisse ao perigo ou à segurança. Importava apenas a jornada arrastando-o para longe de casa.

A angústia esmoreceu aos poucos; as sombras da escuridão se esvaíram de sua mente. Então, começou a prestar atenção no entorno, tentando descobrir alguma coisa naquele veículo incrivelmente antigo onde viajava. Não causou nem estranheza nem fascinação em Alvin o fato de aquele sistema de transporte soterrado ainda funcionar tão bem depois de tantos milhões de anos. Ele não estava preservado nos circuitos de eternidade dos próprios Monitores da cidade, mas devia haver circuitos semelhantes em algum outro lugar protegendo-o de mudanças ou deterioração.

Pela primeira vez, notou o painel indicador na parede dianteira, com uma mensagem curta, porém tranquilizadora:

LYS

35 MINUTOS

Enquanto o observava, o número mudou para "34", uma informação útil, apesar de, como ele não tinha ideia da velocidade da máquina, não lhe revelar nada sobre a extensão da viagem. As paredes do túnel formavam um borrão cinzento contínuo e a única sensação de movimento era uma leve vibração que ele jamais teria percebido se não a estivesse procurando.

Diaspar devia estar a muitos quilômetros de distância, e sobre ele se estenderia o deserto com as dunas de areia em movimento. Talvez, naquele exato momento, estivesse passando sob as colinas irregulares que tanto observara a partir da Torre de Loranne.

Mas sua imaginação se desviou para Lys, impaciente para chegar antes do corpo. Que tipo de cidade seria? Por mais que tentasse, só conseguia imaginar uma versão menor de Diaspar. Perguntava-se se ela ainda existiria, depois se assegurou de que, se não existisse, a máquina não o estaria transportando com tanta celeridade pela terra.

De súbito, houve uma mudança perceptível na vibração sob os seus pés. Sem dúvida, a velocidade do veículo diminuía... O tempo devia ter passado mais depressa do que ele pensara. Um tanto surpreso, Alvin olhou de novo para o indicador.

LYS

23 MINUTOS

Perplexo e um pouco preocupado, ele pressionou o rosto contra a lateral da máquina. A velocidade ainda coloria as paredes do túnel de um cinza monótono, no entanto, de tempos em tempos, ele vislumbrava marcas que desvaneciam quase com tanta rapidez quanto haviam aparecido. E, a cada desaparecimento, pareciam se fixar mais um pouco no seu campo de visão.

Então, sem aviso, as paredes do túnel se dissiparam dos dois lados. A máquina passava ainda em grande velocidade por um espaço imensamente vazio, muito maior até do que a câmara das vias móveis.

Espiando pelas paredes transparentes, Alvin, admirado, vislumbrou lá embaixo a intrincada rede de hastes de condução, as quais se cruzavam e entrecruzavam até sumirem em um labirinto de túneis dos dois lados. Um fluxo de luz azulada vertia da cúpula abobadada do teto, e ele distinguiu as silhuetas de estruturas de máquinas grandes. A luz era tão intensa que os olhos doíam, e Alvin compreendeu que aquele não era um lugar para os homens. Um instante depois, seu veículo passou rapidamente por fileiras de cilindros estáticos sobre os trilhos. Eram muito maiores do que o veículo onde ele viajava, e Alvin presumiu que deviam transportar carga. Em torno deles, agrupavam-se incompreensíveis mecanismos com muitas articulações, todos inertes e silenciosos.

Quase tão rápido quanto aparecera, a ampla e solitária câmara desvaneceu, ficando para trás. Alvin estava assombrado. Pela primeira vez, entendeu de fato o significado daquele grande mapa obscurecido abaixo de Diaspar. No mundo existiam muito mais maravilhas do que ele jamais sonhara.

Então, olhou mais uma vez para o indicador. Não mudara. A travessia pela grande caverna demorara menos de um minuto. A máquina acelerou de novo; embora ele pouco sentisse o movimento, as paredes do túnel deslocavam-se a uma velocidade inimaginável para ele.

Pareceu levar uma era até aquela indefinível mudança de vibração se repetir. Agora o indicador dizia:

LYS

1 MINUTO

e aquele minuto foi o mais longo da vida de Alvin. A máquina se movia cada vez mais devagar; ela estava chegando, enfim, ao destino.

Suave e silenciosamente, o longo cilindro saiu do túnel e entrou em uma caverna que parecia irmã gêmea daquela embaixo de Diaspar. Por um momento, Alvin se sentiu empolgado demais para ver qualquer coisa com clareza. A porta permaneceu aberta um bom tempo até ele perceber que podia sair do veículo. Enquanto se deslocava apressado, vislumbrou pela última vez o indicador com uma mensagem infinitamente tranquilizadora:

DIASPAR

35 MINUTOS

Enquanto procurava uma saída da câmara, Alvin encontrou o primeiro indício de que poderia estar em uma civilização diferente: o caminho para a superfície passava por um túnel baixo e largo numa extremidade da caverna – e um lance de escadas levava para cima. Uma coisa dessas era extremamente rara em Diaspar: os arquitetos da cidade haviam construído rampas ou corredores em declive para qualquer alteração de nível. Aquela mudança sem dúvida sobrevivera dos tempos em que a maioria dos robôs se movia usando rodas, impossibilitados de galgar os degraus.

A escada era bem curta e dava em portas que abriram automaticamente assim que Alvin se aproximou. Ele entrou em um recinto pequeno como o que o conduzira pelo fosso sob o Túmulo de Yarlan Zey, e não ficou surpreso quando, alguns minutos depois, as portas se abriram e revelaram um corredor abobadado que se elevava aos poucos até chegar a um arco emoldurando um semicírculo de céu. Apesar da ausência de sensação de movimento, Alvin sabia que devia ter subido muitas dezenas de metros. Percorreu rapidamente o declive até a abertura iluminada pela luz do sol, todo o medo esquecido, substituído pela avidez por ver o que havia adiante.

Ele estava no cume de uma pequena colina e, por um instante, sentiu-se de novo no Parque central de Diaspar. Contudo, se aquilo fosse mesmo um parque, era grande demais para sua mente absorver. Não via a cidade em lugar algum. Até onde a visão podia alcançar, não havia nada além de floresta e planícies cobertas de relva.

Então Alvin levantou os olhos até o horizonte e lá, acima das árvores, alastrando-se da direita para a esquerda em um grande arco que circundava o mundo, despontou uma linha de pedra que teria ofuscado os maiores gigantes de Diaspar. Estava tão distante que os detalhes se turvavam, mas os contornos surpreenderam Alvin. Depois que enfim seus olhos se acostumaram à escala da paisagem colossal, ele compreendeu que aquelas muralhas longínquas não haviam sido construídas pelo homem.

O tempo não conquistara tudo: da Terra ainda brotavam montanhas das quais podia se orgulhar.

Durante um bom tempo, Alvin ficou na boca do túnel, acostumando-se aos poucos àquele estranho mundo. Sentia-se meio atordoado com o impacto do tamanho e do espaço: aquele círculo de montanhas nevoentas poderia ter cercado uma dúzia de cidades da dimensão de Diaspar. Porém, não havia sinal de vida humana, ainda que o caminho que descia pela encosta parecesse bem cuidado. A melhor opção era segui-lo.

No pé da colina, a estrada desaparecia entre grandes árvores que quase escondiam o sol. Quando Alvin chegou ali, uma estranha miscelânea de fragrâncias e sons o acolheu. Já conhecia o farfalhar do vento entre as folhas, mas não os inúmeros sons vagos que não lhe diziam nada. Viu-se diante de cores desconhecidas, odores perdidos até mesmo para a memória de sua espécie. O calor, a profusão de cheiros e cores e a presença oculta de um milhão de coisas vivas o açoitavam quase com violência física.

E então, sem qualquer aviso, Alvin se deparou com o lago. As árvores à direita de repente sumiram e, à sua frente, estendia-se uma grande extensão de água pontilhada de ilhotas. Nunca na vida vira tanta água; em comparação com aquilo, as maiores piscinas de Diaspar não passavam de poças. Ele desceu devagar até a margem do lago e, com as mãos em concha, pegou um pouco de água morna, deixando-a gotejar pelos vãos dos dedos.

O grande peixe prateado que de repente forçou passagem por entre as plantas subaquáticas foi a primeira criatura não humana que Alvin já vira. Ainda que devesse parecer totalmente insólito, o formato estimulou a mente do rapaz: o animal lhe era perturbadoramente familiar. Parado ali no vazio de um verde pálido, as barbatanas um ligeiro esboço de movimento, ele pareceu a própria personificação do poder e da velocidade. Incorporadas na carne viva estavam as graciosas linhas das grandes naves que um dia haviam dominado os céus da Terra. A evolução e a ciência haviam chegado à mesma resposta, e o trabalho da Natureza durara mais.

Por fim, Alvin despertou do encanto do lago e continuou a caminhar pela estrada sinuosa. A floresta se fechou mais uma vez, mas apenas por pouco tempo; no fim do trajeto, uma grande clareira de uns oitocentos metros de largura e o dobro de comprimento – e Alvin entendeu por que não vira nenhum sinal de seres humanos antes.

A clareira se enchia de construções baixas de dois andares e tonalidades suaves que descansavam os olhos do pleno brilho do sol. O design da maioria era despojado e simples, mas muitas outras surgiam imponentes em um estilo arquitetônico complexo, que incluía colunas caneladas e pedras graciosamente ornamentadas. Nesses prédios, que pareciam bem antigos, destacava-se o imensuravelmente remoto artifício do arco ogival.

Enquanto andava devagar em direção ao vilarejo, Alvin ainda se esforçava para entender a paisagem. Nada era familiar: até o ar mudava, com um quê de vida desconhecida e pulsante. E as pessoas altas de cabelos dourados andando em meio aos prédios com uma graça tão inconsciente obviamente pertenciam a uma estirpe diferente da população de Diaspar.

Ninguém reparou em Alvin, apesar de ele se vestir de modo totalmente diferenciado. Como a temperatura nunca mudava em Diaspar, roupas não passavam de um ornamento muitas vezes bastante sofisticado. Mas ali pareciam privilegiar a praticidade, pensadas para o uso, não para a exibição, e com frequência consistiam em um único tecido envolvendo-lhes o corpo.

Só quando Alvin já havia adentrado bastante o vilarejo é que as pessoas de Lys reagiram à sua presença, na verdade de uma forma um tanto inesperada. Um grupo de cinco homens saiu de uma das casas e começou a andar em direção a ele – quase como se, na realidade, estivessem esperando a sua chegada. Alvin sentiu uma súbita e inebriante agitação, o sangue pulsando em suas veias. Pensou em todos os encontros fatais dos seres humanos com outras raças nos mundos distantes. Ele estava encontrando pessoas de sua própria espécie... Mas quanto haveriam mudado nas eras que os separara de Diaspar?

A delegação parou a alguns metros de Alvin. O líder sorriu, estendendo a mão no antigo gesto de amizade.

– Achamos melhor encontrar você aqui – disse ele. – O nosso lar é muito diferente de Diaspar e a caminhada do terminal dá aos visitantes a chance de... se acostumarem.

Alvin aceitou a mão estendida, ainda que, por um momento, surpreso demais para responder. Naquele instante entendia por que todos os outros habitantes o haviam ignorado.

– Vocês sabiam que eu estava vindo? – perguntou ele por fim.

– Claro. Sempre sabemos quando os transportadores se movem. Me diga... como descobriu o caminho? Faz tanto tempo desde a última visita que temíamos que o segredo estivesse perdido.

O interlocutor foi interrompido por um de seus companheiros.

– Acho melhor contermos a nossa curiosidade, Gerane. Seranis está esperando.

O nome "Seranis" foi precedido por uma palavra que Alvin desconhecia e ele presumiu tratar-se de algum título. Não teve dificuldade para entender os outros e nunca lhe passou pela cabeça que isso fosse surpreendente. Diaspar e Lys compartilhavam da mesma herança linguística, e a antiga invenção da gravação do som congelara o discurso havia muito tempo em um molde inviolável.

Gerane deu de ombros, com uma resignação simulada.

– Muito bem – sorriu ele. – Seranis tem alguns privilégios... não vou roubar este dela.

À medida que caminhavam pelo vilarejo, Alvin examinava o grupo à sua volta. Pareciam pessoas gentis e inteligentes, mas essas eram virtudes que ele considerara naturais a vida toda, e tentava encontrar diferenças naqueles homens. Elas até existiam, mas parecia difícil defini-las. Todos eram um pouco mais altos do que Alvin e em dois deles afloravam os sinais inconfundíveis da idade física. O tom de pele era bem moreno, e de todos os seus movimentos irradiavam vigor e entusiasmo que Alvin achava agradáveis, embora também desconcertantes. Sorriu ao lembrar-se da profecia de Khedron: se chegasse a Lys, encontraria uma cidade exatamente igual a Diaspar.

As pessoas do vilarejo observavam com sincera curiosidade enquanto Alvin acompanhava o grupo; não mais fingiam ignorá-lo. De repente, ouviram-se gritos agudos e estridentes vindos das árvores à direita, de onde saíram criaturinhas agitadas que cercaram Alvin. Ele parou em profundo espanto, incapaz de acreditar no que via. Ali estava algo que seu mundo perdera há tanto tempo que se restringia aos domínios da mitologia. A vida um dia começara daquele jeito: as criaturas barulhentas e fascinantes eram crianças humanas.

Alvin as observava com uma incredulidade deslumbrada – e com outra sensação que mexia com seu coração, mas que ele ainda não conseguia identificar. Nenhuma outra visão teria enfatizado tanto o quanto estava longe do mundo que conhecia. Diaspar pagara, e pagara integralmente, o preço da imortalidade.

O grupo parou diante do maior prédio que Alvin já vira. Ficava no centro do vilarejo, e de um mastro em sua pequena torre circular flutuava, com a brisa, uma flâmula verde.

Todos ficaram para trás, menos Gerane, que entrou no prédio dominado por silêncio e frescor; a luz do sol, infiltrando-se pelas paredes translúcidas, iluminava tudo com um brilho suave e relaxante. O piso era liso e resistente, decorado com finos mosaicos. Nas paredes, um artista muito competente e intenso retratara uma série de cenas da floresta. Misturados a essas pinturas, havia outros murais desprovidos de significado para Alvin, ainda que belos e agradáveis à vista. Fixa em uma parede, uma tela retangular com um labirinto cambiante de cores – presumivelmente um pequeno receptor de visifone.

Subiram juntos uma pequena escadaria circular que os levou ao telhado plano do prédio. Dali, conseguia-se ver todo o vilarejo, e Alvin constatou que consistia em mais ou menos cem construções. Ao longe, as árvores se abriam para circundar vastos campos, onde pastavam várias espécies diferentes de animais. Alvin nem imaginava quais seriam: a maioria era quadrúpede, mas alguns pareciam ter seis ou até oito patas.

Seranis o esperava à sombra da torre. Alvin se perguntou que idade ela teria, pois no comprido cabelo dourado já se entremeavam alguns fios grisalhos, provavelmente um sinal de idade. A presença de crianças, com todas as consequências que isso implicava, deixara-o desconcertado. Nascimento com certeza sugeria morte, e a expectativa de vida em Lys talvez fosse muito diferente da de Diaspar. Ele não sabia dizer se Seranis tinha cinquenta, quinhentos ou cinco mil anos, mas, olhando nos olhos dela, sentiu a sabedoria e profundidade de vida às vezes também sentida na presença de Jeserac.

Ela apontou para um pequeno banco, mas, embora seus olhos sorrissem, não disse nada até Alvin se acomodar – ou ficar tão cômodo quanto possível sob aquele escrutínio intenso, porém amistoso. Então Seranis suspirou e se dirigiu a Alvin em um tom baixo e delicado:

– Esta é uma ocasião quase incomum, então me desculpem se eu não souber me comportar da forma adequada. Mas um convidado tem certos direitos, mesmo que seja inesperado. Antes de conversarmos, devo alertar você sobre uma coisa: consigo ler a sua mente. – Ela riu da consternação de Alvin e acrescentou sem demora: – Não se preocupe; nenhum direito é mais respeitado do que o da privacidade mental. Só entrarei em sua mente se me convidar. Mas não seria justo esconder esse fato de você, pois explica por que achamos a fala um tanto lenta e difícil. Ela não é usada com muita frequência aqui.

Essa revelação, ainda que meio alarmante, não surpreendeu Alvin. Outrora, pessoas e máquinas possuíam esse poder, e mesmo as máquinas imutáveis ainda conseguiam ler as ordens do seu mestre. Mas, em Diaspar, o próprio ser humano perdera o dom que um dia compartilhara com seus escravos.

– Não sei o que trouxe você do seu mundo para o nosso – continuou Seranis –, mas, se está procurando vida, sua busca terminou. Fora Diaspar, só existe deserto além das nossas montanhas.

Estranhamente, Alvin, que antes questionara tantas vezes crenças universais, não duvidou das palavras de Seranis. Apenas sentiu tristeza ao constatar que todos os seus ensinamentos estivessem tão próximos da realidade.

– Me conte sobre Lys – implorou ele. – Por que vocês estão separados de Diaspar há tanto tempo quando parecem saber tanto sobre nós?

Seranis riu de tamanha avidez.

– Em breve – respondeu ela. – Primeiro gostaria de saber um pouco sobre você. Me conte como encontrou o caminho até aqui e por que veio.

Hesitante de início, e depois cada vez mais confiante, Alvin contou sua história. Nunca falara com tamanha liberdade antes: ali, enfim, havia alguém que não riria de seus sonhos porque sabia que eram verdadeiros. Uma ou duas vezes Seranis o interrompeu com rápidas perguntas, sobretudo quando ele mencionava algum aspecto de Diaspar que ela desconhecia. Foi difícil para Alvin perceber que coisas de sua vida cotidiana não teriam sentido para alguém que nunca viveu na cidade e não sabia nada sobre a cultura e a organização social complexas de Diaspar. Seranis o ouviu com tanta compreensão que ele teve certeza de que era entendido. Só mais tarde percebeu que muitas outras mentes além da dela escutavam suas palavras.

Quando terminou, o silêncio pairou por um momento. Então Seranis olhou para ele e perguntou prontamente:

– Por que veio para Lys?

Alvin olhou para ela, surpreso.

– Já contei – retorquiu. – Queria explorar o mundo. Todos me diziam que existia apenas o deserto fora da cidade, mas precisava ver por mim mesmo.

– Só por isso?

Alvin hesitou. Quando respondeu, não foi o explorador indômito quem falou, mas a criança perdida que nascera em um mundo estranho:

– Não – disse ele lentamente –, esse não foi o único motivo, apesar de eu só perceber agora. Eu me sentia sozinho.

– Sozinho? Em Diaspar? – Havia um sorriso nos lábios de Seranis e um quê de solidariedade nos olhos, e Alvin sabia que ela não esperava mais respostas.

Depois de contar toda a sua história, ele esperava que a mulher mantivesse sua parte do acordo. Seranis se levantou e logo começou a andar de um lado para o outro no telhado, até dizer:

– Sei as perguntas que você quer fazer. Algumas eu posso responder, mas seria cansativo fazer isso com palavras. Se abrir sua mente para mim, vou contar o que precisa saber. Pode confiar em mim: não vou captar nada sem sua permissão.

– O que quer que eu faça? – perguntou Alvin cautelosamente.

– Mentalize-se aceitando a minha ajuda… Olhe nos meus olhos… e esqueça tudo – ordenou Seranis.

Alvin nunca soube ao certo o que aconteceu depois. Seus sentidos eclipsaram e, embora jamais conseguisse se lembrar de tê-lo adquirido, quando olhou para a sua mente, o conhecimento estava ali.

Ele viu o passado não com clareza, mas como um homem em alguma montanha alta veria uma planície nevoenta. Entendeu que o ser humano nem sempre fora um habitante da cidade e que, desde quando as máquinas o haviam libertado do trabalho, sempre houvera rivalidade entre dois tipos diferentes de civilização. Nas Eras do Amanhecer houvera milhares de cidades, mas uma grande parte da espécie humana preferira viver em comunidades relativamente pequenas. O transporte universal e a comunicação instantânea lhes propiciaram todo o contato de que precisavam com o resto do mundo e as pessoas não sentiam necessidade de viver amontoadas com milhares de indivíduos.

Lys diferia pouco das centenas de outras comunidades nos primeiros dias. Mas aos poucos, no decorrer das eras, desenvolvera uma cultura independente, uma das mais superiores que a raça humana já conhecera. Baseava-se em grande parte no uso direto do poder mental e isso a distinguia do resto da sociedade humana, que passara a confiar cada vez mais nas máquinas.

Ao longo das eras, à medida que as cidades avançavam por caminhos diferentes, o abismo entre Lys e outros lugares aumentou, o que só era superado em tempos de grandes crises: quando a Lua estava caindo, foram os cientistas de Lys que a destruíram. O mesmo aconteceu com a defesa da Terra contra os Invasores, que foram detidos na batalha final de Shalmirane.

O grande suplício exauriu a raça humana: uma a uma, as cidades morreram e foram tomadas pelo deserto. À medida que a população diminuía, a humanidade começou a migrar para Diaspar, a última e maior de todas as cidades.

A maioria dessas mudanças não afetou Lys, que, no entanto, precisava travar uma batalha só dela: a luta contra o deserto. A barreira natural das montanhas não bastava, e passaram-se muitas eras até a cidade transformar o grande oásis em um lugar seguro. Nesse ponto, a imagem desfocou, talvez de propósito. Alvin não conseguia ver o que fizeram para dar a Lys a eternidade virtual que Diaspar alcançara.

A voz de Seranis parecia chegar-lhe de uma grande distância... E não apenas a voz, que vinha acompanhada de uma sinfonia de palavras, como se muitas outras línguas cantassem em uníssono com a dela.

– Em poucas palavras, aí está a nossa história. Você verá que mesmo nas Eras do Amanhecer tínhamos pouco em comum com as cidades, mesmo os seus habitantes sempre chegando à nossa terra. Nunca os impedimos, pois muitos dos nossos maiores homens vieram de Fora, mas, quando as cidades estavam morrendo, não quisemos nos envolver com a derrocada final. Sem transporte aéreo, só restava um caminho até Lys: o sistema de transporte de Diaspar. Ele foi fechado na sua cidade quando o Parque foi construído... E vocês se esqueceram de nós, apesar de nunca termos nos esquecido de vocês.

"Diaspar nos surpreendeu. Esperávamos que seguisse o caminho de todas as outras cidades, mas ela alcançou uma cultura tão estável que pode perdurar tanto quanto a Terra. Não é o tipo de cultura que admiramos, mas ficamos felizes com o fato de aqueles que queriam escapar terem conseguido. Mais gente do que você imagina fez essa viagem, e quase sempre foram pessoas extraordinárias, que trouxeram alguma coisa valorosa ao chegarem a Lys."

A voz desvaneceu. Os sentidos de Alvin saíram da paralisia e ele voltou ao seu normal. Viu com espanto o sol bem baixo atrás das árvores e os sinais do anoitecer nos céus. Em algum lugar, um grande sino vibrou com um estrondo latejante que pulsou lento até silenciar, deixando no ar mistério e premonição. Alvin se percebeu tremendo de leve, não devido ao primeiro toque de frescor do início de noite, mas de puro espanto e admiração por tudo o que descobrira. Sentiu uma súbita necessidade de rever seus amigos e de estar entre as paisagens e cenas familiares de Diaspar.

– Tenho que voltar – falou ele. – Khedron, meus pais... eles vão estar me esperando.

As palavras não eram de todo verdadeiras. Khedron com certeza estaria se perguntando o que acontecera a ele, mas Alvin tinha quase certeza de que ninguém mais sabia de sua partida de Diaspar. Sem poder explicar o motivo dessa pequena mentira, sentiu-se meio envergonhado assim que acabou de falar.

Seranis olhou para ele, pensativa.

– Receio que não seja tão simples assim – disse ela.

– O que quer dizer? – perguntou Alvin. – O transportador que me trouxe para cá não me leva de volta? – Ele ainda se recusava a encarar o fato de que talvez o mantivessem em Lys mesmo contra a sua vontade, embora a ideia houvesse lhe passado pela cabeça por um breve instante.

Pela primeira vez, Seranis pareceu pouco à vontade.

– Nós estivemos conversando sobre você – ela falou, sem explicar quem seriam esse "nós" nem exatamente como haviam conversado. – Se voltar a Diaspar, todos lá vão saber sobre nós. Mesmo se nos prometesse não contar nada, você acharia impossível guardar o nosso segredo.

– E por que iam querer manter o segredo? – indagou Alvin. – Com certeza seria muito bom os dois povos se reencontrarem.

Seranis pareceu descontente.

– Nós não pensamos assim – disse ela. – Se abríssemos nossos portões, pessoas curiosas e ávidas por emoções chegariam até aqui. Até hoje, só os melhores do seu povo chegaram até nós – ela explicou em palavras que emanavam tanta superioridade inconsciente e suposições tão falsas que Alvin sentiu a irritação sobrepujar sua aflição.

– Isso não é verdade – retrucou ele sem rodeios. – Não acho que vocês encontrariam outra pessoa em Diaspar que deixaria a cidade mesmo que quisesse, mesmo que soubesse que existe algum lugar aonde ir. Se me deixarem voltar, isso não vai fazer nenhuma diferença para Lys.

– A decisão não é minha – explicou Seranis –, e você subestima os poderes da mente se acha que as barreiras que mantêm o seu povo na cidade jamais poderão ser rompidas. Não queremos manter você aqui contra a sua vontade, mas, se voltar a Diaspar, teremos que apagar da sua mente todas as lembranças de Lys. – Ela hesitou por um momento. – Isso nunca aconteceu antes; todos os seus antecessores vieram para ficar.

Aquela era uma escolha que Alvin se recusava a aceitar. Ele queria explorar Lys, desvendar todos os seus segredos, descobrir de que maneiras se diferenciava do seu lar. Mas estava igualmente determinado a voltar a Diaspar a fim de provar aos seus amigos que não era um mero sonhador. Não compreendia os motivos desse desejo por segredo; mesmo que o entendesse, não faria diferença alguma em seu comportamento.

Ele percebeu que precisava ganhar tempo ou então convencer Seranis de que o pedido dela era impossível.

– Khedron sabe onde estou – afirmou Alvin. – Você não pode apagar a memória *dele*.

No rosto de Seranis resplandeceu um sorriso agradável, um sorriso que, em qualquer outra circunstância, seria até amigável. Mas por trás dele Alvin vislumbrou, pela primeira vez, a presença de um poder avassalador e implacável.

– Você nos subestima, Alvin – replicou ela. – Isso seria muito fácil. Consigo chegar a Diaspar mais rápido do que consigo atravessar Lys. Outros homens vieram para cá antes e alguns contaram aos amigos aonde estavam indo. No entanto, esses amigos os esqueceram e eles desapareceram da história de Diaspar.

Alvin fora tolo ao ignorar essa possibilidade, embora parecesse óbvia agora que Seranis a expusera. Ele se perguntou quantas vezes, nos milhões de anos desde que as duas culturas se separaram, homens de Lys haviam entrado em Diaspar para preservar seu segredo cuidadosamente protegido. E se perguntou qual seria a extensão dos poderes mentais desse povo estranho, e se hesitariam em usá-los.

Seria seguro planejar o que quer que fosse? Seranis lhe prometera que não leria sua mente sem que consentisse, mas ele ficou pensando se não haveria circunstâncias em que essa promessa não seria cumprida...

– Com certeza – falou ele –, a senhora não espera que eu decida agora. Não posso conhecer um pouco do seu país antes de fazer a minha escolha?

– Claro – respondeu Seranis. – Fique aqui o tempo que quiser e volte para Diaspar se mudar de ideia. Mas, se puder decidir nos próximos dias, será muito mais fácil. Você não quer que seus amigos fiquem preocupados e, quanto mais tempo estiver sumido, mais difícil será fazermos os ajustes necessários.

Alvin entendeu isso, mas gostaria de saber exatamente o significado desses "ajustes". Presumivelmente, alguém de Lys entraria em contato com Khedron (sem que o Bufão percebesse) e alteraria sua mente. O desaparecimento de Alvin não poderia ser ocultado, mas a informação que ele e Khedron haviam descoberto seria eliminada. No decurso das eras, o nome de Alvin se juntaria ao daqueles outros Singulares que haviam desaparecido de forma tão misteriosa, sem deixar qualquer vestígio, até serem de vez esquecidos.

Havia muitos mistérios ali e ele não parecia próximo de solucionar nenhum. Haveria algum propósito por trás da curiosa relação unilateral entre Lys e Diaspar ou não passaria de um mero acidente histórico? Quem e o que seriam os Singulares e, se as pessoas de Lys podiam entrar em Diaspar, por que não haviam apagado os circuitos de memória que armazenavam vestígios de sua existência? Talvez essa fosse a única pergunta à qual Alvin podia dar uma resposta plausível. Talvez o Computador Central fosse um oponente obstinado demais para um confronto e não pudesse ser afetado nem pelas técnicas mentais mais avançadas...

Ele deixou esses problemas de lado. Um dia, quando soubesse bem mais, talvez conseguisse chegar a respostas. Naquele momento, era inútil especular, construir pirâmides de suposições sobre um alicerce de ignorância.

– Muito bem – disse ele, embora não muito cortês, pois ainda estava irritado com esse obstáculo inesperado em seu caminho. – Vou lhe dar a minha resposta assim que puder, se me mostrar como é a sua terra.

– Ótimo – retorquiu Seranis, com um sorriso sem ameaças veladas. – Nós temos orgulho de Lys e será um prazer mostrar para você como as pessoas vivem sem a ajuda das cidades. Enquanto isso, não se preocupe... Seus amigos não vão ficar alarmados com a sua ausência. Vamos garantir isso, nem que seja para a nossa própria proteção.

Foi a primeira vez que Seranis fez uma promessa impossível de ser cumprida.

11

Por mais que tentasse, Alystra não conseguiu mais nenhuma informação de Khedron. O Bufão se recuperara rápido de seu choque inicial e do pânico que o fizera voltar à superfície quando se viu sozinho nas profundezas do Túmulo. Também se envergonhava de seu comportamento, imaginando se algum dia teria coragem de voltar à câmara das vias móveis e à rede de túneis que irradiava dali. Embora achasse que Alvin fora impaciente, até imprudente mesmo, não acreditava de fato que ele corresse algum risco. Khedron estava certo de que o rapaz acabaria retornando a Diaspar no seu próprio tempo. Bem, tinha quase certeza, afinal, em meio a algumas dúvidas, seria melhor se precaver. Então, concluiu que o mais sensato era falar o menos possível por ora e tentar fazer a coisa toda se passar por mais uma brincadeira.

Infelizmente para esse plano, ele fora incapaz de disfarçar suas emoções quando Alystra o encontrara na superfície. Ela identificou o medo inconfundível em seus olhos e interpretou-o de imediato como sinal de perigo para Alvin. Todas as justificativas de Khedron serviram apenas para deixá-la cada vez mais brava com ele enquanto atravessavam o Parque juntos. De início, Alystra quisera ficar no Túmulo à espera do retorno de

Alvin do mistério em que sumira. Khedron conseguira convencê-la de que seria perda de tempo e ficou aliviado quando ela o acompanhou de volta para a cidade. Talvez Alvin voltasse em breve, e ele não queria que ninguém mais descobrisse o segredo de Yarlan Zey.

Quando chegaram à cidade, estava claro para Khedron o total fracasso de suas táticas evasivas e a existência de uma situação seriamente fora de controle. Pela primeira vez na vida não sabia como agir, dominado pela sensação de incapacidade de lidar com qualquer problema que surgisse. Seu medo imediato e irracional aos poucos era substituído por uma inquietação mais profunda e mais firmemente alicerçada. Até agora, Khedron pensara pouco nas consequências de seus atos, movido por interesses próprios e por um sentimento de solidariedade genuíno por Alvin. Embora houvesse encorajado e ajudado o rapaz, nunca acreditara que alguma coisa assim de fato aconteceria.

Apesar do abismo de anos e experiência entre eles, a determinação de Alvin sempre fora mais poderosa do que a de Khedron. Era tarde demais para consertar a situação, e ele sentia que os acontecimentos estavam arrastando-o para um clímax totalmente fora de controle.

Nesse contexto, era meio injusto que Alystra o considerasse o gênio mau de Alvin e se mostrasse inclinada a culpá-lo por tudo o que acontecera. Apesar de não ter uma natureza vingativa, estava irritada, e parte disso se concentrava nele. Portanto, se ela tomasse alguma atitude que comprometesse Bufão, seria a última pessoa a lamentar.

Eles se separaram em um silêncio sepulcral tão logo chegaram à grande via circular que rodeava o Parque. Khedron observou Alystra desaparecer e se perguntou cansadamente que planos ela estaria arquitetando.

Só lhe restava uma certeza: tédio não entraria no rol de problemas sérios por um período de tempo considerável.

Alystra agiu rápido e com inteligência. Ela não se deu ao trabalho de entrar em contato com Eriston e Etania. Os pais de Alvin eram nulidades agradáveis por quem ela sentia alguma afeição, mas nenhum respeito. Eles apenas perderiam tempo com discussões inúteis e depois fariam exatamente o que Alystra planejara.

Jeserac ouviu a história sem nenhuma emoção aparente. Se estava alarmado ou surpreso, disfarçou bem – tão bem que Alystra sentiu uma pontada de decepção. Parecia-lhe que nada tão extraordinário e importante quanto o sumiço de Alvin jamais havia ocorrido antes e o comportamento pragmático de Jeserac a levou ao desalento. Quando enfim concluiu a história, ele a interrogou por algum tempo e sugeriu, sem de fato dizer, que ela poderia ter se enganado. Qual seria o motivo para supor que Alvin deixara a cidade? Talvez tudo não passasse de uma brincadeira, e o fato de Khedron estar envolvido tornava a possibilidade bem plausível. Talvez Alvin estivesse rindo dela, escondido em algum lugar de Diaspar naquele exato momento.

A única reação positiva de Jeserac foi a promessa de investigar a situação e entrar em contato com ela dentro de um dia. Nesse meio-tempo, Alystra não devia se preocupar, e também seria melhor que não contasse nada a mais ninguém. Não havia necessidade de propagar preocupação quanto a um incidente que provavelmente seria esclarecido em algumas horas.

Alystra afastou-se de Jeserac um pouco frustrada. Teria ficado mais satisfeita se visse o comportamento dele depois que ela partiu.

Jeserac tinha amigos no Conselho; ele mesmo fora um dos membros em sua longa vida e poderia voltar a sê-lo se a sorte o abandonasse. Ligou para três dos seus colegas mais influentes e cautelosamente despertou o interesse deles. Como tutor de Alvin, bastante ciente de sua própria posição delicada, ansiava por salvaguardar-se. De momento, quanto menos pessoas soubessem o que havia acontecido, melhor.

Definiram de imediato como prioridade entrar em contato com Khedron e pedir-lhe uma explicação. No entanto, o excelente plano esbarrou em um problema: Khedron o previra e desaparecera.

Se havia alguma ambiguidade na situação de Alvin, seus anfitriões agiram com cautela para ele não perceber. Estava livre para ir a qualquer lugar que quisesse em Airlee, o vilarejo governado por Seranis, embora governar fosse uma palavra forte demais para descrever a sua posição. Às vezes, Alvin a julgava uma ditadora benevolente; outras vezes ela parecia não ter poder algum. E ele fracassara totalmente em entender o sistema social de Lys, ou pela simplicidade exacerbada, ou pela complexidade das ramificações. A única coisa que descobrira com certeza era que Lys se dividia em inúmeros vilarejos, dos quais Airlee era um exemplo típico. No entanto, de certo modo, não existiam exemplos típicos, pois haviam assegurado a Alvin que cada lugarejo tentava ser o mais diferente possível dos vizinhos. Sem dúvida, uma situação extremamente confusa.

Embora muito pequeno e com menos de mil habitantes, Airlee estava repleto de surpresas. Não havia quase nenhum aspecto do cotidiano que não diferisse de seu equivalente em Diaspar, até em coisas tão fundamentais como a fala. Só as crianças usavam a comunicação verbal oral; os adultos quase não falavam e, depois de algum tempo, Alvin concluiu que o faziam apenas como um sinal de educação para com ele. Era uma experiência curiosamente frustrante sentir-se emaranhado em uma grande rede de palavras silenciosas e indetectáveis, mas, passado um tempo, Alvin se acostumou. Parecia surpreendente que a expressão vocal houvesse sobrevivido, uma vez que praticamente não era mais usada, mas Alvin descobriu mais tarde que a população de Lys gostava muito de cantar e, na realidade, apreciava todas as formas musicais. Sem esse incentivo, talvez já tivessem se tornado completamente mudos.

Todos ali viviam ocupados, envolvidos em tarefas ou problemas que, em geral, eram incompreensíveis para Alvin. Quando conseguia entender o que estavam fazendo, boa parte de todo aquele trabalho lhe parecia bastante desnecessária. Uma parte considerável dos alimentos, por exemplo, era cultivada, e não sintetizada de acordo com padrões planejados eras atrás. Quando Alvin comentou isso, explicaram-lhe com toda paciência que o povo de Lys gostava de ver as coisas crescerem, de realizar experimentos genéticos complicados e de desenvolver gostos e paladares cada vez mais sutis. Airlee era famoso por seus frutos, mas, quando Alvin experimentou amostras de algumas variedades, não lhe pareceram melhores do que as que poderia obter em Diaspar sem maior esforço do que erguer um dedo.

A princípio, o jovem se perguntava se as pessoas ali haviam esquecido – ou mesmo nunca houvessem possuído – as fontes de energia e as máquinas que ele considerava naturais e sobre as quais se baseava toda a vida em Diaspar. Logo descobriu que não era esse o caso. As ferramentas e o conhecimento estavam lá, mas eram usados apenas quando era essencial. O exemplo mais impressionante remetia ao sistema de transporte, se é que merecia essa nomenclatura. Para distâncias curtas, as pessoas andavam e pareciam gostar. Se estivessem com pressa ou precisassem transportar pequenas cargas, recorriam a animais criados para esse propósito. A espécie que transportava carga era um mamífero baixo de seis patas, muito dócil e forte, embora de inteligência limitada. Os animais de corrida eram de uma espécie completamente diferente, os quais em geral andavam com quatro patas, mas usavam apenas as musculosas pernas traseiras quando atingiam velocidade. Eles podiam atravessar toda a extensão de Lys em poucas horas, com o passageiro montado em um assento pivotante no dorso do animal. Nada no mundo faria Alvin se arriscar em uma montaria daquele tipo, mesmo sendo um esporte muito popular entre os rapazes. Seus corcéis primorosamente procriados eram os aristocratas do mundo animal e sabiam muito bem disso. Detentores de um vasto vocabulário, Alvin os entreouvia conversar presunçosamente sobre vitórias passadas e futuras. Quando ele tentava ser amigável e participar da conversa, fingiam que não o entendiam e, se ele insistisse, afastavam-se aos pulos em sinal de honra ultrajada.

Essas duas variedades de animais atendiam a todas as necessidades comuns e proporcionavam aos proprietários muito prazer, o que nenhum dispositivo mecânico conseguiria. Mas, quando precisavam de uma velocidade extraordinária ou tinham de transportar grandes cargas, usavam as máquinas sem hesitação.

Embora a vida animal de Lys apresentasse a Alvin um mundo inteiro de novos interesses e surpresas, o que mais o fascinava eram os dois extremos da faixa populacional humana: os muito novos e os muito velhos – ambos igualmente estranhos e extraordinários. O habitante mais velho de Airlee mal chegara ao segundo século e só lhe restavam mais alguns anos de vida. Quando alcançasse a mesma idade, Alvin sabia que seu corpo quase não teria mudado, enquanto as forças físicas do idoso estariam exauridas e ele não teria nem sequer uma série de existências futuras para esperar ansiosamente como recompensa. O cabelo do homem estava completamente branco e o rosto se tornara um amontoado inacreditável de rugas. Ele parecia passar a maior parte do tempo sentado ao sol ou em lentas caminhadas pelo vilarejo, cumprimentando todas as pessoas que conhecia. Até onde Alvin sabia, o velho vivia totalmente satisfeito, sem pedir mais nada da vida, sem se angustiar por ela estar próxima do fim.

Sem dúvida, uma filosofia tão diferente da de Diaspar que fugia à compreensão de Alvin. Por que alguém deveria aceitar a morte quando ela era desnecessária, quando se tinha a escolha de viver mil anos e depois dar um salto à frente através dos milênios para recomeçar em um mundo que a própria pessoa ajudara a moldar? Estava determinado a encontrar uma solução para esse mistério assim que tivesse a chance de discuti-lo com franqueza. Era muito difícil para ele acreditar que Lys fizera essa escolha de livre e espontânea vontade se conhecia a alternativa.

Parte da resposta estava nas crianças, aquelas criaturinhas tão estranhas para ele como qualquer animal de Lys. Passava boa parte do tempo com elas, observando-as brincar e, por fim, sendo aceito como amigo. Às vezes lhe parecia que não eram humanas, movidas por razões, lógica e até linguagem estranhas. Alvin olhava para os adultos sem acreditar na possibilidade de terem se desenvolvido a partir daquelas fantásticas criaturas que pareciam plenamente absortas em um mundo particular só delas.

E contudo, mesmo nos momentos em que o desconcertavam, elas despertavam em seu coração um sentimento novo. Quando começavam a chorar por frustração ou desespero – o que não era frequente, mas acontecia às vezes –, esses pequenos desapontamentos lhe pareciam mais trágicos do que a retirada do Homem depois da perda do Império Galáctico. Difícil demais para compreender, mas o choro de uma criança conseguia penetrar no coração de uma pessoa.

Alvin conhecera o amor em Diaspar, mas agora estava aprendendo uma coisa igualmente valiosa, sem a qual sua autoestima jamais seria plena: o carinho.

* * *

Se Alvin estava estudando Lys, Lys também o estudava, satisfeita com o que encontrara. Ele estava em Airlee havia três dias quando Seranis lhe sugeriu que talvez gostasse de ir mais longe para conhecer um pouco mais do país. Alvin aceitou de pronto, com a condição de não montar um dos premiados animais de corrida do vilarejo.

– Posso assegurar a você – respondeu Seranis com uma rara demonstração de humor – que ninguém aqui sonharia em colocar em risco um dos seus preciosos animais. Como este é um caso excepcional, vou providenciar um transporte confortável. Hilvar lhe servirá de guia, mas é claro que você poderá passear à vontade.

Alvin ficou pensando se as palavras eram verdadeiras. Imaginou que haveria alguma objeção se tentasse voltar à pequena colina de cujo cume ele chegou pela primeira vez a Lys. No entanto, isso não o preocupava de momento, pois não estava com pressa de voltar a Diaspar e, na realidade, pensara pouco no problema após sua reunião inicial com Seranis. A vida ali continuava tão interessante e diferente que ele estava bastante satisfeito de viver no presente.

Sentiu-se grato pelo gesto de Seranis de lhe oferecer o filho como guia, embora com certeza Hilvar houvesse sido cuidadosamente orientado para garantir que Alvin não se metesse em encrenca. Levara algum tempo para ele se acostumar com Hilvar por um motivo que não podia explicar muito bem sem despertar mágoas. A perfeição física era tão universal em Diaspar que o significado da beleza pessoal se esvaziara; as pessoas não davam mais atenção a ela do que ao ar que respiravam. Esse não era o caso em Lys e o adjetivo mais elogioso que poderia atribuir a Hilvar era "simples". Para os padrões de

Alvin, o sujeito era absolutamente feio e, durante algum tempo, ele o evitara de propósito. Se Hilvar tinha consciência disso, não demonstrava, e não demorou muito até a sua simpatia bem-humorada romper a barreira entre eles. Chegaria o momento em que Alvin, então acostumado com o sorriso largo e retorcido de Hilvar, com sua força e gentileza, mal conseguiria acreditar que algum dia o achara pouco atraente. Não desejaria que mudasse por nada no mundo.

Eles partiram de Airlee pouco depois do amanhecer em um veículo pequeno que Hilvar chamava de carro terrestre, que aparentemente funcionava com base no mesmo princípio da máquina que transportara Alvin de Diaspar. Flutuava no ar alguns centímetros acima da relva e, embora não houvesse nenhum sinal de trilhos de guia, Hilvar lhe contou que os carros só podiam percorrer rotas predeterminadas. Todos os centros populacionais estavam interligados dessa forma, mas, durante toda a sua estada em Lys, Alvin nunca viu nenhum outro carro terrestre em uso.

Hilvar se esforçara muito para organizar a expedição e estava tão ansioso por ela quanto Alvin. Planejara o percurso tendo em mente interesses próprios, pois, apaixonado por história natural, esperava encontrar novos tipos de insetos nas regiões relativamente desabitadas de Lys que visitariam. Pretendia viajar para o sul, até onde a máquina conseguisse levá-los, e o resto do caminho fariam a pé. Sem ideia do que tudo isso implicava, Alvin não fez nenhuma objeção.

Como companheiro de viagem, Hilvar levou Krif, o mais espetacular dos seus muitos animais de estimação. Quando Krif estava descansando, suas seis asas translúcidas se dobravam ao longo do corpo, que brilhava através delas como um cetro adornado com joias. Se algo o perturbava, ele se erguia no ar com uma centelha de iridescência e um leve zunido de asas invisíveis. Embora o grande inseto viesse quando chamado e obedecesse (às vezes) a ordens simples, era quase completamente irracional. No entanto, tinha uma personalidade própria definida e, por alguma razão, desconfiava de Alvin, cujas esporádicas tentativas de ganhar sua confiança sempre terminavam em fracasso.

Para Alvin, a viagem por Lys era uma fantasia digna de sonho. Silenciosa como um fantasma, a máquina deslizava por planícies onduladas e abria caminho entre florestas, nunca se desviando dos trilhos invisíveis. Andava talvez dez vezes mais rápido do que um homem conseguia caminhar confortavelmente; na realidade, poucas vezes algum habitante de Lys tinha pressa.

Eles passaram por muitos vilarejos, alguns maiores do que Airlee, mas a maioria construída em linhas arquitetônicas muito semelhantes. Alvin observava com interesse as sutis, ainda que significativas, diferenças na vestimenta e até na aparência física, em paisagens que desfilavam por ele à medida que passavam de uma comunidade para outra. A civilização de Lys era composta de centenas de culturas distintas, cada uma contribuindo com algum talento especial para o todo. O carro terrestre estava bem abastecido com o produto mais famoso de Airlee, um pequeno pêssego amarelo recebido com gratidão sempre que Hilvar distribuía alguns. Muitas vezes ele parava para conversar com amigos e apresentar Alvin, que nunca deixava de se impressionar com a cortesia com que todos usavam a expressão vocal assim que ficavam sabendo quem ele era. Devia ser tedioso para eles, mas, até onde o rapaz conseguia avaliar, resistiam à tentação de recorrer à telepatia e ele nunca se sentia excluído da conversa.

Fizeram a parada mais longa em um vilarejo minúsculo quase escondido em um mar de relva dourada, que se elevava bem acima de ambos e ondulava com o vento suave como se estivesse viva. À medida que caminhavam ali, eram continuamente surpreendidos por ondas sinuosas, as incontáveis lâminas curvando-se em uníssono sobre eles. De início, o cenário pareceu a Alvin meio perturbador, pois despertava nele a tola impressão de que a relva se inclinava para fitá-lo, mas, depois de um tempo, achou o movimento contínuo bem relaxante.

Alvin logo descobriu a razão daquela parada. Em meio à pequena multidão que já se reunira antes que o carro chegasse deslizando ao vilarejo, estava uma moça morena e tímida que Hilvar apresentou como Nyara. Ficou evidente que eles se alegraram muito com o encontro, e Alvin sentiu inveja da felicidade que emanavam. Hilvar ficou claramente dividido entre os deveres como guia e o desejo de não ter nenhuma outra companhia que não fosse Nyara, e Alvin logo o salvou desse dilema saindo para um passeio de exploração sozinho. Não havia muito para ver no pequeno vilarejo, mas ele aproveitou o tempo.

Quando retomaram a viagem, havia muitas perguntas que ele ansiava por fazer a Hilvar. Não conseguia imaginar como era o amor em uma sociedade telepática e, depois de um intervalo discreto, abordou o assunto. Hilvar estava bastante disposto a explicar, embora Alvin desconfiasse que havia interrompido uma prolongada e carinhosa despedida mental.

Em Lys, ao que parecia, o início de todo amor ocorria por contato mental e às vezes um casal se encontrava de fato depois de meses ou anos. Dessa forma, explicou Hilvar, não estariam sujeitos a falsas impressões, nem a decepções. Duas pessoas cujas mentes se abriam com reciprocidade não esconderiam segredos. Se alguma delas tentasse, a outra parte saberia de imediato que alguma coisa estava sendo ocultada.

Apenas mentes muito maduras e bem equilibradas proporcionavam tal honestidade; só o amor baseado em absoluto altruísmo conseguia sobreviver a isso. Alvin entendia muito bem que um amor desse tipo seria mais profundo e mais rico do que qualquer coisa que seu povo pudesse conhecer. Na verdade, a perfeição era tanta que ele achava difícil acreditar que acontecesse de fato...

No entanto, Hilvar assegurou-lhe que acontecia, e em sua expressão cravou-se um ar sonhador e perdido em devaneios quando Alvin lhe pediu que fosse mais específico. Afinal, existiam coisas que não podiam ser comunicadas: ou a pessoa sabia, ou não sabia. Alvin concluiu com tristeza que jamais viveria o tipo de entendimento mútuo que era o alicerce da vida daquelas pessoas afortunadas.

Quando o carro terrestre saiu da savana, que terminava de maneira abrupta, como se houvesse uma fronteira além da qual a relva não tivesse permissão para crescer, os rapazes vislumbraram uma fileira de colinas baixas densamente arborizadas diante deles. Era um posto avançado, explicou Hilvar, da muralha principal que protegia Lys. As verdadeiras montanhas estavam do outro lado, mas, para Alvin, mesmo as pequenas colinas formavam uma paisagem impressionante e assombrosa.

O carro parou em um vale estreito e protegido ainda banhado pelo calor e pela luz do sol que se recolhia. Hilvar olhou para Alvin com um tipo de sinceridade pasmada que, alguém poderia jurar, estava completamente desprovida de malícia.

– Aqui começamos nossa caminhada – disse ele animado, começando a tirar equipamentos do veículo. – Não podemos seguir com o carro.

Alvin olhou para as colinas que os cercavam, depois para o assento confortável em que estivera viajando.

– Não tem jeito de contornar? – perguntou ele sem muita esperança.

– Claro – respondeu Hilvar. – Mas nós não vamos fazer isso. Vamos ao cume, o que é muito mais interessante. Vou colocar o carro no automático, assim ele estará à nossa espera quando descermos do outro lado.

Determinado a não desistir sem lutar, Alvin fez um último esforço.

– Logo vai escurecer – protestou ele. – Não vamos conseguir fazer o caminho todo antes do pôr do sol.

– Exatamente – concordou Hilvar, arrumando pacotes e equipamentos a uma velocidade incrível. – Vamos passar a noite no cume e terminar a viagem de manhã.

Dessa vez, Alvin soube que fora derrotado.

As coisas que carregavam pareciam formidáveis, mas, embora volumosas, não pesavam praticamente nada. Estavam todas acondicionadas em invólucros polarizadores de gravidade que neutralizavam o peso, deixando apenas a inércia com a qual lutar. Movendo-se em linha reta, Alvin nem sequer percebia o peso da carga. Lidar com esses invólucros exigia um pouco de prática, pois, se ele tentasse mudar de direção de repente, sua mochila, parecendo dona de uma personalidade obstinada, criava o ímpeto de mantê-lo no trajeto original até ele superar o impulso dela.

Depois que Hilvar ajustou todas as correias e convenceu-se de que tudo estava em ordem, eles começaram a subir o vale devagar. Alvin olhou melancolicamente para trás enquanto o carro terrestre revia sua rota e desaparecia de vista; ficou pensando quantas horas decorreriam até relaxar de novo em seu conforto.

Entretanto, a subida se revelou muito agradável com o sol batendo nas costas deles, que vislumbravam paisagens sempre novas ao redor. Uma trilha parcialmente encoberta desaparecia de tempos em tempos, mas Hilvar parecia capaz de segui-la mesmo quando Alvin não avistava qualquer sinal dela. Ele perguntou ao companheiro de viagem como a trilha se formara e ouviu a explicação sobre a existência de muitos animais pequenos naquelas colinas, alguns solitários e outros em comunidades primitivas que refletiam muitas características da civilização humana. Alguns haviam descoberto, ou aprendido, o uso de ferramentas e fogo. Nunca passou pela cabeça de Alvin que essas criaturas talvez não fossem amigáveis; tanto ele como Hilvar nem pensavam sobre isso, pois já haviam decorrido muitas e muitas eras desde a última vez que qualquer coisa na Terra desafiara a supremacia do Homem.

Passada meia hora de caminhada, Alvin notou um leve murmúrio reverberante no ar à sua volta, ainda que sem conseguir detectar de onde vinha, pois não parecia vir de nenhuma direção em particular. O ruído incessante aumentava gradualmente à medida que a paisagem se ampliava ao redor de ambos. Ele teria perguntado a Hilvar o que era, mas se tornara imperativo poupar o fôlego para propósitos essenciais.

Alvin gozava de perfeita saúde; na realidade, nunca estivera doente nem por uma hora na vida. Mas o bem-estar físico, por mais importante e necessário que fosse, não bastava para a tarefa que estava enfrentando naquele momento. Ele tinha o corpo, mas não a habilidade. As passadas naturais de Hilvar e o impulso de energia sem esforço com que subia cada declive enchiam Alvin de inveja – e de uma determinação de não desistir enquanto conseguisse colocar um pé diante do outro. Sabia perfeitamente bem que Hilvar estava testando-o e não ficou magoado com o fato. Era apenas um jogo bem-humorado em que ele tinha entrado, apesar das pernas cada vez mais fatigadas.

Hilvar, condoído pela situação de Alvin depois de completados dois terços da subida, resolveu que descansariam por um tempo encostados em um barranco voltado para o oeste, a suave luz do sol banhando-lhes o corpo. O estrondo pulsante estava bem intenso e, embora Alvin perguntasse, Hilvar se recusava a explicar, justificando que estragaria a surpresa se Alvin soubesse o que havia ao final da escalada.

Então, retomaram a caminhada, correndo contra o sol, mas felizmente em uma subida final suave e tranquila. As árvores que cobriam a parte mais baixa da colina haviam se espaçado, como se estivessem cansadas demais de lutar contra a gravidade e, pelas últimas dezenas de metros, aflorou uma grama baixa e esguia sobre a qual era muito agradável caminhar. Quando o cume tornou-se visível, em um súbito impulso de energia, Hilvar subiu o declive correndo. Alvin decidiu ignorar o desafio; na verdade, não lhe restava escolha. Estava bastante satisfeito de avançar pesada e continuamente pelo caminho e, quando alcançou Hilvar, desabou com uma exaustão feliz ao seu lado.

Só quando recobrou o fôlego ele contemplou a vista que se estendia lá embaixo e discerniu a origem do estrondo infindável que naquele instante enchia o ar. O solo à frente se precipitava de forma íngreme do topo da colina – tão íngreme, na verdade, que a pequena elevação logo se transformava quase em um penhasco vertical. E saltando bem afastada da face do penhasco, uma faixa imponente de água se curvava através do espaço para se chocar contra as pedras pouco mais de trezentos metros abaixo. Ali a água se desvanecia em uma névoa cintilante de respingos, enquanto das profundezas se erguia aquele estrondo contínuo e vibrante que reverberava em ecos ocos das colinas de ambos os lados.

A maior parte da cachoeira estava na sombra, mas a luz do sol que transcendia a montanha ainda iluminava a terra lá embaixo, colorindo a cena com o toque final de mágica. Tremeluzindo naquela beleza evanescente sobre a base da queda d'água, resplandecia o último arco-íris da Terra.

Hilvar estendeu o braço em um movimento que abarcava o horizonte inteiro.

– Daqui – disse ele alçando a voz para ser ouvida sobre o estrondo da catarata – você pode ver Lys inteira.

Alvin acreditou nele. Ao norte, estendiam-se quilômetros e quilômetros de florestas interrompidas aqui e ali por clareiras, campos e fios errantes de cem rios. Escondido em algum lugar daquele vasto panorama estava o vilarejo de Airlee, impossível de ser encontrado. Alvin imaginou que conseguiria vislumbrar o lago depois do qual se localizava o caminho para a entrada de Lys, mas concluiu que os olhos o haviam enganado. Mais ao norte ainda, árvores e clareiras se perdiam em um tapete salpicado de verde, dobrado aqui e ali pelas linhas das colinas. E, para além, bem no limite do campo de visão, as montanhas que separavam Lys do deserto se assemelhavam a uma cortina de nuvens distantes.

Poucas diferenças marcavam a vista a leste e a oeste, mas ao sul as montanhas pareciam estar a apenas alguns quilômetros de distância. Alvin as via nitidamente e percebeu que eram bem mais altas do que o pequeno pico onde estava, separadas dele por um território muito mais selvagem do que o terreno pelo qual acabara de passar. De algum modo indefinível, a paisagem parecia deserta e vazia, como se o ser humano não tivesse vivido ali por muitos, muitos anos.

Hilvar respondeu à pergunta implícita de Alvin:

– Essa parte de Lys foi já foi habitada – falou. – Não sei por que foi abandonada, e talvez um dia a gente se mude para essa região de novo. Só animais vivem ali agora.

De fato, não se via sinal de vida humana em lugar nenhum – nada das clareiras ou rios disciplinados que revelassem a presença do homem. Apenas em um ponto havia um indício de que ele já vivera por lá, pois a muitos quilômetros de distância despontava, como um canino quebrado, uma solitária ruína branca sobre o topo da floresta. Em todas as outras partes, apenas selva.

O sol estava se pondo sob as muralhas a oeste de Lys. Por um momento de tirar o fôlego, as montanhas distantes pareciam arder em chamas douradas; depois a terra que elas protegiam mergulhou rapidamente nas sombras e a noite chegou.

– Devíamos ter feito isso antes – comentou Hilvar, prático como sempre, enquanto começava a descarregar os equipamentos. – Vai ficar escuro como o breu daqui a cinco minutos... E frio também.

Curiosos instrumentos começaram a cobrir a relva. Um fino tripé estendia uma haste vertical em cuja extremidade superior havia um volume em formato de pera. Hilvar a ergueu até ela ultrapassar a cabeça de ambos e emitiu algum sinal mental que Alvin não conseguia interceptar. De pronto, o pequeno acampamento foi inundado por luz e a escuridão desapareceu. A pera não liberava apenas luz, mas também calor, pois Alvin sentia um brilho suave e acalentador que parecia penetrar seus ossos.

Carregando o tripé com uma das mãos e a mochila com a outra, Hilvar desceu o declive com Alvin correndo atrás dele, fazendo o melhor que podia para manter-se dentro do círculo de luz. Então, finalmente Hilvar montou o acampamento em uma pequena depressão algumas dezenas de metros abaixo do topo da colina, colocando em operação o resto do equipamento.

Primeiro surgiu uma grande semiesfera de algum material rígido e quase invisível que os abarcou completamente como um elemento a protegê-los da brisa gelada que começara a soprar pela face da colina. A cúpula parecia gerada por uma caixinha retangular que Hilvar colocara no chão e depois ignorara por completo, até que ela sumiu sob o resto da parafernália. Talvez o dispositivo também projetasse os sofás confortáveis e semitransparentes onde um Alvin feliz relaxava. Pela primeira vez ele via móveis materializados em Lys, um lugar com casas tão terrivelmente atravancadas com artefatos permanentes que seria muito melhor mantê-los seguramente fora do caminho nos Bancos de Memória.

A refeição preparada por Hilvar em outro de seus recipientes também foi a primeira puramente sintética que Alvin experimentou desde a sua chegada a Lys. Havia uma rajada de ar constante, sugada por algum orifício na cúpula lá em cima, enquanto o conversor de matéria capturava sua matéria-prima e realizava o milagre diário. No geral, Alvin se sentia bem mais feliz com o alimento puramente sintético. A maneira como o outro tipo de comida era preparado parecia-lhe assustadoramente anti-higiênica e, pelo menos com os conversores de matéria, era possível saber exatamente o que se estava ingerindo...

Eles se acomodaram para a refeição noturna enquanto a escuridão da noite se intensificava e as estrelas explodiam no céu. Quando terminaram, apesar de já completamente escuro para além do círculo de luz, Alvin avistou na borda desse círculo vultos vagos se mexendo à medida que as criaturas da floresta se esgueiravam para fora dos seus esconderijos. De tempos em tempos, ele vislumbrava o brilho da luz refletida nos olhos pálidos que o fitavam de volta, mas, fossem quais fossem os animais que observavam lá de fora, eles não se aproximavam, portanto não era possível ver mais nada deles.

Era uma noite calma, e Alvin estava completamente feliz. Por algum tempo, os rapazes, repousando nos sofás, conversaram sobre as coisas que haviam visto, sobre o mistério que os envolvia, sobre as diferenças entre suas culturas. Hilvar ficou fascinado com o milagre dos Circuitos de Eternidade que haviam colocado Diaspar fora do alcance do tempo, e Alvin achou difícil responder a algumas das perguntas dele.

– O que eu não entendo – comentou Hilvar – é como os projetistas de Diaspar se certificaram de que nada nunca ia dar errado com os circuitos de memória. Você me diz que a informação responsável pela definição da cidade e de todos os habitantes está armazenada como padrões de carga elétrica dentro de cristais. Bem, os cristais vão durar para sempre, mas e quanto a todos os circuitos associados a eles? Nunca acontece qualquer falha de tipo *nenhum*?

– Eu fiz a mesma pergunta para Khedron e ele me falou que os Bancos de Memória são virtualmente triplicados. Qualquer um dos três bancos pode manter a cidade e, se alguma coisa der errado com um deles, os outros dois automaticamente corrigem. Só haveria dano permanente se uma falha acontecesse ao mesmo tempo em dois bancos, e as chances de isso acontecer são infinitesimais.

– E como é mantida a relação entre o padrão armazenado nas unidades de memória e a verdadeira estrutura da cidade? Entre o plano, por assim dizer, e a coisa que ele descreve?

A questão fugia da competência de Alvin. Ele sabia que a resposta envolvia tecnologias relacionadas à manipulação do próprio espaço. Porém, explicar como era possível manter um átomo rigidamente na posição definida por dados armazenados em outro lugar, era algo que ele não sabia nem por onde começar.

Em um súbito momento de inspiração, Alvin apontou para a cúpula invisível que os protegia da noite.

– Me diga como este teto sobre a nossa cabeça é criado pela caixa em que você está sentado – respondeu –, e eu explico como o Circuito de Eternidade funciona.

Hilvar deu risada.

– Acho que é uma comparação justa. Você teria que perguntar para um dos nossos especialistas em teoria de campo se quisesse saber a resposta. Eu com certeza não sei.

As palavras de Hilvar deixaram Alvin bastante pensativo. Então ainda havia pessoas em Lys que entendiam o funcionamento das suas máquinas. Era mais do que se podia dizer de Diaspar.

Assim conversaram e argumentaram até que, pouco tempo depois, Hilvar falou:

– Estou cansado. E você? Vai dormir?

Alvin esfregou os membros ainda cansados.

– Eu gostaria – confessou –, mas não sei se consigo. Ainda me parece um costume estranho.

– É muito mais do que um costume – afirmou Hilvar com um sorriso. – Me contaram que, no passado, foi fundamental para todo ser humano. Nós ainda gostamos de dormir pelo menos uma vez por dia, mesmo que apenas por algumas horas. Durante esse tempo, o corpo se revigora, e a mente também. Ninguém *nunca* dorme em Diaspar?

– Só em ocasiões muito raras. Jeserac, meu tutor, dormiu uma ou duas vezes depois de algum esforço mental fora do comum. Um corpo bem projetado não deveria sentir necessidade de períodos de descanso; nós nos livramos disso milhões de anos atrás – replicou Alvin.

Mesmo enquanto proferia essas palavras um tanto arrogantes, suas ações o traíam. Ele sentiu um cansaço que nunca sentira antes. Parecia se espalhar das panturrilhas e coxas e subir para todo o corpo. Não havia nada de desagradável na sensação, pelo contrário. Hilvar o observava com um sorriso de quem acha graça, e Alvin ainda mantinha as faculdades mentais para se perguntar se seu acompanhante estava exercendo algum poder sobre ele. Se fosse o caso, ele não se opunha nem um pouco.

A luz que emanava da pera de metal lá em cima foi diminuindo até virar um brilho tênue, mas sem alterar o calor que irradiava. Quando a luz piscou pela última vez, a mente de Alvin registrou um fato curioso sobre o qual ele perguntaria pela manhã.

Hilvar se despira e, pela primeira vez, Alvin percebeu como os dois ramos da espécie humana haviam se diferenciado. Algumas das mudanças se relacionavam apenas à proporção, mas outras, como os genitais externos e a presença de dentes, unhas e pelos corporais definidos, eram mais elementares. Porém, o mais intrigante era o curioso buraquinho no meio da barriga de Hilvar.

Alguns dias depois, ao se lembrar subitamente do assunto, precisou de bastante explicação. Quando Hilvar enfim deixou bem claras as funções do umbigo, já havia pronunciado milhares de palavras e desenhado meia dúzia de diagramas.

E tanto ele como Alvin tinham dado um grande passo para entender a base da cultura um do outro.

12

A noite estava no auge quando Alvin acordou. Algo o perturbara, um sussurro que penetrara sua mente, apesar do estrondo incessante da cachoeira. Ele se sentou no escuro, forçando a vista pela terra oculta, enquanto ouvia, prendendo a respiração, o bramido vibrante da água e os sons mais suaves e fugidios das criaturas da noite.

Não conseguia enxergar nada. A luz das estrelas era tão tênue que não revelava os quilômetros de território a centenas de metros abaixo; apenas uma linha irregular de noite mais escura encobrindo as estrelas mostrava as montanhas no horizonte ao sul. No breu, Alvin ouviu seu acompanhante rolar e se sentar.

– O que foi? – perguntou num sussurro.

– Pensei ter ouvido um barulho.

– De que tipo?

– Não sei; talvez seja só a minha imaginação.

Seguiu-se um período de silêncio enquanto dois pares de olhos espreitavam o mistério da noite. Então, de súbito, Hilvar pegou no braço de Alvin.

– Olhe! – murmurou.

No extremo sul brilhava um ponto solitário de luz, baixo demais para ser uma estrela. O branco brilhante com tons violetas começou a ampliar o espectro de intensidade até que o olho não mais suportasse fitá-lo. Então explodiu – e era como se um raio houvesse despencado abaixo do limite do mundo. Por um breve instante, as montanhas e o terreno que as cercava se iluminaram pelo fogo contra a escuridão da noite. Tempos depois, o fantasma de uma explosão distante e, no bosque abaixo, um vento repentino entre as árvores, o qual se extinguiu rapidamente e, uma a uma, as estrelas derrotadas retornaram ao céu.

Pela segunda vez na vida, Alvin sentiu medo. Não tão pessoal e iminente como fora na câmara das Vias Móveis, quando tomara a decisão que o levara a Lys. Talvez fosse espanto, não medo: ele estava olhando para a face do desconhecido como se já houvesse sentido que lá fora, além das montanhas, houvesse algo que ele precisava encontrar.

– O que foi aquilo? – sussurrou ele pausadamente.

– Estou tentando descobrir – respondeu Hilvar, e calou-se de novo. Alvin adivinhou o que o amigo estava fazendo e não o interrompeu.

Logo Hilvar soltou um suspiro de desapontamento.

– Todo mundo está dormindo – disse. – Não tinha ninguém que pudesse me dizer. Precisamos esperar até de manhã, a menos que eu acorde um dos meus amigos. E não gostaria de fazer isso a não ser que seja realmente importante.

Alvin se perguntava o que Hilvar consideraria de real importância. Ele ia sugerir, de forma um tanto sarcástica, que o acontecido poderia muito bem valer a interrupção do sono de alguém. Antes que fizesse a proposta, Hilvar falou outra vez:

– Acabei de me lembrar – comentou em tom de desculpas. – Faz muito tempo que não venho aqui, e não estou muito certo de onde estamos. Mas aquilo deve ser Shalmirane.

– Shalmirane! Ela ainda existe?

– Existe, eu quase tinha esquecido. Seranis me contou uma vez que a fortaleza fica naquelas montanhas. Claro, está em ruínas há eras, mas talvez alguém ainda viva lá.

Shalmirane! Para esses filhos de duas raças, culturas e histórias tão diferentes, o nome soava mágico. Em toda a longa história da Terra, não houvera nenhum evento épico mais significativo do que a defesa de Shalmirane contra um invasor que conquistara todo o Universo. Embora os acontecimentos estivessem perdidos nas brumas que envolveram tão espessamente as Eras do Amanhecer, as lendas nunca foram esquecidas e perdurariam enquanto o Homem vivesse.

Logo a voz de Hilvar voltou a sair da escuridão:

– O povo do sul poderia nos contar mais. Tenho alguns amigos lá; vou ligar para eles de manhã.

Alvin mal o ouviu, perdido nos próprios pensamentos, tentando se lembrar de tudo o que já ouvira falar sobre Shalmirane. Não era grande coisa: depois desse imenso lapso de tempo, ninguém mais podia distinguir a verdade da lenda. Mas todos sabiam que a Batalha de Shalmirane marcava o fim das conquistas do Homem e o começo de seu longo declínio.

Em meio àquelas montanhas, pensou Alvin, talvez encontrasse as respostas de todos os problemas que o haviam atormentado por tantos anos.

– Quanto tempo demoraria para chegar até a fortaleza? – perguntou Alvin.

– Nunca estive lá, mas é muito mais longe do que eu pretendia ir. Duvido que conseguíssemos fazer o trajeto em um dia.

– O carro terrestre não nos ajudaria?

– Não, o caminho atravessa as montanhas e nenhum carro passa por lá.

Alvin refletiu. Estava cansado, os pés doloridos e os músculos das coxas ainda se ressentiam do esforço incomum. Era muito tentador deixar o trajeto para outro momento. No entanto, poderia não haver outro momento...

Sob a iluminação tênue das débeis estrelas, algumas das quais extintas desde que Shalmirane fora construída, Alvin lutou com seus pensamentos e logo se decidiu. Nada mudara; as montanhas retomaram a vigília sobre a terra adormecida. Mas um ponto crucial da história viera e passara, e a espécie humana avançava rumo a um estranho e novo futuro.

Alvin e Hilvar, sem conseguirem dormir mais aquela noite, desfizeram o acampamento ao primeiro brilho da alvorada. A colina estava encharcada de orvalho e Alvin ficou maravilhado com as joias brilhantes que pesavam em cada lâmina e folha. O "farfalhar" da grama úmida enquanto caminhava fascinava-o e, olhando para a colina que já ficara para trás, vislumbrava a trilha se estendendo como uma faixa escura pelo chão reluzente.

O sol acabara de se erguer sobre a muralha leste de Lys quando os rapazes chegaram aos limites da floresta, onde a Natureza voltara ao normal. Até Hilvar parecia um tanto perdido em meio às árvores gigantescas que bloqueavam a luz do sol e lançavam poças de sombra sobre o solo da selva. Felizmente, o riacho formado pela cachoeira corria para o sul em uma linha reta demais para ser de todo natural e, mantendo-se à sua margem, eles evitavam uma vegetação mais densa. Hilvar gastava boa parte do tempo controlando Krif, que desaparecia de vez em quando na floresta ou dava voos rasantes e desvairados pelo rio. Mesmo Alvin, para quem tudo ainda era tão novo, sentia o fascínio da floresta que os bosques menores e mais cultivados do norte de Lys não possuíam. Poucas árvores se assemelhavam: a maioria estava em várias etapas de involução e algumas haviam revertido ao longo dos anos quase às suas formas naturais. Muitas não eram da Terra de modo algum – provavelmente não eram sequer do Sistema Solar. Observando como sentinelas as árvores menores, despontavam sequoias gigantescas de noventa a cento e vinte metros de altura. No passado, haviam sido chamadas de "as coisas mais antigas da Terra"; eram ainda um pouco mais antigas que o Homem.

O rio estava se alargando; de vez em quando formava pequenos lagos onde se ancoravam minúsculas ilhas. Insetos, criaturas de cores brilhantes, balançavam-se de um lado para o outro sobre a superfície da água. Uma vez, apesar dos comandos de Hilvar, Krif voou em disparada para se juntar aos primos distantes, desaparecendo instantaneamente em uma nuvem de asas cintilantes, e um zunido zangado chegou até eles. Um instante depois, a nuvem se desfez e Krif reapareceu voando sobre a água, num movimento quase rápido demais para ser visto. Daí em diante, ele se manteve bem perto de Hilvar e não se afastou mais.

No final da tarde, os rapazes vislumbraram as montanhas à frente. O rio, um guia tão fiel, fluía lento naquele momento, como se também se aproximasse do fim de sua jornada. Mas logo perceberam que não alcançariam as montanhas até o anoitecer; muito antes do pôr do sol, a floresta ficara tão escura que era impossível continuar. As imensas árvores mergulhavam em poças de sombras e um vento gelado soprava entre as folhas. Alvin e Hilvar se acomodaram para passar a noite ao lado de uma sequoia enorme cujos galhos mais altos ainda resplandeciam à luz solar.

Quando enfim o sol se pôs, a luz ainda se refletia nas águas dançantes. Os dois exploradores – pois assim se consideravam e de fato eram – se instalaram em um ponto engolfado pelo breu, observando o rio e pensando em tudo o que haviam visto. Nesse momento, Alvin sentiu outra vez aquela sensação de deliciosa sonolência vivenciada pela primeira vez na noite anterior e resignou-se de bom grado a dormir. Na vida sem esforço de

Diaspar, o sono não tinha função, mas ele o apreciava ali. No último momento antes de perder a consciência, pensou na identidade da última pessoa a passar por ali e há quanto tempo o fizera.

O sol estava alto quando eles saíram da floresta e por fim alcançaram as muralhas montanhosas de Lys. Diante deles, o solo se elevava abruptamente em direção ao céu em ondas de rocha estéril. Ali finalizava o curso do rio de forma tão espetacular quanto começara, pois o chão se abria em sua trajetória e ele sumia de vista estrondosamente. Alvin se perguntava o que acontecia com aquela água toda e por quais cavernas subterrâneas passava antes de emergir de novo à luz do dia. Talvez os oceanos perdidos da Terra ainda existissem bem lá embaixo da escuridão eterna e aquele rio antigo continuasse a sentir o chamado que o atraía para o mar.

Por um momento, Hilvar contemplou o redemoinho e o terreno irregular à frente. Depois apontou para uma brecha entre as colinas e disse, em um tom confiante:

– Shalmirane fica naquela direção. – Alvin não perguntou como ele sabia, e logo presumiu que a mente de Hilvar houvesse estabelecido um breve contato com a de um amigo a muitos quilômetros de distância, que lhe transmitira em silêncio a informação de que precisava.

Não demorou muito para chegarem à brecha e, quando passaram por ela, viram-se diante de um curioso platô com encostas ligeiramente inclinadas. Alvin não se sentia mais cansado, nem com medo, desfrutando apenas uma expectativa tensa e uma sensação de aventura próxima. O que descobriria, isso ele não conseguia nem conceber. Que ia descobrir alguma coisa, disso não tinha a menor dúvida.

Quando chegaram ao topo, a natureza do solo mudou bruscamente. Os declives mais baixos consistiam em rocha vulcânica porosa, amontoada aqui e ali em montículos de escória. A superfície se transformara de repente em rígidas lâminas vítreas, lisas e traiçoeiras, como se a rocha houvesse escorrido em rios fundidos montanha abaixo.

A borda do platô estava quase sob os pés deles. Hilvar chegou lá primeiro e, alguns segundos depois, Alvin o alcançou, parando boquiaberto ao lado do amigo. Estavam na borda não do platô que haviam esperado, mas de uma bacia gigantesca com oitocentos metros de profundidade e quatro mil e oitocentos metros de diâmetro. Diante deles, o solo mergulhava vertiginosamente para baixo, nivelando-se aos poucos no fundo do vale e erguendo-se outra vez, de forma cada vez mais íngreme, até a borda oposta. Um lago ocupava a parte mais baixa da bacia, a superfície em um estremecimento contínuo, como se agitada por ondas incessantes.

Embora exposta ao radiante brilho do sol, toda aquela grande depressão era preta como o ébano. Alvin e Hilvar não podiam nem sequer supor que material formava a cratera, de uma pretidão como a rocha de um mundo que jamais conhecera um sol. E isso não era tudo, pois, sob os pés de ambos, circundando a cratera inteira, estendia-se uma faixa de metal sem emendas de uns trinta metros de largura, marcada por um tempo incomensurável, mas ainda sem o menor sinal de corrosão.

Quando os olhos de Alvin e Hilvar se acostumaram com a visão sobrenatural, eles perceberam que o negrume da bacia não era tão absoluto assim. Aqui e ali, tão fugidias que só conseguiam vê-las indiretamente, minúsculas explosões de luz faiscavam nas paredes de ébano. Apareciam de modo aleatório, desvanecendo com rapidez, como reflexos das estrelas em um mar acidentado.

– É maravilhoso! – arquejou Alvin. – Mas o que *é*?

– Parece algum tipo de refletor.

– Mas é tão escuro!

– Lembre-se de que é escuro apenas para os nossos olhos. Não sabemos que radiações eles usaram.

– Mas com certeza deve existir mais do que isso! Onde *está* a fortaleza?

Hilvar apontou para o lago e disse:

– Olhe com atenção.

Alvin olhou através do topo trêmulo do lago, tentando sondar os segredos ocultos em suas profundezas. De início, não conseguiu ver nada; depois, nas águas rasas perto da borda, ele distinguiu uma tênue retícula de luz e sombra. Conseguiu rastrear o padrão que começava no centro do lago e seguia até a água cada vez mais funda, onde desapareciam todos os detalhes.

O lago escuro cobrira a fortaleza. Lá embaixo jaziam as ruínas de construções outrora poderosas, derrotadas pelo tempo. Contudo, nem todas estavam submersas, pois, do lado mais distante da cratera, Alvin notou pilhas de pedras amontoadas e grandes blocos que no passado deviam ter feito parte de paredes maciças. As águas as atingiam, sem, no entanto, elevarem-se a ponto de completar sua vitória.

– Vamos contornar o lago – disse Hilvar em tom baixo, como se a majestosa desolação das ruínas lhe preenchesse a alma de admiração. – Talvez a gente ache alguma coisa ali.

Pelas primeiras centenas de metros, as paredes da cratera eram tão íngremes e lisas que dificultavam a caminhada na vertical mas, depois de um tempo, os rapazes chegaram a declives mais suaves e conseguiram andar sem dificuldade. Próximo à margem do lago, a superfície lisa de ébano esvanecia coberta por uma camada fina de solo, talvez pela ação dos ventos de Lys ao longo das eras.

A quatrocentos metros de distância, amontoavam-se blocos titânicos de pedra, como os brinquedos abandonados de uma criança gigante. Ali, ainda se reconhecia um fragmento de uma parede maciça; dois obeliscos talhados indicavam o que um dia fora uma grandiosa entrada. Musgos e trepadeiras e árvores raquíticas cresciam por toda parte. Até o vento parecia calado.

Então Alvin e Hilvar alcançaram as ruínas de Shalmirane. Contra aquelas muralhas e contra as energias que elas abrigavam, forças capazes de transformar um planeta em poeira haviam se enfurecido, trovejado e sido completamente derrotadas. Um dia, aqueles céus pacíficos chamejaram com os fogos tirados dos corações dos sóis e as montanhas de Lys deviam ter tremido como seres vivos sob a fúria de seus mestres.

Ninguém jamais dominara Shalmirane. Mas naquele momento a fortaleza, a invencível fortaleza, caíra enfim – tomada e destruída pelos pacientes tentáculos das eras, as gerações de vermes cavando às cegas e as águas do lago subindo aos poucos.

Impressionados por tal imponência, Alvin e Hilvar andaram em silêncio em direção aos destroços colossais. Passaram pela sombra de uma muralha destroçada e entraram em um cânion onde as montanhas de pedras se separavam. Diante deles estava o lago e, de momento, a água escura lhes atingiu os pés. Ondinhas com poucos centímetros de altura rebentavam incessantemente sobre a margem estreita.

Hilvar foi o primeiro a falar, a voz com um quê de incerteza que fez Alvin fitá-lo subitamente:

– Existe uma coisa aqui que eu não entendo – comentou devagar. – Não tem vento, então, por que essas ondas? A água deveria estar parada.

Antes que Alvin pensasse em alguma resposta, Hilvar agachou-se, virou a cabeça de lado e mergulhou a orelha direita na água. A princípio, Alvin se perguntou o que ele esperava descobrir em uma posição tão ridícula, depois entendeu que o amigo estava ouvindo. Com repugnância, pois as águas escuras não pareciam particularmente convidativas, seguiu o exemplo de Hilvar.

O primeiro choque de água fria durou apenas um segundo; tão logo passou, ele ouviu uma pulsação fraca, constante e ritmada. De lá das profundezas do lago, assemelhava-se à batida de um coração gigantesco.

Eles chacoalharam a cabeça para a água escorrer do cabelo e olharam um para o outro com uma conjetura silenciosa. Nenhum dos dois queria dizer o que pensava: o lago estava vivo.

– Seria melhor – disse Hilvar em seguida – vasculhar essas ruínas e ficar longe do lago.

– Você acha que tem alguma coisa lá embaixo? – perguntou Alvin, apontando para as enigmáticas ondulações que continuavam rebentando contra os seus pés. – Será perigoso?

– Nada que possui mente é perigoso – respondeu Hilvar. (Será que isso era verdade?, pensou Alvin. E os Invasores?) – Não consigo detectar nenhum tipo de pensamento aqui, mas não acredito que a gente esteja sozinho. É muito estranho.

Eles voltaram devagar para as ruínas da fortaleza, a mente de cada um ponderando sobre o som daquela pulsação constante e abafada. Parecia a Alvin que mistérios se acumulavam e, apesar de todos os esforços, ele se distanciava cada vez mais de compreender as verdades que buscava.

Talvez as ruínas não lhes revelassem nada, mas eles vasculharam com atenção as pilhas de destroços e os grandes amontoados de pedra. Ali talvez estivessem as sepulturas de máquinas – o maquinário que trabalhara havia tanto tempo. Estariam inutilizadas, pensou Alvin, se os Invasores voltassem. Por que eles nunca retornaram? Mais um mistério. Já existiam muitos enigmas para Alvin resolver; não precisava de outros.

A alguns metros do lago, em meio aos destroços, eles encontraram uma pequena clareira. Fora coberta por ervas daninhas tão escurecidas e chamuscadas pelo tremendo calor que se transformaram em cinzas quando os rapazes se aproximavam, salpicando-lhes as pernas de carvão. No centro da clareira, destacava-se um tripé de metal firmemente preso ao chão e sustentando um anel circular inclinado no eixo indicando um ponto a meia altura em direção ao céu. Em princípio, parecia que o anel não envolvia nada; depois, quando Alvin o olhou com mais atenção, viu uma névoa tênue que incomodava a vista por se localizar no limite do espectro visível. Era o brilho da energia, e Alvin tinha certeza de que daquele mecanismo viera a explosão luminosa que os atraíra a Shalmirane.

Eles não se atreveram a chegar mais perto, limitando-se a olhar para a máquina de uma distância segura. Estavam no caminho certo, pensou Alvin; só lhes restava descobrir quem – ou o quê – pusera aquilo ali e quais seriam seus objetivos. O anel inclinado – aquilo apontava claramente para o Espaço. Seria o raio que haviam observado algum tipo de sinal? Essa ideia trazia implicações de tirar o fôlego.

– Alvin – Hilvar falou de repente, a voz baixa, mas urgente –, nós temos companhia.

Alvin deu meia-volta e fitou um triângulo de olhos sem pálpebras. Pelo menos foi essa sua primeira impressão; então, por trás daquele olhar fixo, ele vislumbrou os contornos de uma máquina pequena, porém complexa. Pairando no ar poucos metros sobre o chão, não se assemelhava a nenhum robô que já vira antes.

Depois de passada a surpresa inicial, ele se sentiu senhor absoluto da situação. Durante toda a vida dera ordens a máquinas e pouco importava o fato de aquela não ser familiar. Aliás, Alvin nunca vira mais do que uma pequena porcentagem dos robôs que atendiam às suas necessidades diárias em Diaspar.

– Você sabe falar? – perguntou.

Seguiu-se um período de silêncio.

– Alguém está controlando você?

Silêncio ainda.

– Vá embora. Venha aqui. Suba. Desça.

Nenhum dos controles de pensamento convencionais produziu efeito. A máquina permaneceu desdenhosamente inativa. Isso sugeria duas possibilidades: ou era muito ignorante para entendê-lo, ou era de fato muito inteligente, com poderes de escolha e vontade. Nesse caso, deveria tratá-la como um igual, ainda que correndo o risco de subestimá-la – mas ela não se ressentiria com ele, pois os robôs quase nunca sofriam do vício da arrogância.

Hilvar não conseguiu segurar o riso diante do evidente vexame de Alvin. Estava prestes a sugerir que ele devia assumir a tarefa de se comunicar quando as palavras morreram em seus lábios. A tranquilidade de Shalmirane foi interrompida por um som agourento e completamente inconfundível: o respingo gorgolejante de um corpo enorme emergindo da água.

Era a segunda vez desde que deixara Diaspar que Alvin desejava estar em casa. Então, lembrando que deveria encontrar a aventura com outro estado de espírito, começou a andar lenta e firmemente rumo ao lago.

A criatura que agora emergia da água escura parecia uma paródia monstruosa, em matéria viva, do robô que continuava sujeitando-os a um silencioso escrutínio. Aquele mesmo arranjo equilátero de olhos não podia ser coincidência; até mesmo o padrão dos tentáculos e dos pequenos membros articulados fora grosseiramente reproduzido. Mas aí acabavam as semelhanças. O robô não possuía e obviamente não precisava da franja de palpos delicados e macios que batiam na água com um ritmo constante, as múltiplas pernas atarracadas sobre as quais a fera se curvava sobre a margem, ou as válvulas de ventilação, se é que eram isso, que naquele instante chiavam periodicamente no ar.

A maior parte do corpo da criatura permanecia imersa na água; só os primeiros três metros se inclinavam sobre o que era evidentemente um elemento estranho. A fera tinha uns quinze metros de comprimento, e mesmo alguém sem nenhum conhecimento de biologia teria percebido que havia algo completamente errado nela. Aparentava um extraordinário ar de improvisação e projeto descuidado, como se seus componentes tivessem sido elaborados sem muito planejamento e juntados de forma tosca diante da necessidade.

Apesar do tamanho do monstro e das dúvidas iniciais, nem Alvin nem Hilvar se sentiram nervosos depois de observarem bem o habitante do lago. Uma torpeza cativante permeava a criatura, o que tornava impossível considerá-la uma grave ameaça, mesmo supondo que talvez representasse algum perigo. A espécie humana há muito tempo superara o pavor infantil das coisas cuja aparência era exótica. Esse tipo de medo não sobreviveria após o primeiro contato com raças extraterrestres amigáveis.

– Deixe-me cuidar disso – falou Hilvar baixinho. – Estou acostumado a lidar com animais.

– Mas não é um animal – sussurrou Alvin em resposta. – Tenho certeza de que a coisa, além de inteligente, é dona daquele robô.

– Talvez o robô seja o dono *dela*. Em todo caso, sua mentalidade deve ser muito estranha. Ainda não consegui detectar nenhum sinal de pensamento... Olá, como vai?

A posição do monstro continuava semierguida à beira da água, o que parecia exigir dele um esforço considerável. Mas uma membrana semitransparente começara a se formar no centro do triângulo de olhos, pulsando e estremecendo e logo emitindo sons audíveis, um mero ecoar baixo e ressonante desprovido de sentido, embora fosse óbvio que a criatura tentava se comunicar com eles.

Era doloroso presenciar aquela tentativa desesperada de comunicação. Durante vários minutos, foi em vão o esforço; depois, de repente, pareceu se dar conta de que cometera um erro. O tamanho da membrana pulsante se contraiu e os sons emitidos se elevaram várias oitavas em frequência até incorporarem o espectro da fala normal. Palavras reconhecíveis começaram a se formar, embora ainda fossem entremeadas por sons desconexos. A criatura parecia estar recordando-se de um vocabulário que conhecera havia muito tempo, mas não usara por muitos anos.

Hilvar tentou ajudá-la.

– Nós conseguimos te entender agora – disse ele de modo lento e claro. – Podemos te ajudar? Vimos a luz que você criou. Ela nos trouxe de Lys até aqui.

Ao ouvir a palavra "Lys", a criatura pareceu esmorecer, como se invadida por alguma decepção amarga.

– Lys – ela repetiu; sem conseguir pronunciar o "s" muito bem, a palavra soou como "Lyd". – Sempre de Lys. Ninguém mais vem para cá. Nós chamamos os Grandiosos, mas eles não ouvem.

– Quem são os Grandiosos? – perguntou Alvin, inclinando-se para a frente, ansioso. Os delicados palpos em constante movimento acenaram brevemente em direção ao céu.

– Os Grandiosos – repetiu. – Dos planetas do dia eterno. Eles virão. O mestre nos prometeu.

A resposta não esclareceu as coisas. Antes que Alvin continuasse com o interrogatório, Hilvar interveio mais uma vez, em uma inquirição tão paciente, tão compassiva e tão penetrante que Alvin sabia que não deveria interromper, apesar de toda a avidez. Ele não gostava de admitir que Hilvar era mais inteligente, mas não havia dúvida de que seu dom para lidar com os animais se estendia até aquele ser fantástico. E mais, a criatura parecia reagir a ele, emitindo uma fala mais nítida à medida que a conversa prosseguia e, se antes fora brusca, naquele momento elaborava respostas e oferecia informações por conta própria.

Alvin perdeu toda a noção do tempo enquanto Hilvar juntava as peças da incrível história. Mas não conseguiram descobrir toda a verdade; havia um espaço infindável para conjetura e debate. Enquanto a criatura respondia às perguntas de Hilvar cada vez mais voluntariamente, sua aparência começou a mudar. Mergulhou de volta no lago e as pernas atarracadas que a sustentavam pareceram se dissipar no resto do corpo. Em seguida, uma mudança ainda mais extraordinária: os três olhos enormes se fecharam devagar, diminuindo até se transformarem em pontinhos e desvanecerem de vez. Parecia que, já tendo avistado tudo que a interessava, os olhos da criatura não tinham mais utilidade.

Outras alterações mais sutis continuavam a acontecer sem cessar e, por fim, restou quase que uma única coisa sobre a superfície da água: o diafragma vibrante através do qual ela falava. Sem dúvida isso também voltaria à massa amorfa original de protoplasma quando perdesse a serventia.

Alvin achava difícil acreditar que a inteligência pudesse habitar uma forma tão instável, porém, sua maior surpresa ainda estava por vir. Embora parecesse evidente que a criatura não era de origem terrestre, levou algum tempo para até mesmo Hilvar, apesar de um conhecimento mais profundo de biologia, perceber com que tipo de organismo estavam lidando. Não era uma entidade única; em todas as conversas, ela sempre se referia a si mesma como "nós". Na realidade, tratava-se de uma colônia de criaturas independentes, organizadas e controladas por forças desconhecidas.

Animais de um tipo remotamente semelhante (as medusas, por exemplo) haviam um dia prosperado nos antigos oceanos da

Terra. Alguns deles, enormes, arrastavam os corpos translúcidos e florestas de tentáculos urticantes por muitos metros de água. Mas nenhum alcançara a mais pálida centelha de inteligência que extrapolasse a capacidade de reagir a simples estímulos.

Certamente havia inteligência ali, ainda que fosse uma inteligência falha e em degeneração. Alvin jamais esqueceria esse encontro sobrenatural, ao passo que Hilvar aos poucos juntava as peças da história do Mestre, o pólipo variável buscava palavras desconhecidas, o lago escuro batia nas ruínas de Shalmirane e o robô triótico os observava com olhos resolutos.

13

O Mestre viera à Terra em meio aos caóticos Séculos de Transição, quando o Império Galáctico estava desmoronando, mas as linhas de comunicação entre as estrelas ainda não haviam se rompido por completo. Ele era de origem humana, embora seu lar fosse um planeta que circundava um dos Sete Sóis. Ainda jovem, fora forçado a abandonar seu planeta natal, e a lembrança do local o perseguira durante toda a sua vida. O Mestre culpava inimigos vingativos por sua expulsão, mas, na verdade, sofria de uma enfermidade incurável que, aparentemente, acometia apenas os *homo sapiens* dentre todas as espécies inteligentes do universo: a mania religiosa.

Ao longo da parte inicial de sua história, a raça humana produzira uma sucessão infinita de profetas, videntes, messias e evangelistas que convenciam a si mesmos e aos seguidores que somente eles detinham os segredos do universo. Alguns deles criaram religiões que duraram muitas gerações e influenciaram bilhões de pessoas; outras foram esquecidas antes mesmo das mortes dos fundadores.

A ascensão da ciência, que, com uma regularidade monótona, refutava as cosmologias dos profetas e produzia milagres com os quais eles nunca se igualariam, acabou destruindo todas as fés. No entanto, não destruiu a admiração, nem a reverência nem a humildade que atingia todos os seres inteligentes ao contemplarem o universo estupendo onde estavam. A ciência, contudo, enfraqueceu e por fim aniquilou as incontáveis religiões, cada uma das quais afirmava, com uma arrogância inacreditável, que era o único repositório da verdade e que seus milhões de rivais e predecessores estavam todos errados.

Entretanto, embora jamais houvessem conquistado nenhum poder de verdade, uma vez que a humanidade alcançara um nível muito elementar de civilização, ao longo das eras continuaram a surgir cultos isolados, preconizando credos fantásticos que sempre atraíam alguns discípulos. Eles prosperaram sobretudo nos períodos de anarquia e desordem, e não foi nenhuma surpresa o grande surto de irracionalidade dos Séculos de Transição. Diante de uma realidade deprimente, as pessoas tentavam se consolar por meio de mitos.

O Mestre, embora expulso do próprio planeta, não partiu desprovido. Os Sete Sóis haviam sido o centro do poder e da ciência galácticos, e ele devia ter amigos influentes. Fizera sua hégira em uma nave pequena, porém veloz, com a reputação de ser uma das mais velozes já construídas. Levara consigo para o exílio outro dos mais perfeitos produtos da ciência galáctica: o robô que nesse instante olhava para Alvin e Hilvar.

Ninguém jamais conhecera todos os talentos e as funções dessa máquina, que até certo ponto se tornara o *alter ego* do Mestre; sem ela, provavelmente a religião dos Grandiosos teria sucumbido após a morte do Mestre. Juntos, eles haviam vagado pelas nuvens de estrelas em um percurso sinuoso que os levou enfim, com certeza não por acidente, de volta ao mundo onde haviam surgido os ancestrais do Mestre.

Bibliotecas inteiras registravam essa saga, cada obra inspirando uma série de comentários, até que, por uma espécie de reação em cadeia, os volumes originais se perderam sob montanhas de exegeses e anotações. O Mestre se detivera em muitos planetas e fizera discípulos entre as raças, talvez pela personalidade tão poderosa que inspirou humanos e não humanos, e não restavam dúvidas de que em uma religião de tão amplo apelo havia coisas boas e nobres. É bem possível que o Mestre se caracterizasse como o mais bem-sucedido (uma vez que também fora o último) de todos os messias da humanidade. Nenhum dos seus predecessores teria sido capaz de conquistar tantos convertidos, conduzindo os ensinamentos por tamanhos abismos de tempo e espaço.

Nem Alvin nem Hilvar descobriram com exatidão quais eram esses ensinamentos. O grande pólipo deu o melhor de si para expressá-los, mas, além de muitas das palavras usadas não fazerem sentido, ele tinha o hábito de repetir frases ou falas inteiras com um tipo de elocução mecânica rápida que comprometia a compreensão. Depois de um tempo, Hilvar fez o que pôde para desviar a conversa dessa confusão teológica sem sentido a fim de se concentrar em fatos averiguáveis.

O Mestre e um grupo de seguidores mais fiéis haviam chegado à Terra antes de as cidades morrerem, quando o Porto de Diaspar ainda estava aberto para as estrelas. Talvez tenham vindo em naves de muitos tipos: os pólipos, por exemplo, em uma nave cheia das águas do mar, o lar natural deles. Não se sabia ao certo se o movimento fora bem recebido na Terra, mas pelo menos não haviam encontrado oposição violenta e, depois de vagar mais um pouco, fixaram seu refúgio final entre as florestas e as montanhas de Lys.

Ao final de uma longa vida, os pensamentos do Mestre se focaram mais uma vez no lar do qual fora exilado, e ele pediu aos amigos que o levassem para fora a fim de observar as estrelas. Esperara, as forças esvaindo-se, até a culminância dos Sete Sóis e, no fim, balbuciou muitas coisas que inspirariam ainda mais bibliotecas de interpretações em eras futuras. Falou repetidas vezes sobre os "Grandiosos" que haviam abandonado aquele universo de espaço e matéria, mas que com certeza um dia voltariam, e encarregou os seguidores de saudá-los quando chegassem, suas últimas palavras racionais. O Mestre nunca mais recuperou a consciência, mas, pouco antes do fim, proferiu uma expressão que atravessou os séculos e assombrou as mentes de todos que a ouviram: *"É maravilhoso ver as sombras coloridas nos planetas de luz eterna"*. Então morreu.

Depois disso, muitos dos seguidores se separaram, mas outros continuaram fiéis aos ensinamentos do Mestre, os quais reelaboraram paulatinamente no decorrer das eras. Em princípio, acreditavam que os Grandiosos, fossem quem fossem, logo voltariam, mas essa esperança foi se dissipando com o passar dos séculos. Nesse ponto, a história se tornava muito confusa, verdade e lenda inextricavelmente emaranhadas. Alvin formou apenas uma vaga imagem de gerações de fanáticos à espera de algum incompreensível acontecimento sublime que aconteceria em alguma data futura desconhecida.

Os Grandiosos nunca voltaram. Aos poucos, o poder do movimento minguou à medida que a morte e a desilusão lhe roubavam os discípulos. Os seguidores humanos de vida curta foram os primeiros a partir, e algo extraordinariamente irônico aconteceu: o último a seguir um profeta humano era uma criatura bastante diferente do Homem.

O grande pólipo se tornara o último discípulo do Mestre por uma razão muito simples: a imortalidade. Os bilhões de células individuais que constituíam seu corpo morreriam, mas, antes que isso acontecesse, conseguiam se reproduzir. Em longos intervalos de tempo, o monstro se desintegrava em uma miríade de células separadas que seguiam caminho próprio e se multiplicavam por fissão em um ambiente propício. Nessa fase, o pólipo não existia como uma entidade inteligente e autoconsciente – e isso lembrou a Alvin a maneira como os habitantes de Diaspar passavam silenciosos milênios nos Bancos de Memória da cidade.

No devido tempo, alguma força biológica misteriosa reunia mais uma vez os componentes espalhados e o pólipo começava um novo ciclo de existência. Voltava à consciência e relembrava as vidas anteriores, embora quase sempre de modo imperfeito, uma vez que acidentes às vezes danificavam as células que carregavam os delicados padrões de memória.

Talvez nenhuma outra forma de vida pudesse ter mantido a fé por tanto tempo em um credo esquecido havia um milhão de anos. De certa maneira, o grande pólipo era uma vítima impotente da própria natureza biológica. Devido à sua imortalidade, não podia mudar, mas era forçado a repetir eternamente o mesmo padrão invariável.

Em estágios posteriores, a religião dos Grandiosos se identificara com a veneração aos Sete Sóis. Como os Grandiosos teimosamente se recusaram a aparecer, tentaram enviar um sinal para o seu lar distante, o que com o tempo acabou tornando-se apenas um ritual sem sentido, por fim mantido por um animal que esquecera como aprender e por um robô que jamais soubera esquecer.

Quando a voz imensuravelmente antiga se extinguiu, Alvin foi tomado por um rompante de pena. A devoção descabida, a lealdade que mantivera um curso inútil enquanto sóis e planetas se extinguiam – ele jamais acreditaria em uma história dessas se seus olhos não tivessem visto a evidência da verdade. Mais do que nunca, a extensão de sua ignorância o entristeceu. Um minúsculo fragmento do passado fora iluminado por um curto período, mas a escuridão se abatera sobre ele mais uma vez.

A história do Universo devia ser uma massa de fios desconectados, e ninguém sabia distinguir os importantes dos triviais. A fantástica história do Mestre e dos Grandiosos soava como outra das incontáveis lendas das civilizações do Amanhecer que de algum modo haviam sobrevivido. No entanto, a própria existência do imenso pólipo e do silencioso robô observador impossibilitavam que Alvin considerasse a história toda uma fábula constituída de autoengano sobre um alicerce de loucura.

Qual seria a relação, pensou ele, entre aquelas duas entidades que, embora tão diferentes, haviam mantido uma extraordinária parceria ao longo de tanto tempo? De certo modo, ele tinha certeza de que o robô era o mais importante dos dois, pois fora o confidente do Mestre e ainda devia conhecer todos os segredos dele.

Alvin olhou para a enigmática máquina que ainda o fitava com firmeza. Por que não falava? Que pensamentos passariam por sua mente complicada e talvez desatenta? Entretanto, se fora projetada para servir ao Mestre, com certeza não seria de todo alheia e deveria responder a ordens humanas.

Enquanto pensava em todos os segredos daquela máquina teimosamente muda, Alvin sentiu uma curiosidade tão intensa que esbarrava na cobiça. Parecia injusto o desperdício de tal conhecimento escondido do mundo; ali deveria haver maravilhas além até mesmo da compreensão do Computador Central de Diaspar.

– Por que o seu robô não fala com a gente? – ele perguntou ao pólipo quando Hilvar esgotara momentaneamente as perguntas. A resposta quase não o surpreendeu:

– Era contra a vontade do Mestre que ele reagisse a qualquer outra voz a não ser a dele, uma voz em silêncio agora.

– Mas ele obedece a você?

– Obedece. O Mestre colocou o robô sob os nossos cuidados. Nós enxergamos através dos olhos dele, aonde quer que vá. O robô observa as máquinas que preservam este lago e mantêm a água pura. Mas seria mais verdadeiro chamá-lo de parceiro em vez de criado.

Alvin refletiu sobre o assunto. Uma ideia, ainda vaga e parcialmente elaborada, começava a tomar forma em sua mente, talvez inspirada pela ânsia por conhecimento e poder; ao relembrar esse momento, nunca discerniu com certeza sua real motivação. Talvez razões em grande parte egoístas, mas que também se vinculavam a algum elemento de compaixão. Se pudesse, ele gostaria de interromper esse ciclo fútil e libertar as criaturas de seu destino fantástico. Não sabia ao certo o que poderia ser feito quanto ao pólipo, mas talvez conseguisse curar a insanidade do robô e, ao mesmo tempo, liberar suas memórias acumuladas e inestimáveis.

– Você tem certeza – começou Alvin devagar, conversando com o pólipo, mas direcionando as palavras ao robô – que está mesmo realizando os desejos do Mestre ao ficar aqui? Ele queria que o mundo conhecesse seus ensinamentos, que estão perdidos enquanto vocês se escondem aqui em Shalmirane. Foi por obra do acaso que descobrimos vocês, e talvez existam outros que gostariam de conhecer a doutrina dos Grandiosos.

Hilvar lançou a Alvin um olhar penetrante, claramente sem saber ao certo suas intenções. O pólipo parecia agitado e a batida constante do seu aparelho respiratório titubeou por alguns segundos. Então respondeu com uma voz não de todo sob controle:

– Faz muitos anos que discutimos esse problema. Não podemos sair de Shalmirane, então o mundo deve vir até nós, não importa quanto tempo demore.

– Tenho uma ideia melhor – propôs Alvin, ansioso. – É verdade que *vocês* talvez tenham mesmo de ficar aqui no lago, mas não existe nenhum motivo para o seu companheiro não vir com a gente. Ele pode voltar sempre que quiser, ou sempre que vocês precisarem dele. Muitas coisas mudaram desde que o Mestre morreu – coisas que deviam saber, mas que nunca vão entender se continuarem aqui.

O robô não se mexeu, mas, na agonia da indecisão, o pólipo mergulhou por completo na água, onde permaneceu por vários segundos. Talvez mantivesse uma discussão muda com seu colega. Várias vezes ele ameaçou ressurgir, pensou melhor e imergiu na água outra vez. Hilvar aproveitou a oportunidade para trocar algumas palavras com Alvin.

– Eu gostaria de saber o que você está tentando fazer – ele falou baixinho, a voz meio brincalhona, meio séria. – Ou não conhece a si mesmo?

– Você sem dúvida sente pena dessas criaturas – respondeu Alvin. – Não acha que seria um ato de generosidade resgatá-las?

– Claro, mas já conheci você o suficiente para ter quase certeza de que o altruísmo não é uma das suas emoções dominantes. O motivo deve ser outro.

Alvin sorriu pesarosamente. Mesmo que Hilvar não lesse sua mente (e ele não tinha nenhuma razão para supor que lesse), seguramente lia seu caráter.

– Seu povo tem poderes mentais extraordinários – retorquiu Alvin, tentando desviar a conversa de um terreno perigoso. – Acho que eles poderiam ajudar esse robô e também o animal – explicou em tom bem baixo para não ser ouvido. A precaução talvez fosse inútil, mas, se o robô interceptava seus comentários, não deu nenhum sinal disso.

Felizmente, antes que Hilvar levasse o interrogatório adiante, o pólipo emergiu mais uma vez do lago. Nos últimos minutos, diminuíra de tamanho e fazia movimentos desarticulados. Enquanto Alvin o observava, um segmento de seu complexo corpo translúcido se separou da parte principal e depois se desintegrou em uma imensidão de pequenos fragmentos, que desapareceram rapidamente. A criatura estava começando a se decompor diante de seus olhos.

Quando ela voltou a falar, a voz veio errática e difícil de entender:

– O próximo ciclo está começando – disse aos solavancos, em uma espécie de sussurro flutuante. – Não esperava que começasse tão cedo... Só restam alguns minutos... Estímulo grande demais... Não consigo me manter unido por muito mais tempo.

Alvin e Hilvar fitaram a criatura com um fascínio horrorizado. Embora observassem um processo natural, não era agradável ver a aparente agonia de uma criatura inteligente. Eles também carregavam uma obscura sensação de culpa, um sentimento irracional, pois pouco importava *quando* o pólipo começava outro ciclo. Mas eles sabiam que o esforço e a agitação incomuns causados pela presença de ambos fora responsável por aquela metamorfose prematura.

Alvin se deu conta de que teria de agir rápido ou sua oportunidade se esvairia – talvez por alguns anos, talvez por séculos.

– O que você decidiu? – perguntou ele com avidez. – O robô vem com a gente?

Seguiu-se uma pausa agonizante enquanto o pólipo forçava o corpo em dissolução a obedecer a sua vontade. O diafragma de fala vibrou, mas sem emitir qualquer som audível. Então, como que em um gesto desesperado de despedida, ele agitou os delicados palpos debilmente e deixou-os cair de volta na água, onde prontamente se soltaram e saíram flutuando pelo lago. Em minutos, a transformação acabou. Não restou nada da criatura maior que uns poucos centímetros de diâmetro. A água se encheu de minúsculas partículas verdes que aparentavam ter vida e mobilidade próprias, as quais logo desapareceram na vastidão do lago.

As ondas na superfície desapareceram, e Alvin sabia que a pulsação constante que ressoava nas profundezas se aquietaria. O lago estava morto outra vez... ou pelo menos parecia. Mera ilusão: um dia, as forças desconhecidas que nunca haviam deixado de cumprir o seu dever no passado ressurgiriam e o pólipo renasceria. Era um fenômeno estranho e maravilhoso. No entanto, seria muito mais estranho do que a organização do corpo humano, ele próprio uma vasta colônia de células vivas separadas?

Alvin gastou pouco tempo com essas especulações. Dominava-o uma sensação de fracasso, embora nunca tivesse concebido o objetivo ao qual visava. Perdera uma oportunidade fascinante que talvez jamais voltasse. Ele olhou com tristeza para o lago e demorou algum tempo até sua mente registrar a mensagem de Hilvar.

– Alvin – disse seu amigo em um tom suave. – Acho que você venceu.

Ele se virou rapidamente. O robô, que até aquele momento estivera flutuando de modo arredio a distância, nunca se aproximando a menos de seis metros deles, posicionara-se em silêncio a noventa centímetros acima de sua cabeça. Os olhos imóveis, com amplo campo de visão, não deram nenhuma indicação de interesse. Ele provavelmente vislumbrava todo o hemisfério com igual clareza, mas Alvin tinha quase certeza de que estava focado nele.

O robô estava esperando o próximo passo. Até certo ponto, pelo menos, ele estava sob o seu controle. Poderia segui-lo até Lys, talvez até Diaspar – a menos que mudasse de ideia. Até lá, Alvin seria seu mestre por um período probatório.

14

A viagem de volta a Airlee durou quase três dias, sobretudo porque Alvin, por motivos pessoais, não estava com pressa de retornar. A exploração física de Lys ficara em segundo lugar em prol de um projeto mais importante e empolgante: aos poucos ele estabelecia contato com a estranha e obcecada inteligência que se tornara seu companheiro.

Alvin desconfiava que o robô tentava usá-lo para interesses próprios, o que não seria mais do que uma justiça poética. Jamais saberia ao certo os objetivos da máquina, que ainda se recusava obstinadamente a falar com ele. Por algum motivo, talvez medo de que pudesse revelar segredos demais, o Mestre devia ter colocado bloqueios muito eficientes nos circuitos de fala, e as tentativas de Alvin de removê-los resultaram em completo fracasso. Mesmo perguntas indiretas do tipo "se você não disser nada, vou supor que está dizendo que 'sim'" falharam. O robô era inteligente demais para ser enganado por truques tão simples.

Em outros aspectos, porém, ele era mais cooperativo, obedecendo a ordens que não exigiam a fala ou a revelação de informações. Depois de um tempo, Alvin descobriu que podia controlá-lo, assim como direcionava os robôs de Diaspar, apenas por pensamento. Sem dúvida um grande avanço e, um pouco mais tarde, a criatura – era difícil pensar nele como uma simples máquina – baixou a guarda ainda mais e permitiu que Alvin enxergasse através de seus olhos. Ao que parecia, ele não se opunha a formas passivas de comunicação, mas bloqueava todas as tentativas de intimidade.

Ignorava por completo a existência de Hilvar: não obedecia a nenhum de seus comandos e fechava a mente a todas as suas sondagens. Em princípio, esse comportamento decepcionou Alvin, que nutrira esperanças de que os poderes mentais superiores de Hilvar lhe possibilitariam abrir à força aquele baú de tesouros com memórias ocultas. Só mais tarde percebeu a vantagem de ter um criado que não obedeceria a ninguém no mundo inteiro.

O membro da expedição que era profundamente contra o robô era Krif. Talvez o imaginasse como um rival ou talvez não aprovasse, com base em princípios gerais, nada que voasse sem asas. Quando ninguém estava olhando, fazia vários ataques diretos ao robô, que o enfurecia ainda mais ao não dar a mínima importância à situação. No final, Hilvar conseguira acalmá-lo e, na viagem de regresso no carro terrestre, Krif parecia resignado com a total indiferença. Robô e inseto acompanharam o veículo enquanto planava silencioso pela floresta e pelo campo, cada um mantendo-se ao lado do seu respectivo mestre e fingindo que o rival não estava ali.

Seranis já os estava esperando quando o carro entrou flutuando em Airlee. Era impossível, pensou Alvin, surpreender essas pessoas, cujas mentes interligadas as mantinham em contato com tudo em seu território. Ele se perguntava como todos haviam reagido às aventuras em Shalmirane, sobre as quais presumia que todos em Lys sabiam.

Seranis parecia preocupada e mais insegura do que Alvin jamais a vira antes, e ele se lembrou de que precisava fazer uma escolha. Na agitação dos últimos dias, quase esquecera: não gostava de gastar energia se preocupando com problemas futuros. Mas o porvir pesava sobre ele naquele momento: decidir em qual mundo queria viver.

A voz de Seranis soou agitada quando ela começou a falar, e Alvin teve a súbita impressão de que algo saíra errado com os planos de Lys para ele. O que teria ocorrido durante a sua ausência? Teriam os emissários ido a Diaspar para adulterar a mente de Khedron – e teriam falhado nessa missão?

– Alvin – começou Seranis –, há muitas coisas que não contei antes, mas que você precisa saber se quiser entender nossas atitudes.

"Você conhece um dos motivos que justificam o isolamento das nossas duas raças. O medo dos Invasores, daquela sombra sinistra nas profundezas de toda mente humana, fez o seu povo se voltar contra o mundo e se perder nos próprios sonhos. Aqui em Lys esse medo nunca foi tão significativo, embora tenhamos suportado o peso do ataque final. Tivemos uma razão melhor para as nossas atitudes, e agimos de olhos abertos.

"Há muito tempo, Alvin, as pessoas procuravam a imortalidade e enfim a conquistaram. Elas esqueceram que banir a morte também significava banir o nascimento. O poder de prolongar a vida indefinidamente podia trazer uma situação de júbilo para o indivíduo, mas acabou gerando a estagnação da raça. Eras atrás, sacrificamos a nossa imortalidade, mas Diaspar continua na trilha desse sonho falso. Foi por isso que os nossos caminhos se separaram... *E é por isso que nunca devem voltar a se encontrar.*"

Embora as palavras não surpreendessem tanto Alvin, o impacto não pareceu menor por ter sido previsto. No entanto, ele se recusava a admitir o fracasso de todos os seus planos, por mais que apenas parcialmente formulados, e só uma fração do seu cérebro ouvia Seranis. Ele entendia e registrava todas as palavras, mas a parte consciente de sua mente refazia o trajeto até Diaspar, tentando imaginar todos os obstáculos que talvez surgissem no caminho.

Seranis estava descontente, a voz quase implorando enquanto falava, e Alvin sabia que ela se dirigia não apenas a ele, mas também ao filho Hilvar. Devia estar ciente do entendimento e do afeto que se estabelecera entre os dois rapazes nos dias que haviam passado juntos. Hilvar observava a mãe com atenção enquanto ela falava, e Alvin percebeu que o olhar do amigo refletia não só preocupação, mas também um quê de censura.

– Não queremos forçar você a fazer nada contra a sua vontade, mas você com certeza compreende o que significaria um novo encontro dos nossos povos. Entre a sua cultura e a nossa existe um abismo tão grande quanto qualquer um que já separou a Terra de suas antigas colônias. Pense em um único fato, Alvin. Você e Hilvar têm agora quase a mesma idade… *mas tanto ele como eu vamos ter morrido há séculos enquanto você continuará jovem*. E está vivendo ainda a primeira de uma série infinita de vidas.

Na sala pairava tal silêncio que Alvin podia ouvir os estranhos sons melancólicos de animais desconhecidos nos campos para lá do vilarejo. Em seguida, ele perguntou, quase em um sussurro:

– O que vocês querem que eu faça?

– Tínhamos a esperança de poder dar a você a escolha de ficar aqui ou voltar para Diaspar, mas isso agora é impossível. Muita coisa aconteceu e não podemos mais deixar essa decisão nas suas mãos. Mesmo no curto período de tempo que passou aqui, sua influência foi extremamente perturbadora. Não estou reprovando você. Tenho certeza de que não fez por mal. Mas teria sido melhor deixar as criaturas que encontrou em Shalmirane enfrentarem seu próprio destino.

– E quanto a Diaspar... – Seranis fez um gesto de irritação. – Muitas pessoas sabem para onde você foi; não agimos a tempo. E o que é mais grave: o homem que ajudou você a descobrir Lys desapareceu; nem o seu Conselho nem os nossos agentes conseguem descobrir onde ele está, então ele continua sendo um perigo potencial para a nossa segurança. Talvez esteja surpreso por eu estar contando tudo isso, mas para mim é bastante seguro. Receio que só nos reste uma escolha: mandar você de volta para Diaspar com lembranças falsas. Essas lembranças foram construídas com muito cuidado e, quando você voltar para casa, não mais saberá nada do nosso povo. Vai acreditar que viveu aventuras bastante monótonas e perigosas em cavernas subterrâneas sombrias onde o teto ficava caindo após a sua passagem e que só continuou vivo comendo ervas insossas e bebendo água de fontes ocasionais. Pelo resto da sua vida, acreditará nessa verdade e todos em Diaspar vão aceitar a sua história. Portanto, nenhum mistério atrairá futuros exploradores, que julgarão saber tudo sobre Lys."

Seranis fez uma pausa e fitou Alvin com uma sombra de ansiedade nos olhos.

– Sentimos muito por isso e pedimos perdão enquanto ainda se lembra de nós. Talvez não aceite o nosso veredito, mas sabemos de muitos fatos que você desconhece. Pelo menos não terá arrependimentos porque acreditará que descobriu tudo aqui.

Alvin se perguntava se aquilo seria verdade. Ele duvidava que algum dia se adaptaria à rotina de vida em Diaspar, mesmo que estivesse convencido de que nada de interessante existia para além daquelas muralhas. E mais, ele não tinha a intenção de colocar essa questão em prova.

– Quando querem que eu faça... esse tratamento? – perguntou Alvin.

– Imediatamente. Estamos prontos. Abra sua mente para mim como fez antes e não vai saber de nada até se encontrar de volta em Diaspar.

Alvin calou-se por algum tempo. Depois disse baixinho:

– Gostaria de me despedir de Hilvar.

Seranis aquiesceu.

– Entendo. Vou deixá-lo aqui por um tempo e voltar quando estiver pronto. – Ela caminhou até a escada que levava ao interior da casa e os deixou sozinhos no telhado.

Demorou um pouco até Alvin falar com o amigo; apesar da profunda tristeza, continuava com uma inquebrantável determinação de não permitir o naufrágio de todas as suas esperanças. Olhou mais uma vez para o vilarejo onde encontrara alguma felicidade e que talvez jamais voltasse a ver se o grupo atrás de Seranis conseguisse o que queria. O carro terrestre estava sob uma das árvores de ramificações amplas, com o paciente robô pairando no ar acima dele. Algumas crianças se reuniam ali para examinar o estranho recém-chegado, mas nenhum dos adultos parecia interessado.

– Hilvar – disse Alvin abruptamente –, sinto muito por isso.

– Eu também – retrucou Hilvar, a voz instável devido à emoção. – Eu esperava que você pudesse continuar aqui.

– Acha certo o que Seranis quer fazer?

– Não culpe a minha mãe. Só está fazendo o que pediram para ela fazer – replicou Hilvar. Embora não tivesse respondido à pergunta, Alvin não teve coragem de perguntar outra vez. Não era justo colocar tanta pressão sobre a lealdade do amigo.

– Então me explique – indagou Alvin – como o seu povo poderia me impedir se eu tentasse ir embora com as minhas lembranças intactas?

– Seria fácil. Se tentasse fugir, controlaríamos sua mente e forçaríamos você a voltar.

Alvin esperara uma resposta assim e se sentiu desalentado. Queria confiar em Hilvar, que estava claramente chateado com a iminente separação dos dois, mas não ousou colocar em risco os planos arquitetados. Com muita cautela, verificando cada detalhe, delineou o único caminho que o levaria de volta a Diaspar nos termos que queria.

Teria de enfrentar um risco sem qualquer instrumento de defesa. Se Seranis quebrasse a promessa e mergulhasse em sua mente, todos os seus cuidadosos preparativos talvez fossem por terra abaixo.

Estendeu a mão para Hilvar, que a segurou com firmeza, ainda que incapaz de falar.

– Vamos descer para encontrar Seranis – falou Alvin. – Eu gostaria de ver algumas das pessoas do vilarejo antes de partir.

Hilvar o seguiu em silêncio para dentro da frieza pacífica da casa, depois passou pelo corredor e saiu para o círculo de grama colorida que cercava a construção. Seranis o estava esperando lá, parecendo calma e resoluta. Ciente de que Alvin estava tentando esconder alguma coisa, reavaliou as precauções que tomara. Assim como um homem flexionaria os músculos antes de algum grande esforço, ela percorreu os padrões de coerção que poderia ter de usar.

– Está pronto, Alvin? – perguntou.

– Perfeitamente pronto – respondeu Alvin, com um tom de voz que a fez lançar um olhar ríspido para ele.

– Então é melhor se você esvaziar sua mente, como antes. Não vai sentir nem saber nada depois disso, até se encontrar de volta em Diaspar.

Alvin virou-se para Hilvar e falou em um sussurro baixo que Seranis não ouviu:

– Adeus, Hilvar. Não se preocupe, *eu vou voltar.* – Depois encarou Seranis de novo. – Não fico magoado com o que está tentando fazer – ele disse. – Sem dúvida a senhora acredita que é para o nosso bem, mas acho que está errada. Diaspar e Lys não deveriam ficar separadas para sempre. Um dia podem precisar desesperadamente uma da outra. Então vou para casa com tudo o que aprendi – *e acho que a senhora não poderá me impedir.*

Ele não esperou mais e foi bom assim. Seranis nem sequer chegou a se mexer, mas instantaneamente Alvin sentiu o corpo escapar de seu controle. O poder que fizera sua própria vontade ser deixada de lado era ainda maior do que ele esperara, e ele se deu conta de que muitas mentes ocultas deviam estar auxiliando Seranis. Incapaz de agir, ele começou a caminhar de volta para Diaspar e, por um instante horrível, achou que seu plano havia falhado.

Então eclodiu um lampejo de aço e cristal e braços de metal se fecharam rapidamente em torno dele. O corpo de Alvin lutou contra eles, como sabia que faria, mas em vão. O solo foi se distanciando debaixo dos seus pés, e ele vislumbrou Hilvar, paralisado pela surpresa, com um sorriso bobo no rosto.

O robô estava carregando-o a pouco mais de três metros e meio do chão, muito mais rápido do que um homem conseguiria correr. Demorou apenas um momento para Seranis entender o truque, mas, relaxando o controle mental, ela acabou parando de se esforçar. Mas ainda não estava derrotada e, na sequência, aconteceu aquilo que Alvin temia e tentara evitar.

Duas entidades separadas duelavam na mente do rapaz, e uma delas suplicava ao robô que o colocasse no chão. O verdadeiro Alvin esperava, ofegante, em uma fraca resistência contra forças poderosas demais. Ele fizera uma aposta, sem saber com antecedência se seu incerto aliado obedeceria às complexas ordens que lhe dera. Dissera ao robô que em circunstância alguma deveria obedecer a outros comandos seus até que ele estivesse seguro em Diaspar. Se obedecidas as ordens, Alvin colocaria seu destino além do alcance da interferência humana.

Sem jamais hesitar, a máquina percorreu com rapidez o caminho que Alvin cuidadosamente mapeara. Uma parte dele continuava pedindo furiosamente para ser solto, mas ele sabia que estava a salvo. E logo Seranis entendeu isso também, pois suas forças cerebrais pararam de guerrear. Mais uma vez ele estava em paz, assim como ficara eras atrás um viajante quando, amarrado ao mastro do navio, ouvira o canto das sereias desvanecer no mar cor de vinho.

15

Alvin só relaxou ao ver a câmara das Vias Móveis ao seu redor mais uma vez. Ainda havia o perigo de o povo de Lys ser capaz de deter o veículo onde ele estava, ou mesmo reverter sua direção e levá-lo de volta impotentemente ao ponto de partida. Mas o retorno repetiu a tranquilidade da viagem de ida: quarenta minutos depois de ter saído de Lys, estava no Túmulo de Yarlan Zey.

Os funcionários do Conselho o esperavam, vestidos com as túnicas pretas formais que não usavam havia séculos. Alvin não se surpreendeu e nem sequer se alarmou com a presença do comitê de recepção. Já superara tantos obstáculos que vencer mais um fazia pouca diferença. Aprendera muito desde que saíra de Diaspar, e esse conhecimento viera acompanhado de uma confiança que beirava a arrogância. Além do mais, contava com um aliado poderoso, embora instável. As melhores mentes de Lys se revelaram incapazes de interferir nos seus planos, e ele acreditava que as de Diaspar não poderiam fazer melhor.

Ainda que existissem fundamentos racionais para essa crença, ela se baseava parcialmente em algo que ultrapassava a razão: a fé em seu destino que aos poucos ganhava força na mente de Alvin. O mistério de sua origem, o êxito em fazer o que nenhum homem jamais fizera, o modo como novos horizontes haviam se aberto diante dele – tudo isso reforçava sua autoconfiança. A fé no próprio destino estava entre os dons mais valiosos que os deuses podiam conceder a um homem, mas Alvin desconhecia quantos homens esse dom levara ao completo desastre.

– Alvin – disse o líder dos inspetores da cidade –, temos ordens para acompanhá-lo aonde for até o Conselho ouvir o seu caso e dar o veredito.

– De que delito estou sendo acusado? – perguntou Alvin. Eufórico devido à agitação e ao júbilo de sua fuga de Lys, ele ainda não conseguia levar esse novo acontecimento muito a sério. Presumivelmente, Khedron havia falado, e ele se irritou um pouco com o Bufão por revelar seu segredo.

– Não existe acusação. – Se necessário, será feita depois que você for ouvido.

– E quando será isso?

– Imagino que muito em breve. – O inspetor, nitidamente constrangido, não sabia ao certo como lidar com essa missão indesejada. Ora tratava Alvin como concidadão, ora, lembrando-se de seus deveres como guardião, adotava uma atitude de exagerada indiferença.

– Esse robô – começou ele de forma abrupta, apontando para o companheiro de Alvin –, de onde ele veio? É um dos nossos?

– Não – respondeu Alvin. – Eu o encontrei em Lys, o país onde estive, e o trouxe para ele conhecer o Computador Central.

A explanação em um tom de voz calmo gerou um alvoroço considerável. Já era difícil aceitar o fato de que existia alguma coisa fora de Diaspar, mas soava ainda pior Alvin ter trazido um dos habitantes do local, propondo apresentá-lo ao cérebro da cidade. Os inspetores se entreolharam com uma inquietação tão impotente que Alvin mal conseguiu conter o riso.

Enquanto atravessavam o Parque, os acompanhantes discretamente na retaguarda conversando em murmúrios agitados, Alvin pensou no próximo passo. A primeira coisa seria descobrir exatamente o que acontecera durante a sua ausência. Khedron, Seranis lhe contara, desaparecera. Havia incontáveis lugares onde um homem poderia se esconder em Diaspar e, como o conhecimento do Bufão quanto à cidade era inigualável, era improvável que fosse encontrado até que decidisse reaparecer. Talvez, pensou Alvin, pudesse deixar uma mensagem em um lugar onde Khedron provavelmente a veria, para marcar um encontro. No entanto, a presença do guarda talvez inviabilizasse isso.

Ele tinha de admitir que a vigilância era muito discreta. Quando chegou ao seu apartamento, quase se esquecera da presença dos inspetores. Imaginou que eles não interfeririam em seus movimentos a menos que tentasse sair de Diaspar e, de momento, não tinha intenção de fazê-lo. Na realidade, estava bastante certo de que seria impossível retornar a Lys pelo trajeto original. Àquela altura, com certeza o sistema de transporte subterrâneo já teria sido desativado por Seranis e seus companheiros.

Os inspetores não o seguiram até dentro do cômodo. Postaram-se do lado de fora, cientes de que havia apenas uma saída. Sem terem recebido nenhuma instrução quanto ao robô, deixaram-no acompanhar Alvin. Não queriam intervir naquela máquina de construção tão estranha. Com base no modo como se comportava, não sabiam dizer se era um criado passivo de Alvin ou se agia por vontade própria. Diante dessa incerteza, ficaram bastante satisfeitos de deixá-lo completamente em paz.

Quando a parede se fechou atrás dele, Alvin materializou seu divã favorito e jogou-se sobre ele. Deleitando-se no entorno familiar, recuperou das unidades de memória suas últimas tentativas de pintura e escultura e examinou-as com um olhar crítico. Se antes já não o haviam satisfeito, pareceram duplamente desagradáveis agora e ele não se orgulhava delas. A pessoa que as criara não existia mais. Nos poucos dias que estivera longe de Diaspar, Alvin sentira que acumulara a experiência de uma vida.

Apagou todos os objetos de sua adolescência, deletando-os para sempre e não só os recolocando nos Bancos de Memória. O cômodo estava vazio outra vez, a não ser pelo sofá onde se recostava e pelo robô que continuava observando tudo com olhos arregalados e incompreensíveis. O que a máquina acharia de Diaspar?, perguntou-se Alvin. Então se lembrou de que ela não estava em um ambiente estranho ali, pois conhecera a cidade nos últimos tempos de seu contato com as estrelas.

Só quando se sentiu completamente em casa mais uma vez foi que Alvin começou a ligar para os amigos. Primeiro, Eriston e Etania, embora movido pelo dever e não por um verdadeiro desejo de vê-los e falar com eles de novo. Não se entristeceu quando os comunicadores o informaram de que não estavam disponíveis e deixou para ambos uma mensagem curta anunciando seu retorno. Sem dúvida, uma atitude um tanto desnecessária, já que, a essa altura, a cidade inteira deveria saber que ele estava de volta. Contudo, esperava que gostassem do gesto de cortesia; estava começando a aprender a ter consideração, embora ainda sem perceber que, como a maioria das virtudes, só teria mérito se fosse espontânea e natural.

Então, agindo em um repentino impulso, ligou para o número que Khedron lhe dera tanto tempo atrás na Torre de Loranne. Não esperava uma resposta, claro, mas sempre havia a possibilidade de que Khedron houvesse deixado uma mensagem.

Sua suposição estava certa, mas a mensagem em si era devastadoramente inesperada.

A parede se dissolveu e Khedron surgiu diante dele. Parecia cansado e nervoso, e não mais a pessoa confiante e ligeiramente cínica que colocara Alvin no caminho até Lys. Com o olhar assustado, falava como se lhe restasse muito pouco tempo.

– Alvin – começou ele –, isto é uma gravação. Só você a receberá, mas poderá usá-la como quiser. Pouco importa.

"Quando voltei ao Túmulo de Yarlan Zey, descobri que Alystra estava nos seguindo. Ela deve ter contado ao Conselho que você saiu de Diaspar e que eu te ajudei. Logo os inspetores estavam me procurando e por isso decidi me esconder. Estou acostumado – já fiz isso antes por causa das minhas brincadeiras." (Aí, pensou Alvin, estava um lampejo do velho Khedron.) "Eles não conseguiriam me encontrar nem em mil anos – mas alguém quase encontrou. Há estranhos em Diaspar, Alvin; só podem ter vindo de Lys e estão me procurando. Não sei o que significa e não gosto disso. O fato de quase terem me encontrado, apesar de estarem em uma cidade possivelmente estranha para eles, sugere que têm poderes telepáticos. Consegui lutar contra o Conselho, mas esse é um perigo desconhecido que não quero encarar.

"Portanto, estou antecipando um passo que, segundo minha visão, o Conselho poderia muito bem me forçar a dar, uma vez que já fizeram essa ameaça. Vou para um lugar onde ninguém me encontrará para escapar de qualquer possível mudança em Diaspar. Talvez eu seja um tolo, só o tempo poderá dizer. Vou saber a resposta um dia.

"A esta altura, você já deve ter adivinhado que voltei para a Sala de Criação, para a segurança dos Bancos de Memória. Aconteça o que acontecer, deposito minha confiança no Computador Central e nas forças que ele controla para o bem de Diaspar. Se alguma coisa adulterar o Computador Central, estaremos todos perdidos. Caso contrário, não tenho nada a temer.

"Para mim, vai parecer que se passou apenas um momento antes de eu entrar em Diaspar outra vez, daqui a cinquenta ou cem mil anos. Eu me pergunto que tipo de cidade vou encontrar. Vai ser estranho se você estiver lá. Algum dia, imagino que nos reencontraremos, e não sei dizer se fico ansioso por esse encontro ou com medo dele.

"Nunca entendi você, Alvin, apesar de, em minha presunção, achar que entendia. Só o Computador Central conhece a verdade, assim como sabe a verdade sobre os outros Singulares que apareceram de tempos em tempos no decorrer das eras e depois não foram mais vistos. Você descobriu o que aconteceu com eles?

"Acho que um dos motivos de minha fuga para o futuro é a impaciência. Quero ver os resultados do que você começou, mas estou ansioso por perder as etapas intermediárias – que eu desconfio que vão ser desagradáveis. Será interessante ver, no mundo onde estarei daqui a apenas alguns minutos de tempo aparente, se você vai ser visto como criador ou como destruidor – ou mesmo se será lembrado.

"Adeus, Alvin. Pensei em te dar algum conselho, mas não acho que vá ouvi-lo. Você vai fazer do seu jeito, como sempre fez, e os seus amigos vão ser ferramentas para usar ou descartar de acordo com a situação.

"Isso é tudo. Não consigo pensar em mais nada para dizer."

Por um instante, Khedron – o Khedron que não mais existia, a não ser em um padrão de cargas elétricas nas células de memória da cidade – olhou para Alvin com resignação e, ao que parecia, também com tristeza. A tela voltou a ficar branca.

Alvin permaneceu imóvel por um longo tempo depois que a imagem de Khedron desvaneceu. Estava examinando sua alma como raramente fizera antes, pois não podia negar a verdade em muitas palavras de Khedron. Quando parara, em todos os seus esquemas e aventuras, para avaliar o efeito de suas ações sobre qualquer um dos seus amigos? Ele lhes trouxera ansiedade e em pouco tempo talvez trouxesse coisa pior... Tudo por conta de sua curiosidade insaciável e pelo impulso de descobrir o que não deveria ser conhecido.

Jamais gostara de Khedron; a personalidade cáustica do Bufão impedia qualquer relação mais próxima, mesmo que Alvin desejasse. No entanto, pensando nas palavras de despedida de Khedron, ele se encheu de remorso. Devido aos seus atos, o Bufão fugira para um futuro desconhecido.

Mas com certeza, pensou Alvin, não precisava se culpar por isso. A fuga só provava o que ele já sabia: que Khedron era um covarde. Talvez não fosse mais covarde do que qualquer outra pessoa em Diaspar, mas tinha o azar adicional de possuir uma imaginação poderosa. Alvin até aceitava um pouco da responsabilidade pelo destino de Khedron, mas de modo algum toda a responsabilidade.

Quem mais ele prejudicara ou angustiara em Diaspar? Pensou em Jeserac, seu tutor, sempre paciente com aquele que devia ter sido seu discípulo mais difícil. Lembrou-se de todas as pequenas gentilezas dos pais para com ele ao longo dos anos; naquele momento, revivendo-as, ponderou que iam além do que se recordava.

E pensou em Alystra. Ela o amava e ele aceitava esse amor ou o ignorava como bem entendia. Entretanto, o que mais devia ter feito? A jovem seria mais feliz se ele a rejeitasse de vez?

Entendia agora por que nunca amara Alystra nem nenhuma das mulheres que conhecera em Diaspar, mais uma lição que Lys lhe ensinara. Diaspar se esquecera de muitas coisas, inclusive do verdadeiro significado do amor. Em Airlee, Alvin observara as mães embalando seus filhos nos joelhos e sentira ele próprio aquele carinho protetor por todas as criaturas pequenas e indefesas, sentimento que é o irmão gêmeo desinteressado do amor. Contudo, não havia nenhuma mulher em Diaspar que conhecesse o objetivo final do amor ou se importasse com isso.

Na cidade imortal, haviam morrido as emoções verdadeiras e as paixões profundas. Talvez essas coisas só prosperassem por serem efêmeras, porque não podiam durar para sempre e jaziam sempre sob a sombra que Diaspar banira.

Este foi o momento, se é que tal momento algum dia existiu, em que Alvin percebeu o seu destino. Antes, ele fora o agente inconsciente dos próprios impulsos. Se conhecesse uma analogia tão arcaica, poderia ter se comparado a um cavaleiro em um cavalo desgovernado. O animal o levara a muitos lugares estranhos e poderia fazê-lo outra vez, mas, no galope desvairado, mostrara-lhe seus poderes e ensinara-lhe aonde ele realmente queria ir.

O sinal da tela-parede interrompeu de modo abrupto o devaneio de Alvin. O timbre revelou-lhe de imediato que não estava recebendo uma ligação, e sim que alguém chegara para vê-lo. Ele deu o sinal de entrada e, um instante depois, estava diante de Jeserac.

O tutor parecia sério, mas não hostil, ao dizer:

– Me pediram para levar você ao Conselho, Alvin. Estão esperando para ouvi-lo. – Em seguida, Jeserac viu o robô e o examinou com curiosidade. – Então este é o companheiro que você trouxe das suas viagens. Acho melhor ele nos acompanhar.

Sem dúvida, uma decisão muito conveniente para Alvin. O robô já o livrara de uma situação perigosa e talvez precisasse recorrer a ele de novo. Perguntava-se o que a máquina pensava sobre as aventuras e vicissitudes nas quais fora envolvida e desejou, pela milésima vez, entender o que se passava naquela mente tão fechada. Alvin tinha a impressão de que, por enquanto, ela decidira observar, analisar e tirar as próprias conclusões sem fazer nada até julgar que chegara o momento certo. Então, talvez de forma bastante súbita, decidisse agir em desacordo com os planos de Alvin. O único aliado do rapaz se vinculava a ele pelos laços mais tênues do interesse próprio e poderia abandoná-lo a qualquer momento.

Alystra os esperava na rampa que levava para a rua. Mesmo que Alvin quisesse culpá-la por revelar seu segredo, ele não tinha coragem de fazer isso. A angústia da moça estava clara demais e seus olhos estavam marejados de lágrimas quando ela correu para cumprimentá-lo.

– Ah, Alvin! – gritou. – O que eles vão fazer com você?

Alvin tomou as mãos dela com uma ternura que surpreendeu os dois.

– Não se preocupe, Alystra – ele falou. – Vai ficar tudo bem. Afinal de contas, na pior das hipóteses o Conselho só pode me mandar de volta para os Bancos de Memória... e, de algum modo, acho que isso não vai acontecer.

A beleza e a infelicidade da moça eram tão atraentes que, mesmo naquele momento, Alvin sentiu o corpo reagindo à presença dela como acontecia antes. Mas era só atração física, e isso não bastava mais. Delicadamente, ele soltou as mãos e virou-se para seguir Jeserac em direção à Câmara do Conselho.

O coração de Alystra estava solitário, mas não mais amargo, enquanto ela o observava caminhar. Sabia que não o havia perdido porque ele jamais lhe pertencera. E, aceitando isso, começara a se colocar acima do poder das vãs lamentações.

Alvin mal notou os olhares curiosos e horrorizados dos concidadãos enquanto ele e seu séquito caminhavam pelas ruas familiares. Estava reunindo os argumentos a que talvez precisasse recorrer e organizando sua história sob um ângulo que o favorecesse. De tempos em tempos, assegurava a si mesmo de que não estava nem um pouco alarmado e que ainda era senhor da situação.

Eles esperaram apenas alguns minutos na antessala, o suficiente para Alvin se perguntar por que, se não estava com medo, sentia as pernas tão curiosamente fracas. Vivera a mesma sensação quando se forçara a subir os últimos declives daquela distante colina em Lys, onde Hilvar lhe mostrara a cachoeira de cujo topo eles vislumbraram a explosão de luz que os atraíra a

Shalmirane. Alvin ficou pensando no que Hilvar estaria fazendo e se ambos se reencontrariam algum dia. De repente, pareceu-lhe muito importante que se encontrassem.

As grandes portas da Câmara do Conselho se abriram, e ele entrou atrás do tutor. Os vinte membros já estavam sentados à mesa em forma de meia-lua e Alvin se sentiu lisonjeado ao notar que todos os lugares estavam ocupados. Deveria ser a primeira vez em muitos séculos que o Conselho inteiro se reunira sem nenhuma abstenção. As esporádicas reuniões constituíam mera formalidade, pois resolviam todas as questões corriqueiras com algumas ligações pelo visifone e, se necessário, uma entrevista entre o Presidente e o Computador Central.

Alvin conhecia de vista a maioria dos membros do Conselho e sentiu-se tranquilizado diante da presença de tantos rostos familiares. Como Jeserac, eles não pareciam hostis, apenas ansiosos e perplexos, afinal, eram pessoas sensatas. Talvez se sentissem incomodados pelo fato de alguém provar que estavam errados, mas Alvin não acreditava que guardassem rancor dele. No passado, essa suposição seria muito precipitada, mas a natureza humana melhorara em alguns aspectos.

Eles lhe dariam uma audiência justa, mas o que pensavam pouco importava. O juiz de Alvin não seria o Conselho. Seria o Computador Central.

16

Não houve formalidades. Depois de declarar a sessão aberta, o Presidente virou-se para Alvin.

– Alvin – disse ele de modo amável –, gostaríamos que nos contasse o que aconteceu com você desde seu desaparecimento dez dias atrás.

O uso da palavra "desaparecimento", pensou Alvin, era altamente relevante, pois sugeria que Conselho relutava em admitir a saída dele de Diaspar. Ele se perguntou se sabiam que estranhos haviam visitado a cidade, mas duvidou. Nesse caso, estariam consideravelmente mais inquietos.

Alvin contou sua história de maneira clara e sem dramaticidade. Os eventos, soando estranhos e inacreditáveis aos ouvidos deles, não precisavam de ornamentos. Só em um ponto ele se afastou de uma rigorosa exatidão, pois não disse nada sobre a maneira como fugira de Lys. Parecia mais que provável que usasse o mesmo método outra vez.

Era fascinante observar a gradual mudança de atitude dos membros do Conselho no decorrer de sua narrativa. Em princípio, incrédulos, recusavam-se a aceitar a negação de suas crenças, a violação de seus preconceitos mais profundos. Quando Alvin lhes contou de seu desejo apaixonado de explorar o mundo fora da cidade e de sua convicção irracional de que esse mundo existia, eles o fitaram como se fosse algum animal estranho e incompreensível. E para aquelas mentes de fato era. Mas por fim admitiram que Alvin estava certo e eles não. À medida que a história ia se desenrolando, as dúvidas tombavam aos poucos. Talvez não gostassem dos fatos, mas viram-se incapazes de negar sua veracidade. Caso se sentissem tentados a fazer isso, bastava olharem para o silencioso companheiro de Alvin.

Apenas um aspecto do relato lhes despertou indignação – e ela não se dirigia a Alvin. Um zunzum irritado percorreu a câmara quando Alvin explicou a ansiedade de Lys em evitar a contaminação com Diaspar e as medidas adotadas por Seranis para impedir essa catástrofe. A cidade se orgulhava de sua cultura, e com razão. O fato de alguém os considerar inferiores parecia intolerável para o Conselho.

Alvin fez sua narrativa com muito cuidado para não gerar ofensas; ele queria, até onde fosse possível, que o Conselho o apoiasse. Do começo ao fim, tentou sugerir que não fizera nada errado, que esperava elogios em vez de censuras por suas descobertas. E isso funcionou de modo excelente, pois não só desarmou antecipadamente a maioria dos seus possíveis críticos, mas também teve o efeito – embora ele não houvesse tido essa intenção – de transferir qualquer culpa ao desaparecido Khedron. Ficou bem claro aos ouvintes que o próprio Alvin era jovem demais para ver qualquer perigo em suas ações. O Bufão, porém, com certeza deveria saber e agira de modo irresponsável. Ainda não sabiam que o próprio Khedron concordara com eles.

Jeserac, como tutor de Alvin, também merecia um pouco de censura e, de tempos em tempos, vários dos conselheiros lançavam-lhe olhares pensativos. Ele não parecia se importar, embora estivesse perfeitamente ciente do que estavam pensando. Havia certa honradez em ter instruído a mente mais original que viera a Diaspar desde as Eras do Amanhecer e nada poderia tirar isso de Jeserac.

Só depois de concluir o relato fatual de suas aventuras Alvin tentou recorrer a um pouco de persuasão. De alguma maneira, teria de convencer aqueles homens das verdades que descobrira em Lys, mas como poderia fazê-los entender de fato algo que nunca haviam visto e que mal conseguiam imaginar?

– Parece uma grande tragédia – disse ele – que os dois ramos sobreviventes da raça humana tenham se separado por um período de tempo tão grande. Um dia talvez possamos saber como aconteceu; porém, o mais importante agora é reparar o rompimento, evitar que aconteça de novo. Quando eu estava em Lys, protestei contra se julgarem superiores a nós. Eles podem ter muito a nos ensinar, mas nós também temos muito a ensinar a eles. Se acreditarmos que não temos nada a aprender uns com os outros, não é óbvio que *todos* estaremos errados?

Ele olhou esperançoso para a fileira de rostos, e foi encorajado a continuar:

– Nossos ancestrais construíram um império que chegou às estrelas. As pessoas iam e vinham à vontade entre todos aqueles planetas... e agora seus descendentes têm medo de ir além das muralhas da própria cidade. *Devo dizer por quê?* – Ele fez uma pausa; não havia movimento algum na grande sala. – Porque temos medo de uma coisa que aconteceu no começo da história. Me contaram a verdade em Lys, apesar de eu tê-la adivinhado muito tempo atrás. Será que temos que nos esconder sempre em Diaspar como covardes, fingindo que não existe mais nada, por que um bilhão de anos atrás os Invasores nos obrigaram a voltar para a Terra?

Ele apontara o medo secreto de todos ali, do qual nunca compartilhara e cujo poder, portanto, nunca conseguira entender completamente. Eles que agissem como quisessem; dissera a verdade segundo seu ponto de vista.

O Presidente, sério, olhou para Alvin.

– Você tem mais alguma coisa a dizer – perguntou – antes de refletirmos sobre o que deve ser feito?

– Só uma coisa. Eu gostaria de levar o robô até o Computador Central.

– Mas por quê? Você sabe que o Computador já está ciente do que aconteceu nesta sala.

– Eu ainda queria ir – afirmou Alvin educada, mas obstinadamente. – Peço permissão ao Conselho e ao Computador Central.

Antes que o Presidente respondesse, uma voz clara e calma ressoou pela câmara. Alvin jamais a ouvira antes, mas sabia o que estava falando. As máquinas de informação, que não passavam de fragmentos remotos dessa grande inteligência, conseguiam falar com as pessoas – mas sem o inconfundível sotaque da sabedoria e da autoridade.

– Deixem que ele venha até mim – disse o Computador Central.

Alvin olhou para o Presidente, sem querer, de modo algum, explorar sua vitória. Ele apenas perguntou:

– Tenho sua permissão para sair?

O Presidente fitou a Câmara do Conselho, sem notar qualquer indício de discordância, e respondeu um tanto impotente:

– Muito bem. Os inspetores vão acompanhar você e trazê-lo de volta quando terminarmos a nossa discussão.

Alvin fez uma ligeira mesura de agradecimento, as grandes portas se abriram diante dele e ele saiu da Câmara andando devagar. Jeserac o acompanhou e, quando as portas se fecharam outra vez, o rapaz se virou para fitar o tutor.

– O que o senhor acha que o Conselho vai fazer agora? – perguntou, ansioso. Jeserac sorriu.

– Impaciente como sempre, não é? – comentou ele. – Não sei quanto vale a minha suposição, mas imagino que decidirão lacrar o Túmulo de Yarlan Zey para que ninguém nunca mais faça a viagem que você fez. Então Diaspar poderá continuar como antes, sem ser perturbada pelo mundo de fora.

– É isso que eu temo – replicou Alvin com amargura.

– E você ainda tem esperanças de evitar que aconteça?

Alvin não respondeu de pronto. Sabia que Jeserac lera suas intenções, mas pelo menos o tutor não seria capaz de prever seus planos, pois ele não tinha nenhum. Alcançara o estágio de improvisar e enfrentar cada nova situação à medida que surgisse.

– O senhor me culpa? – perguntou ele em seguida, e Jeserac ficou surpreso com o novo tom na voz do discípulo: um toque de humildade, a mais tênue sugestão de que, pela primeira vez, Alvin procurava a aprovação de seus semelhantes. Jeserac comoveu-se, mas era sábio demais para levar aquilo muito a sério. Alvin estava sob uma pressão considerável e não seria seguro presumir que qualquer melhora em seu caráter fosse permanente.

– É uma pergunta muito difícil de responder – retorquiu Jeserac lentamente. – Me sinto tentado a dizer que todo conhecimento é valioso e não se pode negar que você acrescentou muito ao nosso conhecimento. Mas também aumentou os nossos perigos e, em longo prazo, qual aspecto será mais importante? Quantas vezes parou para pensar nisso?

Por um momento, mestre e discípulo se entreolharam pensativamente, cada um talvez entendendo o ponto de vista do outro com mais clareza do que nunca na vida. Então, com um impulso, entraram juntos na longa passagem de saída da Câmara do Conselho, os acompanhantes ainda os seguindo pacientes na retaguarda.

Aquele mundo, Alvin sabia, não fora feito para o ser humano. Sob o brilho das intensas luzes azuis – tão ofuscantes que feriam os olhos –, os compridos e amplos corredores pareciam se estender até o infinito. Por aquelas passagens, os robôs de Diaspar deviam se manter em constante vaivém em suas vidas intermináveis, no entanto, nenhuma vez em séculos ecoaram o som dos pés humanos.

Ali era a cidade subterrânea, a cidade das máquinas sem as quais Diaspar não existiria. Algumas centenas de metros à frente, o corredor chegava a uma câmara circular com mais de mil metros de diâmetro, o teto sustentado por grandes colunas que também deviam suportar o peso do Centro de Poder. De acordo com os mapas, ali o Computador Central ponderava eternamente sobre o destino de Diaspar.

A câmara era ainda maior do que Alvin ousara imaginar – mas onde estaria o Computador? De certo modo, ele esperara encontrar uma única máquina enorme, mesmo sabendo que essa concepção era ingênua. O panorama fantástico, porém sem sentido, o fez parar, espantado e inseguro.

O corredor pelo qual tinham vindo terminava bem lá em cima na parede da câmara – sem dúvida a maior cavidade já construída pelo ser humano – e, dos dois lados, longas rampas desciam pelo chão distante. Centenas de grandes estruturas brancas cobriam toda essa imensidão extraordinariamente iluminada, tão inesperadas que, por um instante, Alvin pensou estar observando uma cidade subterrânea. A impressão era tão surpreendentemente vívida que ele nunca se esqueceu dela. Em parte alguma surgia o cenário que ele esperara: o brilho familiar do metal que, desde os primórdios, o Homem havia aprendido a associar aos seus criados.

Ali estava o fim de uma evolução quase tão longa quanto a do Homem. Seu princípio se perdera nas brumas das Eras do Amanhecer, quando a humanidade, dominando o uso da energia, enviou motores barulhentos tinindo pelo mundo. Vapor, água, vento – tudo aproveitado por pouco tempo e depois abandonado. Durante séculos, a energia da matéria regera o mundo, até também ser substituída e, a cada mudança, as velhas máquinas eram preteridas e surgiam novas em seu lugar. Morosamente, ao longo de milhares de anos, quase se alcançava o ideal da máquina perfeita – um ideal que um dia fora um sonho, depois um projeto distante e, por fim, realidade.

Nenhuma máquina pode conter peças móveis.

Ali surgia a expressão máxima desse ideal, cuja concretização custara ao homem cem milhões de anos e, no momento do triunfo, ele dera as costas para as máquinas em definitivo. Elas alcançaram sua finalidade, a perfeição, e, a partir de então, poderiam se sustentar eternamente enquanto serviam à espécie humana.

Alvin não se perguntava mais qual daquelas silenciosas presenças brancas era o Computador Central. Sabia que ele englobava todas – e que se estendia para muito além daquela câmara, integrando em si todas as incontáveis outras máquinas de Diaspar, móveis ou estáticas. Também o próprio cérebro agrupava muitos bilhões de células individuais, dispostas em um espaço de alguns centímetros de diâmetro, e os elementos físicos do Computador Central se espalhavam por toda a vastidão de Diaspar. Aquela câmara podia abranger não mais que o sistema de comutação por meio do qual todas as unidades dispersas mantinham contato.

Sem saber ao certo aonde ir, Alvin ficou olhando para as extensas rampas e para a arena silenciosa. O Computador Central de certo sabia que ele estava lá, assim como sabia de tudo em Diaspar. Assim, só restava a ele esperar as instruções.

A voz agora familiar, mas ainda imponente, soou tão baixa e tão próxima que ele achou que ninguém mais poderia ouvi-la.

– Desça a rampa à esquerda – disse a voz. – Vou orientá-lo a partir de lá.

Ele desceu devagar a rampa, o robô flutuando mais acima. Nem Jeserac nem os inspetores o seguiram. Alvin se perguntava se teriam recebido ordens para ficar ali ou se haviam concluído que seriam capazes de supervisioná-lo igualmente bem daquele ponto, dispensando, assim, a longa descida. Ou talvez tivessem chegado tão perto do santuário central de Diaspar quanto desejavam...

No pé da rampa, a voz baixa redirecionou Alvin, que caminhou entre uma avenida de formas titânicas adormecidas. A voz voltou a falar com ele três vezes, até que logo soube que chegara ao seu destino.

Apesar de a máquina diante dele ser menor do que a maioria das outras, Alvin se sentiu apequenado. As cinco fileiras com vastas linhas horizontais davam a impressão de uma fera agachada e, passando os olhos dela para o seu robô, o rapaz achou difícil acreditar que ambos resultavam da mesma evolução e eram nomeados pela mesma palavra.

A uns noventa metros do chão, um amplo painel transparente abrangia toda a extensão da estrutura. Alvin, pressionando a testa contra o material liso e curiosamente tépido, espiou dentro da máquina. De início, não viu nada; depois, protegendo os olhos, conseguiu distinguir milhares de tênues pontos de luz pairando no nada. Estavam dispostos um atrás do outro em uma treliça tridimensional tão estranha e sem sentido para ele quanto as estrelas deviam ter sido para o ser humano do passado. Embora observasse durante vários minutos, esquecido da passagem do tempo, as luzes coloridas nunca saíam do lugar e seu brilho nunca se alterava.

Alvin percebeu que até mesmo a contemplação do próprio cérebro significaria pouco para ele. A máquina parecia inerte e imóvel porque ele não conseguia ver seus pensamentos.

Pela primeira vez, começou a ter uma vaga compreensão dos poderes e das forças que sustentavam a cidade. Durante toda a sua vida, ele aceitara sem questionar o milagre dos sintetizadores que, era após era, supria todas as necessidades de Diaspar em um fluxo sem fim. Milhares de vezes observara o ato de criação, raramente se lembrando de que em algum lugar deveria existir o protótipo daquilo que vira chegar ao mundo.

Assim como uma mente humana conseguia se deter por algum tempo em um único pensamento, os cérebros infinitamente maiores, que constituíam apenas uma parte do Computador Central, conseguiam entender e eternizar as ideias mais complexas. Os padrões de todas as coisas criadas jaziam congelados naquelas mentes eternas, precisando apenas do toque de uma vontade humana para virarem realidade.

O mundo chegara muito longe, hora após hora, desde o momento em que os primeiros homens das cavernas pacientemente lascaram pontas de flechas e facas na pedra tenaz...

Sem vontade de falar, Alvin esperou até receber algum novo sinal de reconhecimento. Perguntava-se como o Computador Central sabia de sua presença e conseguia vê-lo e ouvi-lo. Não havia nenhum sinal de órgãos sensoriais em lugar algum, nenhuma das grades ou telas ou olhos de cristal sem sentimentos por meio dos quais os robôs normalmente percebiam o mundo ao redor deles.

– Informe o seu problema – disse a voz baixa no ouvido de Alvin. Parecia estranho aquela impressionante extensão de maquinário sintetizar seus pensamentos com tanta suavidade. Então Alvin se deu conta da própria presunção; talvez nem uma milionésima parte do cérebro do Computador Central estivesse lidando com ele, que constituía só um dos inúmeros incidentes nos quais a atenção da máquina se focava enquanto cuidava de Diaspar.

Era difícil conversar com uma presença que ocupava todo o espaço ao redor de uma pessoa. As palavras de Alvin pareceram desfalecer no ar vazio assim que as pronunciou:

– O que eu sou? – perguntou ele.

Se fizesse essa mesma pergunta a uma das máquinas de informação da cidade, ele saberia a resposta. Na realidade, isso ocorrera com frequência e elas sempre respondiam: "Você é um homem". Mas naquele momento lidava com uma inteligência de ordem totalmente diferente e não havia necessidade de tanta precisão semântica. O Computador Central entenderia muito bem o que ele quisera dizer, embora isso não significasse que responderia.

Na verdade, a resposta foi exatamente a que Alvin temia:

– Não posso responder a essa pergunta. Fazer isso seria revelar o propósito dos meus construtores e, portanto, invalidá-lo.

– Então planejaram o meu papel quando a cidade foi criada?

– Pode-se dizer isso de todas as pessoas.

A verdade da resposta fez Alvin refletir: os habitantes humanos de Diaspar haviam sido projetados com tanto cuidado quanto as máquinas. O fato de ser um Singular proporcionava a Alvin rareza, mas não necessariamente havia virtude nisso.

Ele sabia que não poderia descobrir mais nada ali quanto ao mistério de sua origem. Seria inútil tentar ludibriar aquela vasta inteligência ou mesmo esperar que ela revelasse informações que lhe ordenaram ocultar. Alvin não ficou muito desapontado. Sentia que já começara a entrever a verdade e, em todo caso, esse não era o principal objetivo de sua visita.

Olhando para o robô que trouxera de Lys, pensou no próximo passo. Talvez a máquina reagisse com violência se soubesse o que Alvin estava planejando, então era importante que ela não percebesse seu intuito ao se dirigir ao Computador Central.

– Você pode providenciar uma zona de silêncio? – perguntou ele.

Instantaneamente, ele teve aquela inconfundível sensação de "inatividade", o pleno amortecimento de todos os sons quando uma pessoa estava em uma dessas zonas. A voz do Computador, curiosamente monótona e sinistra, falou:

– Ninguém pode nos ouvir agora. Diga o que quiser.

Alvin fitou o robô ainda estático. Talvez não suspeitasse de nada, e ele estivera bastante errado ao imaginar que aquela coisa tivesse planos próprios. Talvez o tivesse seguido a Diaspar como um criado fiel e crédulo e, se assim fosse, o que o rapaz estava planejando parecia um truque particularmente grosseiro.

– Você deve ter ouvido falar sobre como encontrei esse robô – começou Alvin. – Ele deve ter conhecimentos preciosos sobre o passado, sobre o tempo que antecedeu a cidade como a conhecemos. Talvez ele até mesmo seja capaz de nos contar coisas de outros mundos além da Terra, já que viajou com o Mestre. Infelizmente, seus circuitos de fala estão bloqueados. Não imagino o porquê desse bloqueio, mas estou pedindo que o elimine – explicou em uma voz abafada e cavernosa, uma vez que a zona de silêncio absorvia cada palavra antes que formasse um eco.

Ele esperou, dentro daquele vácuo invisível e desprovido de reverberações, que seu pedido fosse atendido ou rejeitado.

– Sua ordem envolve dois problemas – respondeu o Computador. – Um de ordem moral, o outro, técnico. Esse robô foi projetado para obedecer às ordens de determinado homem. Que direito tenho eu de passar por cima delas?

Alvin previra a pergunta e preparara várias respostas.

– Nós não sabemos qual foi o formato exato da proibição do Mestre – replicou. – Se você conversar com ele, talvez o convença de que as circunstâncias em que o bloqueio foi imposto mudaram.

Uma abordagem óbvia, claro. O próprio Alvin a tentara, sem êxito, mas esperava que o Computador Central, com recursos mentais infinitamente maiores, pudesse realizar o que ele não conseguira.

– Isso depende totalmente da natureza do bloqueio. É possível criar um bloqueio que, se adulterado, apagará o conteúdo das células da memória. Porém, acho pouco provável que o Mestre tivesse competência suficiente para uma coisa dessas; isso requer técnicas especializadas. Vou perguntar à sua máquina se foi configurado um circuito de eliminação em suas unidades de memória.

– Mas e se a mera *pergunta* sobre a existência de um circuito de eliminação causar a destruição da memória? – perguntou Alvin, de repente alarmado.

– Existe um procedimento padrão para esses casos, o qual irei seguir. Configurarei instruções secundárias, dizendo à máquina que ignore a minha pergunta caso ocorra uma situação desse tipo. Então será simples assegurar se ela vai se envolver em um paradoxo lógico, de forma que, se responder ou não disser nada, será forçada a desobedecer às instruções. Nesses casos, todos os robôs agem da mesma maneira, para proteção própria: limpam seus circuitos de entrada como se nenhuma pergunta tivesse sido feita.

Alvin arrependeu-se de ter levantado essa questão e, após um momento de conflito interno, decidiu que também adotaria as mesmas táticas, fingindo que nunca fizera a pergunta. Pelo menos se sentia tranquilo em um aspecto: o Computador Central estava totalmente preparado para lidar com quaisquer armadilhas nas unidades de memória do robô. Alvin não queria ver a máquina reduzida a uma pilha de sucata; em vez disso, ele a devolveria de bom grado, com todos os segredos intactos, a Shalmirane.

Esperou com tanta paciência quanto pôde enquanto o silencioso e impalpável encontro de intelectos acontecia, duas mentes criadas pelo engenho humano na era dourada das maiores conquistas havia muito perdidas. E naquele instante ambos estavam além da plena compreensão de qualquer pessoa viva.

Muitos minutos depois, a voz cavernosa e anecoica do Computador Central voltou a falar.

– Estabeleci um contato parcial – ele explicou. – Pelo menos sei qual é a natureza do bloqueio e por que foi imposto. Só existe uma maneira de rompê-lo: quando os Grandiosos vierem à Terra esse robô falará novamente.

– Mas isso é loucura! – protestou Alvin. – O outro discípulo do Mestre acreditava neles também e tentou nos explicar como eram. Na maior parte do tempo falavam baboseiras. Os Grandiosos nunca existiram e nunca vão existir.

Diante de um impasse total, Alvin tinha uma sensação de desapontamento e impotência. Devido aos desejos de um homem que ensandecera e morrera cem milhões de anos atrás, estava impedido de saber a verdade.

– Você pode estar certo – comentou o Computador Central – em dizer que os Grandiosos nunca existiram. Mas isso não significa que nunca vão existir.

Seguiu-se outro longo silêncio enquanto Alvin refletia sobre o significado do comentário, enquanto a mente dos dois robôs restabelecia o delicado contato. E então, sem nenhum aviso, ele estava em Shalmirane.

17

Continuava exatamente como ele a vira pela última vez, a grande bacia de ébano absorvendo a luz do sol, mas sem refletir nada nos olhos. Alvin estava entre as ruínas da fortaleza, olhando para o lago cujas águas estáticas indicavam que o gigantesco pólipo não passava de uma nuvem dispersa de animálculos, e não mais um ser organizado e senciente.

O robô ainda estava atrás dele, mas não havia sinal de Hilvar. Alvin não teve tempo de se perguntar o significado daquilo ou de se preocupar com a ausência do amigo, pois quase de imediato ocorreu algo tão fantástico que outros pensamentos se esvaíram de sua mente.

O céu começou a se fragmentar em dois. Uma cunha fina de escuridão atravessou do horizonte ao zênite, alargando-se aos poucos como se a noite e o caos estivessem invadindo o universo. Inexoravelmente, a cunha se expandiu até englobar um quarto do céu. Apesar de todo o seu conhecimento de astronomia, Alvin não conseguia lutar contra a impressão avassaladora de que ele e seu mundo jaziam sob uma grande cúpula azul e que *alguma coisa* estava rompendo a cúpula por fora.

O crescimento da cunha noturna cessou. As forças que a haviam criado espiavam o universo de brinquedo recém-descoberto, talvez discutindo se ele merecia sua atenção. Sob aquele escrutínio cósmico, nenhuma agitação, nenhum pavor de Alvin. Ele sabia que estava diante do poder e da sabedoria, que despertavam no ser humano admiração, nunca medo.

E naquele momento haviam decidido: gastariam alguns fragmentos da eternidade com a Terra e seus povos. E se aproximavam descendo pela janela que haviam formado no céu.

Como se fossem fagulhas de alguma forja celestial, vieram flutuando para a Terra. Foram descendo cada vez mais espessas até uma cachoeira de fogo escorrer do céu e se derramar em piscinas de luz líquida assim que tocavam o solo. Alvin não precisava das palavras que lhe soaram nos ouvidos como uma bendição:

– *Os Grandiosos vieram.*

O fogo o alcançou sem o queimar. Espalhava-se por toda parte, preenchendo a grande bacia de Shalmirane com o brilho dourado. Admirado, Alvin viu que não era uma torrente amorfa de luz, pois tinha forma e estrutura, metamorfoseando-se em contornos distintos, reunindo-se em redemoinhos flamejantes distintos. Os redemoinhos giravam cada vez mais céleres sobre seus eixos, o centro elevando-se em colunas dentro das quais Alvin vislumbrou misteriosos vultos evanescentes. Desses totens brilhantes veio uma suave nota musical, infinitamente distante e assombrosamente doce.

– *Os Grandiosos vieram.*

Dessa vez, houve uma resposta. Assim que Alvin ouviu as palavras "Os criados do Mestre os saúdam. Estávamos esperando a sua chegada", soube que as barreiras haviam sido derrubadas. E, naquele momento, Shalmirane e seus estranhos visitantes se apagaram, e ele estava mais uma vez diante do Computador Central nas profundezas de Diaspar.

Fora uma ilusão, não mais real do que o mundo de fantasia das Sagas onde ele passara tantas horas de sua juventude. Mas como fora criada? De onde vieram as estranhas imagens que vira?

– Foi um problema incomum – comentou a voz baixa do Computador Central. – Eu sabia que na mente do robô deveria haver uma concepção visual dos Grandiosos. Se eu pudesse convencê-lo de que as impressões sensoriais recebidas coincidiam com essa imagem, o resto seria simples.

– E como fez isso?

– Basicamente perguntando ao robô como eram os Grandiosos e depois captando o padrão formado nos pensamentos dele, aliás, um padrão tão incompleto que precisei improvisar bastante. Uma ou duas vezes a imagem que criei começou a se distanciar muito da concepção do robô, mas, quando isso acontecia, eu podia sentir a perplexidade da máquina e modificar a imagem antes que se tornasse suspeita. Você compreende que eu podia empregar centenas de circuitos, e ele apenas um, e mudar de uma imagem para outra com tanta rapidez que nem sequer se percebia a alteração. Era uma espécie de truque de mágica: consegui saturar os circuitos sensoriais do robô e também sobrecarregar suas faculdades críticas. O que você viu foi apenas a imagem final corrigida, a que combinava melhor com a revelação do Mestre. Apesar de tosca, bastou. O robô se convenceu de que era autêntica por tempo suficiente para suspender o bloqueio e, nesse momento, consegui estabelecer contato total com a mente dele. Ela não está mais insana; vai responder a quaisquer perguntas que você fizer.

Alvin continuava em transe; o clarão daquele apocalipse espúrio lhe queimava a mente e ele não fingiu compreender de todo a explicação do Computador Central. Não importava; um milagre de terapia ocorrera, e as portas do conhecimento estavam abertas para ele entrar.

Então se lembrou da advertência do Computador Central e perguntou, ansioso:

– E as objeções morais quanto a passar por cima das ordens do Mestre?

– Descobri por que foram impostas. Quando você examinar sua história de vida em detalhes, como é capaz de fazer agora, verá que ele autoproclamava muitos milagres. Os discípulos acreditaram nele e essa convicção aumentou seu poder. Mas, claro, todos os milagres tinham alguma explicação simples... quando ocorriam de verdade. Acho assombroso que pessoas inteligentes tenham se deixado enganar dessa maneira.

– Então o Mestre era uma fraude?

– Não, não é tão simples assim. Se ele fosse um mero impostor, nunca teria alcançado tanto êxito e seu movimento não teria durado tanto tempo. Era um homem bom, que ensinava muitas coisas verdadeiras e sensatas. No final, ele acreditou nos próprios milagres, mas sabia da existência de uma testemunha que poderia refutá-los. O robô conhecia todos os segredos; era seu porta-voz e seu companheiro; porém, se fosse questionado com muita atenção, poderia destruir os alicerces do poder do Mestre. Então, ele ordenou ao robô que nunca revelasse esses segredos até o último dia do universo, quando os Grandiosos viriam. É difícil acreditar que essa combinação de trapaça e sinceridade coexistissem no mesmo homem, mas foi esse o caso.

Alvin se perguntava o que o robô sentiria quanto a se libertar dessa antiga servidão. Ele era, sem dúvida, uma máquina complexa que entenderia emoções como o ressentimento. Talvez se zangasse com o Mestre por tê-lo escravizado – e igualmente se zangasse com Alvin e com o Computador Central por ter recuperado a sanidade por meio de um truque.

A zona de silêncio cessou; não era necessário segredo. O momento esperado por Alvin enfim chegara. Virando-se para o robô, fez a pergunta que o assombrara desde que ouvira a história da saga do Mestre.

E o robô respondeu.

* * *

Jeserac e os inspetores ainda o esperavam pacientemente quando ele voltou. No alto da rampa, antes de entrarem no corredor, Alvin olhou de volta para a caverna e a ilusão foi mais intensa do que nunca. Mais abaixo estava uma cidade morta com estranhos edifícios brancos, uma cidade clareada por uma luz abundante que não fora feita para os olhos humanos. Morta até poderia ser, pois nunca vivera, mas pulsava com energias mais potentes do que qualquer uma que já avivara a matéria orgânica. Enquanto durasse o mundo, aquelas máquinas silenciosas permaneceriam ali, as mentes nunca desviadas dos pensamentos que pessoas geniais haviam lhes dado há muito tempo.

No caminho de volta para a Câmara do Conselho, apesar das tentativas de Jeserac de saber o que ocorrera, não descobriu nada sobre a conversa de Alvin com o Computador Central. Não se tratava de mera discrição da parte de Alvin: ele ainda estava maravilhado demais com o que vira, intoxicado demais com o êxito, para estabelecer qualquer conversa coerente. Jeserac precisou reunir muita paciência para esperar que Alvin saísse logo do transe.

As ruas de Diaspar estavam banhadas com uma luz que parecia pálida e débil depois do clarão da cidade das máquinas. Mas Alvin mal as viu, nem deu atenção à beleza familiar das grandes torres que passavam por ele ou aos olhares curiosos dos concidadãos. Era estranho, pensou, como tudo o que lhe acontecera levara àquele momento. Desde que conhecera Khedron, os acontecimentos pareciam ter avançado automaticamente rumo a um objetivo predeterminado. Os inspetores... Lys... Shalmirane... Em cada etapa ele poderia ter se desviado com olhos cegos, mas algo o conduzira adiante. Seria ele o criador do próprio destino ou teria sido favorecido pelo Destino? Talvez fosse só uma questão de probabilidades, do funcionamento das leis do acaso. Qualquer pessoa seria capaz de encontrar o caminho que seus pés traçaram, e incontáveis vezes nas eras passadas outros deviam ter chegado quase tão longe. Aqueles primeiros Singulares, por exemplo... o que acontecera com eles? Talvez ele fosse apenas o primeiro com sorte.

Durante todo o caminho de volta pelas ruas, Alvin estabelecia uma *conexão* cada vez mais próxima com a máquina que libertara da longa servidão. Ela sempre fora capaz de captar os pensamentos dele, mas antes ele nunca soubera se obedeceria a qualquer ordem que lhe desse. Essa incerteza desaparecera; Alvin podia conversar com ela da mesma maneira como conversaria com outro ser humano, embora, como não estava sozinho, tivesse orientado a máquina a não usar linguagem verbal, e sim imagens mentais simples que ele entendesse. Às vezes se ressentia do fato de os robôs poderem conversar livremente uns com os outros por telepatia, ao passo que o homem não podia – exceto em Lys. Com certeza outro poder que Diaspar perdera ou deixara deliberadamente de lado.

Alvin continuou a conversa silenciosa, porém um tanto unilateral, durante o tempo de espera na antessala da Câmara do Conselho. Era impossível não comparar sua situação presente com aquela em Lys, quando Seranis e seus companheiros haviam tentado fazê-lo se curvar diante da vontade deles. Esperava que não houvesse mais conflitos, mas, caso surgisse um, ele estava muito mais bem preparado.

Com um primeiro olhar para o rosto dos membros do Conselho, Alvin entendeu a decisão. Ao ouvir a súmula do presidente, não ficou surpreso nem particularmente decepcionado; não demonstrou nenhuma das emoções que os conselheiros talvez esperassem.

– Alvin – começou o Presidente –, refletimos com muito zelo sobre a situação que a sua descoberta desencadeou e chegamos a uma decisão unânime. Porque ninguém quer uma mudança no nosso estilo de vida e porque só uma vez em muitos milhões de anos nasceu alguém capaz de sair de Diaspar, mesmo que os meios existissem, o sistema do túnel para Lys é inútil e pode muito bem representar um perigo. Portanto, a entrada para a Câmara das Vias Móveis foi lacrada.

"Além do mais, como é possível existirem outras formas de sair da cidade, será feita uma busca nas unidades de memória do Monitor. E isso já começou.

"Refletimos também sobre se deveríamos tomar alguma medida em relação a você, e qual seria. Tendo em vista que é jovem e as circunstâncias peculiares da sua origem, concluímos que não deve ser censurado por suas ações. Na realidade, ao revelar um perigo potencial para o nosso estilo de vida, você prestou um serviço à cidade, e nós registramos nosso agradecimento por esse fato."

Seguiu-se um murmúrio de aclamação e expressões de agrado se espraiaram pelos rostos dos conselheiros. Uma situação difícil fora resolvida rapidamente, eles haviam evitado a necessidade de repreender Alvin e podiam seguir seus caminhos sentindo que eles, os principais cidadãos de Diaspar, haviam cumprido seu dever. Com razoável sorte, talvez demorassem séculos até o surgimento de outra necessidade.

O Presidente olhou ansioso para Alvin. Talvez esperasse que o rapaz fosse retribuir e agradecer ao Conselho por liberá-lo com tanta facilidade. Mas decepcionou-se.

– Posso fazer uma pergunta? – indagou Alvin educadamente.

– Claro.

– Suponho que o Computador Central tenha aprovado a sua medida, certo?

Em uma ocasião normal, tal pergunta seria impertinente. O Conselho não devia justificar suas decisões nem explicar como chegara a elas. Porém o Computador Central se abrira com Alvin por algum estranho motivo, o que o colocava em uma posição privilegiada.

Ficou evidente que a pergunta causara algum constrangimento, e a resposta veio de forma um tanto relutante:

– Naturalmente consultamos o Computador Central. Ele nos disse para usarmos o nosso discernimento.

Alvin esperava isso. O Computador Central talvez estivesse em conferência com o Conselho ao mesmo tempo em que conversava com ele – ao mesmo tempo, na verdade, em que acompanhava um milhão de outras tarefas em Diaspar. Ele sabia, assim como Alvin, que qualquer decisão do Conselho não teria importância. O futuro fugira totalmente do controle do Conselho no exato momento em que, em ditosa ignorância, ele decidira que a crise fora resolvida com segurança.

Alvin não tinha nenhuma sensação de superioridade, nem um pouco da doce antecipação do triunfo iminente quando fitou aqueles velhos tolos que se achavam os governantes de Diaspar. O rapaz encontrara o verdadeiro governante da cidade e falara com ele no sombrio silêncio de um mundo brilhante e escondido. O encontro eliminara a maior parte da arrogância de sua alma, mas ainda restara o bastante para uma empreitada final que superaria tudo o que acontecera antes.

Ao deixar o Conselho, Alvin se perguntou se os membros haviam se surpreendido com a sua aceitação calada, com a sua falta de indignação ao saber do fechamento do caminho para Lys. Os inspetores não o acompanharam; ele não estava mais em observação, pelo menos não de maneira tão aberta. Apenas Jeserac o seguiu para fora da Câmara do Conselho e nas ruas coloridas e apinhadas.

– Bem, Alvin – disse ele. – Você teve o melhor dos comportamentos, mas não pode me enganar. O que está planejando?

Alvin sorriu.

– Eu sabia que você ia desconfiar de alguma coisa. Se vier comigo, vou mostrar por que o caminho subterrâneo para Lys não importa mais. E ainda existe outro experimento que quero tentar. Não vai prejudicá-lo, mas o senhor pode não gostar.

– Muito bem. Eu supostamente deveria continuar sendo o seu tutor, mas parece que os papéis se inverteram. Para onde vai me levar?

– Vamos para a Torre de Loranne e eu vou mostrar ao senhor o mundo fora de Diaspar.

Jeserac empalideceu, mas se manteve firme. Então, talvez não confiando em palavras, aquiesceu com um aceno tenso e seguiu Alvin até a superfície de uma via móvel, que deslizava suavemente.

O tutor não demonstrou medo durante a caminhada pelo túnel onde o vento gelado soprava eternamente para dentro de Diaspar. O túnel mudara: a grade de pedra que boqueara o acesso ao mundo exterior desaparecera. Desprovida de propósito estrutural, o Computador Central a removera a pedido de Alvin. Mais tarde, poderia instruir o Monitor a se lembrar da grade de novo e trazê-la de volta. Por ora, o túnel estava aberto, sem grades e sem proteção, na íngreme parede externa da cidade.

Só quando Jeserac estava quase no final do duto de ar é que percebeu que o mundo exterior estava logo ali. Olhou para o círculo de céu cada vez maior, os passos cada vez mais inseguros, até enfim cessarem. Alvin se lembrou de como Alystra saíra correndo daquele mesmo ponto e pensou se conseguiria induzir Jeserac a dar mais algum passo.

– Só estou pedindo para o senhor *olhar* – implorou ele –, não é para sair da cidade. Com certeza consegue fazer isso!

Em Airlee, durante a breve estada, Alvin vira uma mãe ensinando o filho a andar, uma cena irresistível que lhe aflorou à mente enquanto persuadia Jeserac a caminhar pelo corredor, tecendo comentários de encorajamento à medida que o tutor avançava relutante passo a passo. Jeserac, diferente de Khedron, não era covarde. Estava preparado para lutar contra a sua compulsão, mas era um confronto desesperado. Alvin se sentiu quase tão exausto quanto o homem mais velho até enfim Jeserac chegar a um ponto de onde poderia ver toda a extensão ininterrupta do deserto.

Uma vez lá, o interesse e a estranha beleza da cena, tão diferente de tudo o que Jeserac já vira nesta ou em qualquer das existências anteriores, pareceu superar seus medos, claramente fascinado com a imensa paisagem das dunas de areia que rolavam e das distantes e antigas colinas. Quase anoitecia e, dentro de pouco tempo, todo aquele território seria visitado pelo escuro que nunca recaía sobre Diaspar.

– Eu pedi para o senhor vir aqui – explicou Alvin depressa, pois mal podia controlar sua impaciência – porque percebi que o senhor merece mais do que qualquer outra pessoa o direito de ver aonde as minhas viagens me levaram. Queria que visse o deserto e que também seja testemunha, para que o Conselho saiba o que eu fiz.

"Como contei ao Conselho, trouxe este robô de Lys na esperança de que o Computador Central rompesse o bloqueio imposto às suas memórias pelo homem conhecido como Mestre. Recorrendo a um truque que ainda não compreendo muito bem, o Computador conseguiu. Tenho acesso a todas as memórias desta máquina, bem como a habilidades especiais projetadas nela. Vou usar uma dessas habilidades agora. Observe."

Com uma ordem sem palavras que Jeserac nem cogitava qual seria, o robô saiu flutuando da entrada do túnel, ganhou velocidade e, dentro de segundos, não passava de um brilho metálico distante sob a luz do sol. Voava baixo sobre o deserto, atravessando as dunas de areia entrecruzadas como ondas congeladas. Jeserac tinha a inconfundível impressão de que o robô procurava algo, embora não imaginasse o quê.

Então, abruptamente, o pontinho brilhante afastou-se do deserto e repousou a pouco mais de trezentos metros do chão. Ao mesmo tempo, soltando um explosivo suspiro de satisfação e alívio, Alvin lançou para Jeserac um rápido olhar que parecia dizer: "É isso!"

De início, sem saber o que esperar, Jeserac não viu mudança alguma. Depois, quase não acreditando em seus olhos, vislumbrou uma nuvem de poeira erguendo-se devagar do deserto.

Nada é mais terrível do que a existência de um movimento onde nenhum movimento deveria ocorrer, mas Jeserac ultrapassara a surpresa ou o medo quando as dunas começaram a se separar. Sob o deserto, algo se mexia como um gigante despertando, e logo Jeserac ouviu o ruído de terra caindo e os estalos de pedra partindo-se devido a uma força indomável. Então, de repente, um gêiser lançou areia a centenas de metros no ar e o solo quase desapareceu.

Aos poucos, a poeira recomeçou a assentar sobre uma ferida irregular aberta na face do deserto. Mas Jeserac e Alvin continuavam mantendo os olhos resolutamente fixos no céu perfurado onde, poucos instantes atrás, havia apenas o robô. Naquele momento, Jeserac entendeu por que Alvin parecera tão indiferente à decisão do Conselho, por que não demonstrara nenhuma emoção quando lhe disseram que o caminho subterrâneo para Lys fora fechado.

A cobertura de terra e pedra podia macular, mas não ocultar as orgulhosas linhas da nave que ainda se elevava do deserto dilacerado. Enquanto Jeserac observava, ela foi se virando aos poucos em direção a eles, até se tornar um círculo que, muito lentamente, começou a se expandir.

Alvin começou a falar um tanto apressado, como se houvesse pouco tempo:

– O robô foi projetado para ser companheiro e criado do Mestre, e, acima de tudo, o piloto da nave. Antes de vir a Lys, ele aterrissou no porto de Diaspar, que agora está ali debaixo daquelas areias, e, mesmo naquela época, devia estar quase deserto. Acho que a nave do Mestre foi uma das últimas a chegar à Terra. Ele morou por um tempo em Diaspar antes de ir a Shalmirane. O caminho provavelmente estava livre naquele tempo. Mas o Mestre nunca mais precisou da nave, que ficou lá, esperando sob a areia durante todas essas eras. Como a própria Diaspar, como o robô, como tudo o que os construtores do passado consideraram importante, ela foi preservada pelos próprios circuitos de eternidade. Enquanto tivesse uma fonte de energia, nunca se desgastaria ou seria destruída; a imagem incorporada em suas células de memória jamais desapareceria, e essa imagem controlava sua estrutura física.

A nave estava muito próxima, à medida que o robô a guiava em direção à torre. Jeserac viu que ela tinha pouco mais de trinta metros, com ambas as extremidades pontiagudas, desprovida de janelas e aberturas, embora a grossa camada de terra tornasse impossível ter certeza disso.

De súbito, uma parte do casco se abriu salpicando terra nos homens; Jeserac entreviu um compartimento pequeno e vazio com uma segunda porta no fundo. A nave pairava a apenas trinta centímetros da boca do duto de ventilação, do qual se aproximara com muita cautela, como uma coisa viva e sensível.

– Adeus, Jeserac – disse Alvin. – Não posso voltar a Diaspar para me despedir dos meus amigos. Por favor, faça isso por mim. Diga a Eriston e Etania que espero voltar logo. Se isso não acontecer, sou grato por tudo o que fizeram. E sou grato ao senhor, mesmo que não aprove o modo como coloquei em prática as suas lições. Quanto ao Conselho, diga a eles que uma estrada um dia aberta não será fechada apenas com a aprovação de uma sentença.

* * *

A nave agora se transformara em uma mancha escura contra o céu e, de repente, Jeserac a perdeu de vista. Ele não viu a partida, mas logo ecoou dos céus o mais impressionante som que o Homem já criara: o prolongado estrondo do ar, quilômetro após quilômetro, em um túnel de vácuo perfurado de súbito no céu.

Mesmo depois de os últimos ecos terem se desvanecido no deserto, Jeserac continuava imóvel. Pensava no menino que partira, pois, para o tutor, Alvin sempre seria uma criança, a única a chegar a Diaspar desde que se rompera o ciclo de nascimento e morte muito tempo atrás. Alvin nunca cresceria, sempre encarando o universo inteiro como um brinquedo, um quebra-cabeça a ser desvendado para entretenimento próprio. E assim encontrara o melhor e mais mortal brinquedo, capaz de destruir o que restava da civilização humana – mas, fosse qual fosse o resultado, ele continuaria imerso em um jogo.

Naquele momento, o sol estava baixo no horizonte e um vento gelado soprava do deserto. Mas Jeserac continuava esperando, dominando seus medos, e logo contemplou, pela primeira vez na vida, as estrelas.

18

Mesmo em Diaspar, poucas vezes Alvin vira tanto luxo quanto o que se estendeu diante dele quando a porta interna da câmara de descompressão se abriu. O Mestre talvez tivesse sido muitas coisas, mas não asceta. Só algum tempo depois ocorreu a Alvin que todo aquele conforto talvez não fosse vã extravagância. Aquele pequeno mundo devia ter sido o lar do Mestre em muitas viagens longas entre as estrelas.

Não havia nenhum tipo de controle visível, mas a grande tela oval que revestia por completo a parede mais distante mostrava que aquele aposento não era comum. Agrupados em um semicírculo diante da tela havia três sofás baixos; no resto do ambiente se viam duas mesas pequenas e várias cadeiras acolchoadas, algumas das quais obviamente não projetadas para ocupantes humanos.

Quando se acomodou em frente à tela, Alvin olhou ao redor em busca do robô. Para sua surpresa, ele desaparecera, e só depois o rapaz o encontrou cuidadosamente guardado em um espaço sob o teto curvado. Ele guiara o Mestre pelo espaço até a Terra e então, como criado, seguira-o para Lys. Naquele instante estava pronto, como se as eras intermediárias nunca houvessem passado, para realizar suas antigas tarefas uma vez mais.

Alvin transmitiu uma ordem experimental para o robô e a tela se acendeu. À sua frente surgiu a Torre de Loranne, curiosamente diminuída e, ao que parecia, de lado. Outras tentativas lhe permitiram ver o céu, a cidade e as grandes extensões do deserto. A definição estava brilhante, quase artificialmente clara, embora não parecesse haver nenhuma ampliação de fato. Alvin fez testes por algum tempo até obter qualquer visualização que quisesse; depois, estava pronto para partir.

– Me leve para Lys. – A ordem era simples, mas como a nave podia obedecer-lhe quando nem ele fazia ideia da direção? Alvin não pensara nisso e, quando a ideia lhe ocorreu, a máquina já atravessava o deserto a uma enorme velocidade. Deu de ombros, aceitando com gratidão o fato de ter criados mais sábios do que ele.

Era difícil avaliar a escala da imagem que corria pela tela, mas muitos quilômetros deviam estar passando a cada minuto. Não muito longe da cidade, a cor do solo mudara abruptamente para um tom acinzentado, e Alvin soube que se movia sobre o leito de um dos oceanos perdidos. No passado, Diaspar devia se localizar bem perto do mar, embora não existisse qualquer indicação disso nem nos registros mais primitivos. Por mais antiga que a cidade fosse, os oceanos provavelmente haviam desaparecido muito antes de sua construção.

Centenas de quilômetros depois, o solo se elevou abruptamente e o deserto ressurgiu. Uma vez, Alvin parou a nave sobre um curioso padrão de linhas entrecruzadas que apareciam debilmente através do manto de areia. Por um momento, ele ficou intrigado; depois percebeu que olhava as ruínas de alguma cidade esquecida. Não permaneceu lá por muito tempo; partia o coração pensar que, de bilhões de pessoas, só restavam sulcos na areia.

A curva suave do horizonte estava enfim surgindo, crispando-se sobre as montanhas lá embaixo quase ao mesmo tempo em que eram avistadas. A máquina começou a desacelerar, descendo para a terra em um grande arco de cento e sessenta quilômetros de extensão. E então lá apareceu Lys, florestas e rios intermináveis em uma paisagem de beleza tão incomparável que, por algum tempo, ele não conseguiu prosseguir. A leste, as sombras cobriam a terra, sobre a qual flutuavam os grandes lagos como poças de uma noite mais escura. Mas, próximas ao pôr do sol, as águas dançavam e brilhavam por conta da luz, refletindo cores que ele jamais imaginara.

Não foi difícil localizar Airlee – por sorte, pois o robô não poderia guiá-lo mais adiante. Alvin esperara isso e alegrou-se ao descobrir alguns limites para as capacidades da máquina. Era pouco provável que ela já tivesse ouvido falar de Airlee, portanto, a posição do vilarejo nunca fora armazenada em suas células de memória.

Após alguns testes, Alvin fez a nave parar na colina que lhe dera o primeiro vislumbre de Lys. Era muito fácil controlar a máquina: bastava ele indicar seus desejos gerais e o robô cuidava dos detalhes. Talvez o robô ignorasse, pensou o rapaz, ordens perigosas ou inviáveis, embora não tivesse nenhuma intenção de dá-las se pudesse evitar. Alvin estava bastante seguro de que ninguém vira a sua chegada; achava esse um fato importante, pois não pretendia entrar em uma batalha mental contra Seranis de novo. Apesar de os planos ainda serem um tanto vagos, sabia que não corria risco até estabelecer relações amigáveis. O robô poderia agir como seu embaixador enquanto ele permanecesse seguro na nave.

Não encontrou ninguém na estrada para Airlee. Era estranho ficar sentado na nave enquanto seu campo de visão se movimentava sem esforço pela trilha familiar e em seus ouvidos ecoavam os sussurros da floresta. Não conseguira ainda se identificar de todo com o robô, e o esforço para controlá-lo ainda era considerável.

Estava quase escuro quando ele chegou a Airlee, as casinhas flutuando em poças de luz. Alvin se movia nas sombras e quase havia alcançado a casa de Seranis antes de ser descoberto. De repente, ouviu-se um zunido agudo e irritado e a visão do rapaz foi bloqueada por um turbilhão de asas. Recuou involuntariamente diante da investida, mas logo se deu conta do que acontecera: Krif manifestava seu ressentimento contra qualquer coisa que voasse sem asas.

Não querendo magoar aquela criatura bela, porém obtusa, Alvin fez o robô parar e tolerou os golpes que pareciam jorrar sobre ele. Embora estivesse confortavelmente a quase dois mil metros de distância, encolheu-se e ficou feliz quando Hilvar apareceu para investigar.

Com a aproximação do dono, Krif partiu, ainda zunindo ameaçadoramente. No silêncio, Hilvar ficou fitando o robô durante algum tempo; depois sorriu.

– Oi, Alvin – disse ele. – Que coisa boa você voltar. Ou ainda está em Diaspar?

Não pela primeira vez, Alvin sentiu uma admiração invejosa pela rapidez e precisão mental de Hilvar.

– Não – respondeu ele, notando enquanto falava a clareza com que o robô ecoava a sua voz. – Estou em Airlee, não muito longe. Mas vou ficar aqui por enquanto.

Hilvar riu.

– Acho melhor assim. Seranis perdoou você, mas a Assembleia... Bom, essa é outra história. Está acontecendo uma conferência neste momento, a primeira que já tivemos em Airlee.

– Você quer dizer – perguntou Alvin – que os seus conselheiros vieram para cá em carne e osso? Com poderes telepáticos, achei que as reuniões físicas não ocorriam.

– São raras, mas em determinadas ocasiões parecem convenientes. Não conheço a natureza exata da crise, mas três senadores já estão aqui e os demais devem chegar em breve.

Alvin acabou sorrindo ao constatar como os acontecimentos em Diaspar se espelhavam ali. Aonde fosse, ele parecia deixar um rastro de consternação e desassossego. Então, sugeriu:

– Acho que seria boa ideia se eu pudesse conversar com essa Assembleia, contanto que esteja seguro.

– Seria seguro para você mesmo vir aqui – retrucou Hilvar – se a Assembleia prometer não tentar controlar sua mente mais uma vez. Caso contrário, eu ficaria onde você está. Vou levar o seu robô aos senadores. Eles vão ficar meio aborrecidos de vê-lo.

Alvin reviveu a entusiástica, porém traiçoeira, sensação de deleite e animação enquanto seguia Hilvar para dentro da casa. Ia se encontrar com os governantes de Lys em condições mais igualitárias; apesar de não guardar rancor deles, era muito agradável saber que se tornara o senhor da situação, no comando de poderes dos quais até agora não tirara todo o proveito.

A porta da sala de conferência estava trancada e levou algum tempo até Hilvar conseguir chamar a atenção. As mentes dos senadores, ao que parecia, estavam tão completamente focadas que era difícil interromper suas deliberações. Então as portas se abriram, deslizando relutantemente, e Alvin fez o robô entrar rápido na câmara.

Três senadores ficaram paralisados nos assentos enquanto a máquina flutuava na direção deles, mas no rosto de Seranis perpassou apenas uma leve centelha de surpresa. Talvez Hilvar já houvesse lhe mandado algum aviso, ou talvez ela esperasse que, mais cedo ou mais tarde, Alvin voltaria.

– Boa noite – disse ele educadamente, como se sua presença ali fosse a coisa mais natural do mundo. – Decidi voltar.

A surpresa de todos com certeza superou suas expectativas. Um dos senadores, um jovem de cabelo grisalho, foi o primeiro a se recuperar.

– Como chegou até aqui? – arquejou ele.

O motivo para o seu espanto era óbvio. Assim como Diaspar fizera, Lys também devia ter suspendido o funcionamento do transporte subterrâneo.

– Bem, eu vim para cá exatamente do mesmo jeito que da última vez – respondeu Alvin, incapaz de resistir à chance de se divertir à custa deles.

Dois dos senadores olharam fixamente para o terceiro, que fez um gesto amplo com as mãos, demonstrando perplexa resignação. Então o jovem que havia se dirigido a Alvin voltou a falar:

– Você não teve nenhuma... dificuldade? – perguntou.

– Nenhuma – respondeu Alvin, determinado a aumentar a desorientação deles. E constatou que conseguira. – Voltei – continuou ele – por vontade própria e porque tenho notícias importantes para vocês. Porém, considerando a nossa divergência anterior, vou ficar fora de vista por enquanto. Se eu aparecer em pessoa, prometem não tentar restringir meus movimentos de novo?

Ninguém disse nada por algum tempo e Alvin ficou imaginando os pensamentos que trocavam. Então Seranis falou em nome do grupo:

– Não vamos tentar controlar você outra vez, mesmo eu achando que não conseguimos antes.

– Muito bem – replicou Alvin –, vou chegar em Airlee o mais rápido que puder.

Ele esperou a volta do robô. Depois, com muita cautela, deu instruções à máquina e a fez repeti-las. Seranis, ele estava bastante seguro, seria fiel ao que prometera; não obstante, ele preferia salvaguardar a rota de fuga.

A câmara de descompressão se fechou silenciosamente quando ele saiu da nave. Um momento depois, um "silvo" sussurrante, como um longo arquejo de surpresa, acompanhou o movimento do ar abrindo caminho para a nave que se elevava. Por um momento, uma sombra encobriu as estrelas; então, a nave sumiu.

Só então Alvin percebeu que cometera um ligeiro, porém irritante, erro de cálculo, com potencial de arruinar os melhores planos. Esquecera-se de que os sentidos do robô eram mais aguçados que os seus, e a noite estava muito mais escura do que esperara. Mais de uma vez perdeu a trilha por completo e várias vezes quase colidiu com as árvores. A floresta mergulhava na escuridão e uma vez alguma coisa bem grande veio pelo matagal em sua direção. Com um ligeiro estalo de galhos, surgiram dois olhos de esmeralda na altura de sua cintura, fitando-o com firmeza. Ele gritou baixinho e uma língua incrivelmente comprida roçou-lhe a mão. Um instante depois, um corpo vigoroso esfregou-se afetuosamente nele e partiu sem emitir som algum. Alvin não fazia ideia do que poderia ser.

Logo as luzes do vilarejo reluziram por entre as árvores mais adiante, mas ele não precisava mais da orientação delas, pois a trilha sob os seus pés se tornara um rio de um tênue fogo azul. O musgo sobre o qual caminhava era luminoso, e suas pegadas deixavam atrás deles marcas escuras que aos poucos desapareciam. Era uma visão linda e arrebatadora e, quando Alvin se inclinou para arrancar um pouco do estranho musgo, a vegetação brilhou por alguns minutos em suas mãos antes de a luminosidade desvanecer.

Hilvar o encontrou pela segunda vez do lado de fora da casa e, pela segunda vez, apresentou-o a Seranis e aos senadores. Cumprimentaram-no com uma espécie de respeito relutante; se queriam saber para onde teria ido o robô, não fizeram nenhum comentário.

– Lamento muito – começou Alvin – por ter sido obrigado a sair do seu país de uma maneira tão indigna. Talvez se interessem em saber que minha partida foi quase tão difícil quanto fugir de Diaspar... – Ele esperou até o comentário ser assimilado, depois acrescentou sem demora: – Contei ao meu povo tudo sobre Lys, sempre tentando dar uma impressão favorável. Mas Diaspar não quer ter contato com vocês. Apesar de tudo o que eu disse, ela quer evitar a contaminação com uma cultura inferior.

Foi muito satisfatório observar a reação dos senadores e até mesmo a cortês Seranis corou de leve ao ouvir tais palavras. Se ele conseguisse deixar Lys e Diaspar mutuamente irritadas, pensou, seu problema estaria mais do que meio resolvido. Cada uma estaria tão ávida para provar a superioridade de seu estilo de vida que as barreiras entre ambas em pouco tempo ruiriam.

– Por que voltou a Lys? – perguntou Seranis.

– Porque quero convencer vocês, assim como Diaspar, de que cometeram um erro. – Ele não acrescentou o outro motivo: em Lys estava seu único amigo de verdade, aquele de cuja ajuda precisava.

Os senadores continuavam calados, à espera de que o rapaz continuasse, e ele sabia que nos olhos e nos ouvidos de todos ali se ocultavam muitas outras inteligências. Alvin era o representante de Diaspar, e Lys inteira estava julgando-o. Sentia-se humilde diante de tanta responsabilidade. Então, organizou os pensamentos e começou a falar.

Seu assunto se centrou em Diaspar. Retratou a cidade como a vira pela última vez, sonhando no seio do deserto, as torres reluzindo como arco-íris cativos contra o céu. Do repositório da memória, recordou as canções dos poetas do passado em louvor a Diaspar e falou dos incontáveis homens que haviam dedicado a vida ao incremento da beleza do lugar. Ninguém, ele disse, jamais esgotaria os tesouros da cidade, por mais que vivesse. Sempre haveria alguma coisa nova. Por algum tempo, ele descreveu algumas das maravilhas que o povo de Diaspar havia forjado; tentou fazê-los vislumbrar pelo menos a beleza criada pelos artistas do passado para a eterna admiração das pessoas. E ele se perguntava, meio nostálgico, se seria mesmo verdade que a música de Diaspar foi o último som que a Terra transmitira para as estrelas.

Eles o ouviram até o fim, sem interrupção nem questionamentos. Terminou o relato muito tarde, mais exaurido do que nunca. O esforço e a agitação do longo dia haviam enfim surtido efeito e, de repente, Alvin adormeceu.

Acordou em um cômodo estranho e demorou um pouco até se lembrar de que não estava mais em Diaspar. À medida que a consciência voltava, também se intensificava a luz à sua volta, e logo estava banhado pela suave luminosidade fria do sol matutino infiltrando-se pelas paredes agora transparentes. Em um estado de semiconsciência sonolenta, recordava os acontecimentos do dia anterior, perguntando-se que forças havia colocado em movimento.

Com um som suave e musical, uma das paredes começou a se dobrar de um modo tão complicado que enganava seus olhos. Hilvar entrou pela abertura que se formara e olhou para Alvin com uma expressão meio de divertimento, meio de preocupação.

– Agora que você está acordado, Alvin – falou ele –, talvez possa pelo menos me contar qual será o seu próximo passo e como conseguiu voltar para cá. Os senadores acabaram de sair para verificar o transporte subterrâneo. Eles não conseguem entender como você conseguiu voltar por lá. Voltou mesmo por lá?

Alvin saltou da cama e espreguiçou-se.

– Talvez seja melhor a gente alcançá-los – respondeu ele. – Não quero que percam tempo. Sobre sua pergunta, daqui a pouco vou mostrar a resposta.

Eles já haviam chegado quase ao lago quando alcançaram os três senadores e os dois grupos se cumprimentaram de um modo meio constrangido. O Comitê de Investigação percebeu que Alvin sabia aonde estavam indo e o encontro inesperado os deixara claramente perplexos.

– Receio que eu os tenha enganado ontem à noite – disse Alvin, animado. – Não vim para Lys pela rota antiga, então, fechá-la é desnecessário. Na realidade, o Conselho de Diaspar também fechou a ponta de lá com a mesma falta de êxito.

As expressões dos senadores indicavam perplexidade enquanto solução após solução perpassava seus cérebros.

– E como foi que você *chegou* aqui? – perguntou o líder. De repente, os olhos do homem brilharam em uma súbita compreensão, e Alvin soube que ele começara a entrever a verdade. O rapaz se perguntava se o líder interceptara o comando mental que acabara de mandar pelas montanhas. Mas não disse nada e apenas apontou em silêncio para o céu ao norte.

Em um movimento rápido demais para o olho acompanhar, uma agulha de luz prateada formou um arco no céu, deixando um rastro incandescente de mil e seiscentos metros. Pouco mais de seis mil metros acima de Lys, ela parou, sem desaceleração, sem frenagem lenta daquela velocidade colossal. Só parou instantaneamente, de forma que o olho que a estivera acompanhando se moveu por um quarto do céu antes que o cérebro conseguisse captar seu movimento. Desceu dos céus um estrondo potente, o barulho do ar açoitado e fendido pela violência da passagem da nave. Pouco depois, a própria nave, reluzindo esplendidamente à luz solar, repousou em uma colina a cerca de noventa metros de distância.

Era difícil dizer quem estava mais surpreso, mas Alvin foi o primeiro a se recuperar. Enquanto andavam – quase correndo – em direção à espaçonave, ele ficou pensando se a viagem seria sempre tão meteórica. A ideia era desconcertante, embora não houvesse sentido movimento algum em sua primeira viagem. Consideravelmente mais intrigante, porém, era o fato de que, um dia antes, aquela criatura resplandecente estava escondida sob uma grossa camada de rocha dura como o ferro, o revestimento que ela ainda conservava ao se soltar do deserto. Só quando Alvin se aproximou da nave e queimou os dedos ao pousá-los de modo descuidado sobre o casco enfim entendeu o que acontecera. Perto da popa, ainda havia vestígios de terra, mas eles haviam se transformado em lava. Todo o resto fora levado, deixando descoberto o obstinado invólucro que nem o tempo nem nenhuma força natural jamais poderiam tocar.

Com Hilvar ao lado, Alvin postou-se diante da porta e olhou para os senadores calados. Imaginou o que estariam pensando – o que, na verdade, Lys inteira estaria pensando. Com base em nas expressões de seus rostos, quase parecia que nem sequer conseguiam pensar...

– Eu vou para Shalmirane – afirmou Alvin –, e vou voltar a Airlee daqui a mais ou menos uma hora. Mas isso é só o começo e, enquanto estou longe, quero que pensem em algo.

"Esta não é uma nave comum daquelas onde as pessoas viajavam pela Terra. É uma espaçonave, e uma das mais rápidas já construídas. Se quiserem saber onde a encontrei, a resposta está em Diaspar. Mas vão ter que ir até lá, pois Diaspar jamais virá até vocês."

Ele se virou para Hilvar e fez um gesto indicando a porta. Hilvar hesitou apenas por um momento, olhando uma vez para trás, para a paisagem familiar. Depois entrou na câmara de descompressão.

Os senadores ficaram observando até a nave, naquele momento se movendo bem devagar (pois tinha um caminho curto a percorrer), desaparecer na direção sul. Então o jovem grisalho que liderava o grupo encolheu os ombros filosoficamente, virou-se para um dos colegas e disse:

– Você sempre se opôs a nós por querer mudanças e até agora venceu. Mas não acho que o futuro esteja com nenhum dos nossos grupos agora. Tanto Lys quanto Diaspar chegaram ao final de uma era e temos que aproveitá-la ao máximo.

– Receio que você esteja certo – veio a soturna resposta. – Isto é uma crise, e Alvin sabia o que estava dizendo quando nos falou para irmos a Diaspar. Eles sabem sobre nós agora, então nos escondermos perdeu o sentido. Acho que seria melhor entrarmos em contato com os nossos primos... Talvez os encontremos mais ansiosos por cooperar agora.

– Mas o transporte subterrâneo está fechado nas duas extremidades!

– Podemos abrir o nosso lado; não vai demorar muito para Diaspar fazer o mesmo.

As mentes dos senadores, as que estavam em Airlee e as que se espalhavam por toda a vastidão de Lys, refletiram sobre a proposta e detestaram-na. Mas não encontraram nenhuma alternativa.

Mais cedo do que esperava, a semente que Alvin plantara estava começando a florescer.

As montanhas continuavam nadando na sombra quando chegaram a Shalmirane. Do alto, a grande bacia da fortaleza afigurava-se tão pequena que parecia impossível o destino da Terra um dia ter dependido daquele diminuto círculo de ébano.

Assim que a nave sob o comando de Alvin pousou entre as ruínas à beira do lago, a desolação tomou conta dele, desencorajando-lhe a alma. Ele abriu a câmara de descompressão e a calmaria do lugar penetrou na nave. Hilvar, que quase não falara durante o voo inteiro, perguntou baixinho:

– Por que veio aqui de novo?

Alvin não respondeu até terem quase chegado à margem do lago. Então falou:

– Eu queria te mostrar como era a nave. E também tinha esperanças de que o pólipo pudesse ter voltado à vida. Sinto que tenho uma dívida com ele e quero contar o que descobri.

– Nesse caso – retorquiu Hilvar –, você vai ter que esperar. Voltou cedo demais.

Alvin sabia disso. Arriscara uma chance remota e não ficou desapontado diante do fracasso. As águas do lago estavam inertes, desprovidas do ritmo constante que tanto os intrigara na primeira visita. Ele se ajoelhou à beira da água e espreitou as profundezas frias e escuras.

Minúsculos sinos translúcidos, arrastando tentáculos quase invisíveis, flutuavam de um lado para o outro sob a superfície. Alvin mergulhou a mão e pegou um. Deixou-o cair de imediato com uma ligeira exclamação de aborrecimento. Ele o ferroara.

Um dia – talvez dali a anos, talvez dali a séculos – aquelas medusas irracionais se reagrupariam e o grande pólipo renasceria quando suas memórias se conectassem e sua consciência voltasse. Alvin imaginava como o pólipo receberia as descobertas que ele fizera. Talvez não se alegrasse ao descobrir a verdade sobre o Mestre. Talvez se recusasse a admitir que todas as eras de espera haviam sido em vão.

Mas teriam sido mesmo? Por mais iludidas que estivessem aquelas criaturas, elas haviam recebido a recompensa pela longa vigília. Como por milagre, eles haviam guardado do passado um conhecimento que, de outra forma, poderia ter se perdido para sempre. Finalmente descansariam, e o credo que tanto cultivaram seguiria o caminho de um milhão de outras fés que um dia haviam se acreditado eternas.

19

Hilvar e Alvin caminharam em silêncio reflexivo de volta para a nave e logo a fortaleza mais uma vez mergulhou em uma sombra escura entre as colinas. Ela se reduziu rapidamente até virar um olho preto sem pálpebras, para sempre fitando o espaço, e em pouco tempo eles a perderam no grande panorama de Lys.

Alvin não checou a máquina; mesmo assim eles subiram até que toda a Lys se estendesse lá embaixo, uma ilha verde em um mar ocre. Nunca antes Alvin voara tão alto. Quando enfim pararam, conseguiam vislumbrar o semicírculo inteiro da Terra. Lys estava diminuta, uma mera mancha esmeralda contra o deserto enferrujado – mas bem longe na curva do globo, alguma coisa reluzia como uma joia multicolorida. E então, pela primeira vez, Hilvar viu Diaspar.

Eles ficaram um longo tempo observando a Terra girar lá embaixo. De todas as competências do Homem, sem dúvida essa era a que jamais poderiam se dar ao luxo de perder. Alvin gostaria de mostrar o mundo como o via naquele momento para os governantes de Lys e Diaspar.

– Hilvar – ele disse enfim –, você acha que estou agindo certo?

A pergunta surpreendeu o amigo, que não suspeitava das repentinas dúvidas que às vezes dominavam Alvin e ainda desconhecia o encontro dele com o Computador Central e o impacto resultante. Não era uma pergunta fácil de se responder friamente: como Khedron, embora com menos razão, Hilvar sentia que seu caráter estava submergindo, irremediavelmente sugado para o vórtice que Alvin deixava em sua jornada pela vida.

– Acredito que sim – respondeu Hilvar lentamente. – Os nossos povos viveram separados tempo demais. – Isso, pensou ele, era verdade, apesar de saber que a resposta vinha permeada de sentimento.

Mas Alvin, ainda preocupado, disse em um tom de voz apreensivo:

– Existe um problema que me incomoda, a diferença entre a duração das nossas vidas. – Ele se calou, mas cada um dos dois sabia o que o outro estava pensando.

– Ando preocupado com isso também – admitiu Hilvar –, mas acho que o problema se resolverá com o tempo, quando nossos povos se reencontrarem. Impossível *os dois* estarem certos: as nossas vidas talvez sejam curtas demais, e as suas com certeza longas demais. Um dia, vamos chegar a um acordo.

Alvin ficou pensando. A única esperança estava mesmo nesse caminho, mas as eras de transição seriam difíceis. Ele relembrou as amargas palavras de Seranis: *Tanto ele como eu vamos ter morrido há séculos enquanto você continuará jovem.* Muito bem, ele aceitaria as condições. Mesmo em Diaspar, todas as amizades encontravam-se sob a mesma sombra: uma centena ou um milhão de anos faria pouca diferença no final das contas.

Alvin sabia, com uma certeza que ultrapassava toda lógica, que o bem-estar da raça humana exigia a mistura das duas culturas. Nesse caso, pouco importava a felicidade individual. Por um momento, Alvin viu a humanidade como algo além do contexto de sua própria vida e aceitou sem pestanejar a infelicidade que sua escolha deveria trazer um dia.

Lá embaixo, o mundo continuava em giros infinitos. Sentindo o estado de espírito do amigo, Hilvar não disse nada até que, pouco tempo depois, Alvin, rompendo o silêncio, falou:

– Quando saí de Diaspar pela primeira vez, nem imaginava o que encontraria. Lys já me satisfez... Mais do que me satisfez. Porém, agora tudo na Terra parece pequeno e irrelevante. Cada descoberta levantou questões maiores e abriu horizontes mais amplos. E me pergunto qual será o resultado disso tudo...

Hilvar, que nunca vira Alvin tão pensativo, não quis interromper o solilóquio do amigo, a respeito de quem descobrira muita coisa nos últimos minutos.

– O robô me contou – continuou Alvin – que esta nave consegue chegar aos Sete Sóis em menos de um dia. Você acha que eu deveria ir?

– Você acha que eu deveria impedi-lo? – replicou Hilvar em voz baixa.

Alvin sorriu.

– Isso não é resposta – retorquiu ele. – Quem sabe o que existe lá no espaço? Os Invasores podem ter abandonado o Universo, mas talvez haja outras inteligências hostis ao ser humano.

– Por que existiriam? – perguntou Hilvar. – Os nossos filósofos vêm debatendo há eras essa pergunta. É pouco provável que uma raça verdadeiramente inteligente seja hostil.

– Mas os Invasores...?

– São um enigma, eu admito. Se eles eram mesmo violentos, devem ter se destruído a esta altura. E mesmo que não tiverem... – Hilvar apontou para os desertos intermináveis lá embaixo. – Um dia, tivemos um Império. O que temos agora que eles poderiam cobiçar?

Alvin se surpreendeu com a manifestação de um ponto de vista tão similar ao dele.

– O seu povo pensa assim? – perguntou.

– Só uma minoria. As pessoas comuns não se preocupam com isso, mas provavelmente diriam que, se os Invasores realmente quisessem destruir a Terra, teriam feito isso eras atrás. Não acho que alguém tenha medo deles de verdade.

– As coisas são bastante diferentes em Diaspar – falou Alvin. – O meu povo é muito covarde, morrem de medo de sair da cidade e não sei o que vai acontecer quando souberem que localizei uma espaçonave. Jeserac já deve ter contado ao Conselho, e eu gostaria de saber o que estão fazendo.

– Eu posso responder. O Conselho está se preparando para receber a primeira delegação de Lys. Seranis acabou de me contar.

Alvin observou de novo a tela. Podia abarcar a distância entre Lys e Diaspar com uma única olhada. Embora houvesse alcançado um de seus objetivos, essa conquista parecia coisa pequena naquele instante. No entanto, ele se sentia muito feliz: com certeza, as longas eras de isolamento estéril terminariam.

Saber do êxito naquilo que antes fora sua principal missão dissipou as últimas dúvidas de Alvin. Ele cumprira seu propósito na Terra de forma mais rápida e mais completa do que ousara esperar. O caminho estava aberto para o que poderia ser a sua última, e sem dúvida a maior, aventura.

– Você viria comigo, Hilvar? – indagou ele, consciente do que estava pedindo.

Hilvar olhou para ele, decidido.

– Não precisava perguntar, Alvin – respondeu. – Falei para Seranis e para os meus amigos que ia embora com você... já faz uma hora.

Eles estavam bem no alto quando Alvin deu ao robô as instruções finais. A nave estava parada, e via-se a Terra a cerca de mil e seiscentos quilômetros abaixo, quase preenchendo o céu. Parecia pouco convidativa. Alvin se perguntava quantas naves no passado pairaram ali por algum tempo e depois seguiram caminho.

Uma pausa considerável sugeriu que o robô verificava os controles e circuitos que não eram operados havia eras geológicas. Depois ouviu-se um som muito suave, o primeiro que Alvin já ouvira de uma máquina, um zunido ínfimo que foi aumentando rapidamente oitava a oitava até se perder no limite da audição. Não houve nenhuma sensação de mudança ou movimento, mas de repente ele notou que as estrelas desfilavam pela tela. A Terra reapareceu e passou rolando... depois apareceu outra vez em uma posição um pouco diferente. A nave estava "caçando", girando no espaço como o ponteiro de uma bússola procurando o norte. Durante minutos, o céu virou e rodopiou até a nave por fim parar, um projétil gigantesco apontado para as estrelas.

No centro da tela, irrompeu a beleza do grande anel dos Sete Sóis nos tons do arco-íris. Um pouco da Terra continuava visível enquanto um semicírculo escuro se deslocava com o carmim e o dourado do pôr do sol. Estava acontecendo algo, Alvin sabia, diferente de toda a sua experiência. Esperou, agarrado ao assento, enquanto se passavam os segundos e os Sete Sóis brilhavam na tela.

Sem qualquer barulho, só um deslocamento repentino que pareceu turvar a visão – a Terra havia desaparecido como se uma mão gigantesca a houvesse arrebatado. Estavam sozinhos no espaço, sozinhos com as estrelas e um sol estranhamente reduzido. A Terra desvanecera como se nunca houvesse existido.

Repetiu-se aquele deslocamento acompanhado do mais ínfimo dos ruídos, como se, pela primeira vez, os geradores dispendessem uma fração considerável da sua capacidade. No entanto, por um instante, pareceu que nada havia acontecido; então Alvin percebeu o desaparecimento do próprio sol e o passar lento das estrelas pela nave. Olhou para trás por um momento e... viu apenas o nada. Todos os céus haviam sumido por completo, obliterados por um hemisfério noturno. Enquanto observava, vislumbrava as estrelas mergulhando nele e desaparecendo como fagulhas caindo na água. A nave viajava muito mais rápido do que a luz, e Alvin compreendeu que já não estava no espaço familiar da Terra e do Sol.

Na terceira ocorrência do deslocamento repentino e vertiginoso, os batimentos cardíacos do rapaz quase cessaram. O estranho turvamento da vista era inconfundível agora; por um momento distorceu os arredores a ponto de ficarem irreconhecíveis. O significado dessa situação veio-lhe em um lampejo de percepção que ele não conseguia explicar. Era real, não mera ilusão óptica. De algum modo, ele discernia, enquanto passava pelo estreito filme do Presente, as mudanças ocorrendo no espaço à sua volta.

No mesmo instante, o murmúrio dos geradores aumentou, transformando-se em um estrondo que chacoalhava a nave – um barulho duplamente impressionante, o primeiro grito de protesto que Alvin já ouvira de uma máquina. Então terminou tudo e o súbito silêncio parecia ecoar em seus ouvidos. Os grandes geradores haviam cumprido seu trabalho; não seriam mais necessários até a próxima viagem. As estrelas à frente chamejaram em um tom branco azulado e desvaneceram no ultravioleta. No entanto, por alguma mágica da Ciência ou da Natureza, os Sete Sóis continuavam visíveis, embora com posições e cores sutilmente modificadas. A nave se deslocava em direção a elas por um túnel de escuridão além dos limites do tempo e do espaço a uma velocidade rápida demais para a mente assimilar.

Era difícil acreditar que haviam sido expulsos do Sistema Solar a uma velocidade que, a menos que fosse verificada, logo os levaria pelo coração da Galáxia e para um vazio mais completo além. Nem Alvin nem Hilvar conseguiam conceber a real imensidão de sua viagem. As grandes Sagas de exploração haviam mudado completamente a perspectiva do Homem quanto ao universo e, mesmo naquele momento, milhões de séculos depois, ecoavam as antigas tradições. Um dia houvera uma nave, sussurrava a lenda, que circunavegara o Cosmos entre o nascer e o pôr do sol. Os bilhões de quilômetros entre as estrelas não significavam nada diante de tais velocidades. Para Alvin, aquela viagem era só um pouquinho mais longa, e talvez menos perigosa, do que sua primeira viagem a Lys.

Hilvar deu voz aos pensamentos dos dois à medida que o brilho dos Sete Sóis foi lentamente se intensificando mais à frente.

– Alvin – comentou ele –, aquela formação não pode ser natural.

O outro concordou.

– Estou pensando a mesma coisa faz muito tempo, mas ainda parece fantástico.

– Esse sistema pode não ter sido construído pelo Homem – concordou Hilvar –, mas parece criado por uma inteligência. A natureza jamais formaria esse círculo perfeito de estrelas, todas igualmente brilhantes. E não existe mais nada no universo visível como o Sol Central.

– Por que construiriam uma coisa dessas?

– Ah, imagino muitas razões. Talvez seja um sinal para que qualquer nave estranha entrando no nosso universo saiba onde procurar vida. Talvez marque o centro da administração galáctica. Ou talvez… E, de algum modo, sinto que esta é a verdadeira explicação… seja simplesmente a maior de todas as obras de arte. Mas é tolice especular agora. Em algumas horas, saberemos a verdade.

Saberemos a verdade. Talvez, pensou Alvin, mas quanto dessa verdade vamos um dia saber? Soava bem estranho que, enquanto saía de Diaspar, e na verdade da própria Terra, a uma velocidade além de toda compreensão, sua mente se voltasse mais uma vez para o mistério de sua origem. Contudo, talvez não fosse tão surpreendente. Ele aprendera muitas coisas desde que chegara a Lys, mas até aquele momento não tivera um único instante para uma autorreflexão.

Só lhe restava sentar-se e esperar; seu futuro imediato era controlado pela fantástica máquina (com certeza uma das realizações supremas da engenharia de todos os tempos) que o levava para o coração do universo. Era o momento de pensar, de refletir, quisesse ou não. Mas primeiro ia contar a Hilvar tudo o que lhe acontecera desde sua apressada despedida apenas dois dias antes.

Hilvar absorveu o relato sem comentários e sem pedir explicações; parecia entender de imediato tudo o que Alvin descrevia, sem demonstrar surpresa nem mesmo quando soube do encontro com o Computador Central e da operação que ele realizara na mente do robô. Não que ele fosse incapaz de se maravilhar, mas a história do passado estava cheia de maravilhas que podiam se igualar a qualquer coisa do relato de Alvin.

– Está claro – disse ele quando o amigo terminou de falar – que, quando o construíram, o Computador Central deve ter recebido instruções especiais sobre você. A esta altura, já deve ter adivinhado por quê.

– Acho que sim. Khedron me deu parte da resposta quando explicou como as pessoas que projetaram Diaspar tinham tomado medidas para impedir que ela se tornasse decadente.

– Acha que você e os outros Singulares que vieram antes fazem parte do mecanismo social que evita a completa estagnação? Ou seja, enquanto os Bufões atuam como correção de curto prazo, você e a sua espécie atuariam no longo prazo?

Hilvar expressara a ideia melhor do que Alvin conseguiria, porém não era isso o que ele tinha em mente.

– Acredito que a verdade seja mais complicada. Parece que existia quase que um conflito de opiniões quando construíram a cidade; alguns queriam que ela se fechasse totalmente ao mundo exterior, e outros que mantivesse algum contato. O primeiro grupo venceu, mas o segundo não admitiu a derrota. Acho que Yarlan Zey deve ter sido um dos líderes, mas ele não tinha poder para agir abertamente. Assim, fez o melhor possível mantendo o transporte subterrâneo e assegurando-se de que, em longos intervalos, sairia da Sala de Criação alguém que não compartilhasse dos medos dos seus concidadãos. Na verdade, fico me perguntando... – Alvin parou, o olhar pensativo e alheio.

– No que está pensando agora? – perguntou Hilvar.

– Acabou de passar pela minha cabeça... Talvez *eu* seja Yarlan Zey. É perfeitamente possível. Ele pode ter colocado a própria personalidade nos Bancos de Memória, confiando nela para romper o padrão de Diaspar antes que estivesse fixado. Um dia vou descobrir o que aconteceu com os Singulares anteriores e talvez isso ajude a concluir esse quebra-cabeça.

– E Yarlan Zey, ou sei lá quem, também instruiu o Computador Central a dar assistência especial aos Singulares sempre que eles eram criados – refletiu Hilvar, seguindo a mesma linha de raciocínio.

– Isso mesmo. O irônico é que eu poderia ter conseguido toda a informação de que precisava direto do Computador Central sem nenhuma ajuda do pobre Khedron. O Computador me contaria mais do que contou para ele. Mas ele sem dúvida me poupou muito tempo e me ensinou muita coisa que eu não ia aprender sozinho.

– Acho que a sua teoria cobre todos os fatos conhecidos – comentou Hilvar com cautela. – Mas infelizmente ainda deixa em aberto o maior problema de todos: o propósito original de

Diaspar. Por que o seu povo tentou fingir que o mundo exterior não existia? Eu gostaria de saber a resposta *para essa* pergunta.

– Uma pergunta que pretendo responder – retorquiu Alvin.

– Mas não sei quando... nem como.

Assim eles debateram e sonharam enquanto, hora após hora, os Sete Sóis iam se afastando até preencherem aquele estranho túnel noturno pelo qual a nave passava. Então, uma a uma, as seis estrelas exteriores desvaneceram no limite da escuridão e, por fim, restou apenas o Sol Central. Apesar de fora do espaço da nave, a luz nacarada do Sol continuava cintilando, diferente de todas as outras estrelas. Minuto a minuto, o brilho aumentava até que, algum tempo depois, virou um minúsculo disco que, naquele momento, começava a se expandir diante deles...

Soou o mais breve dos alertas: por um instante, uma nota profunda, semelhante a um sino, vibrou pelo compartimento. Alvin, em um gesto inútil, agarrou os braços da poltrona.

Mais uma vez, os grandes geradores ganharam vida e, de maneira abrupta e quase ofuscante, as estrelas reapareceram. A nave voltara a entrar no espaço, voltara ao universo de sóis e planetas, voltara ao mundo natural onde nada podia se mover mais rápido do que a luz.

Eles já estavam dentro do sistema dos Sete Sóis, pois o grande anel de globos coloridos dominava o céu. E que céu! Todas as estrelas conhecidas, todas as constelações familiares, tudo sumira. A Via Láctea não era mais uma faixa de névoa em um lado dos céus; eles se encontravam no centro da criação, e o grande círculo dividia o universo em duas partes.

A nave continuava avançando muito rápido em direção ao Sol Central e as seis outras estrelas do sistema formavam centelhas coloridas dispostas ao redor do céu. Não muito longe da mais próxima delas, surgiam minúsculas faíscas dos planetas circundantes, mundos possivelmente enormes para serem vistos a tal distância.

A causa da luz nacarada do Sol Central agora estava claramente visível. Um envoltório de gás cercava a grande estrela atenuando sua radiação e lhe dando aquela cor característica. Só conseguiam ver a nebulosa ao redor indiretamente, em estranhos movimentos distorcidos que escapavam aos olhos. Mas estava lá, e quanto mais tempo uma pessoa olhasse, mais extensa ela parecia.

– Bom, Alvin – disse Hilvar –, temos um bom número de planetas para escolher. Ou espera explorar todos?

– Por sorte, isso não vai ser necessário – admitiu Alvin. – Se conseguirmos estabelecer contato com qualquer lugar, vamos obter as informações de que precisamos. O mais lógico seria irmos ao maior planeta do Sol Central.

– A menos que seja grande demais. Ouvi dizer que alguns planetas são tão grandes que não dá para existir vida humana... as pessoas seriam esmagadas pelo próprio peso.

– Duvido que esse seja o caso aqui, já que estou seguro de que este sistema é artificial. Em todo caso, vamos conseguir ver do espaço se existem cidades e construções.

Hilvar apontou para o robô.

– Resolvemos o nosso problema. Não esqueça que o nosso guia já esteve aqui antes e vai nos levar para casa. Fico imaginando o que ele acha disso.

Alvin também já pensara nesse assunto. Mas seria correto – teria algum sentido? – supor que o robô sentia alguma coisa semelhante a emoções humanas no momento que, passadas tantas eras, estava retornando ao antigo lar do Mestre?

Desde que o Computador Central rompera os bloqueios que o deixaram mudo, o robô nunca mostrara qualquer sinal de sentimentos ou emoções. Apenas respondia às perguntas e obedecia aos comandos de Alvin, mas a verdadeira personalidade da máquina se mostrara totalmente inacessível ao rapaz. Que tinha personalidade, Alvin não duvidava; caso contrário, ele não teria sentido aquela obscura sensação de culpa que o afligia quando relembrava o truque que usara com ela – e com o seu companheiro por ora inativo.

O robô ainda acreditava em todos os ensinamentos do Mestre, embora o houvesse visto simular milagres e contar mentiras aos seguidores, fatos inconvenientes que não lhe afetaram a lealdade. Ainda era capaz, como muitos humanos antes dele, de conciliar dois conjuntos de dados conflitantes.

Agora estava seguindo suas lembranças imemoriais ao lugar de origem. Quase perdida no clarão do Sol Central se destacava uma pálida centelha, com brilhos ainda mais tênues de mundos menores à sua volta. A fantástica viagem estava chegando ao fim. Em pouco tempo, saberiam se fora em vão.

20

Aproximavam-se de um planeta a apenas alguns milhões de quilômetros de distância, uma bela esfera de luz multicolorida. Era impossível haver escuridão na superfície, pois, conforme ele girava abaixo do Sol Central, as outras estrelas cruzavam, uma a uma, os seus céus. Alvin entendia com muita clareza o significado das últimas palavras do Mestre: "É maravilhoso ver as sombras coloridas nos planetas de luz eterna".

Naquele momento, estavam tão perto que podiam ver continentes e oceanos e uma ligeira névoa de atmosfera. No entanto, havia algo intrigante naqueles padrões, e logo eles perceberam a curiosa regularidade das divisões entre terra e água. Os continentes do planeta não eram obra da Natureza – mas que pequena tarefa seria a modelagem de um planeta para quem construíra os sóis daquele mundo!

– Não são oceanos! – exclamou Hilvar de repente. – Olhe... Dá para ver marcas neles!

Só quando se aproximaram mais do planeta Alvin conseguiu entender claramente as palavras do amigo. Então notou faixas e linhas ao longo das fronteiras continentais, bem mais para dentro daquilo que ele julgara limites do oceano. A paisagem o encheu de uma repentina dúvida, pois conhecia muito bem o significado daquelas linhas. Ele as vira antes no deserto, mais além de Diaspar, e elas lhe diziam que sua viagem fora em vão.

– É um planeta tão seco quanto a Terra – comentou ele em um tom monótono. – Toda a sua água sumiu... Aquelas marcas são salinas onde os mares evaporaram.

– Eles nunca deixariam isso acontecer – retorquiu Hilvar.

– Acho que, no final das contas, chegamos atrasados.

Decepcionado, Alvin não conseguiu falar; em vez disso, ficou observando em silêncio o grande mundo diante dele. Com uma lentidão impressionante, o planeta girava abaixo da nave, a superfície vindo majestosamente ao encontro deles, que, enfim, distinguiram edifícios, minúsculas incrustações brancas por toda parte exceto nos leitos dos oceanos.

Um dia, aquele mundo fora o centro do Universo. Porém, naquele momento jazia silencioso, o ar vazio e o solo desprovido de indícios que revelassem a existência de vida. Entretanto, a nave continuava deslizando, determinada, sobre o mar congelado de pedra – um mar onde se juntavam aqui e ali grandes ondas que desafiavam o céu.

Pouco tempo depois, a nave parou, como se o robô houvesse por fim localizado a origem de suas memórias. Abaixo havia uma coluna de pedra branca como a neve despontando do centro de um imenso anfiteatro de mármore. Alvin esperou um pouquinho; depois, como a máquina permanecesse imóvel, ele a orientou a aterrissar ao pé da pilastra.

Alvin ainda nutria esperança de encontrar vida no planeta, a qual se desvaneceu assim que ele saiu da câmara de descompressão. Nunca antes na vida, nem na desolação de Shalmirane, ele estivera em total silêncio. Na Terra, vibrava sempre o murmúrio de vozes, o movimento de criaturas vivas ou o sussurro do vento. Ali não havia nada disso nem nunca voltaria a haver.

– Por que você nos trouxe para este lugar? – perguntou Alvin, pouco interessado na resposta, mas o ímpeto de sua busca ainda o fazia persistir mesmo quando perdera toda a coragem de seguir com ela.

– O Mestre partiu daqui – respondeu o robô.

– Também pensei nessa explicação – comentou Hilvar. – Você não vê a ironia de tudo isso? Ele fugiu de um mundo em desgraça... Agora olhe para o memorial em homenagem a ele!

A grande coluna de pedra tinha talvez cem vezes a altura de um homem e estava disposta em um círculo de metal meio elevado acima do nível da planície. Não tinha traços característicos nem inscrição. Por quantos milhares ou milhões de anos os discípulos do Mestre teriam se reunido aqui para homenageá--lo?, Alvin se perguntou. E teriam sabido que o Mestre morrera no exílio na distante Terra?

Pouco importava. O Mestre e os seus discípulos estavam enterrados no esquecimento.

– Venha aqui para fora – incentivou Hilvar, tentando tirar Alvin do estado de depressão. – A gente atravessou meio universo para ver este lugar. Faça pelo menos um esforço e saia da nave.

Apesar de não querer, Alvin sorriu e saiu da câmara de descompressão atrás de Hilvar. Uma vez do lado de fora, reanimou-se um pouco. Mesmo que aquele mundo estivesse morto, ele deveria guardar muitas coisas interessantes, que o ajudariam a solucionar os mistérios do passado.

Apesar de bolorento, o ar era respirável e a temperatura estava baixa, mesmo com tantos sóis. Apenas o disco branco do Sol Central proporcionava algum calor de verdade e esse parecia ter perdido a força ao passar pela nebulosa ao redor da estrela. Os outros sóis transmitiam nacos de cor, mas não aqueciam.

Depois de alguns minutos, os rapazes se certificaram de que o obelisco nada lhes informaria. O material refratário de que era feito mostrava sinais claros da passagem do tempo: as bordas estavam arredondadas e o metal sobre o qual se erguera fora gasto pelos pés de gerações de discípulos e visitantes. Era estranho pensar que talvez eles fossem os últimos dos muitos bilhões de seres humanos naquele lugar.

Hilvar estava prestes a sugerir que deveriam voltar para a nave e sobrevoar os edifícios ao redor quando Alvin notou uma longa e afilada rachadura no piso de mármore do anfiteatro. Ambos caminharam ao longo dela por uma distância considerável, verificando que aumentava cada vez mais até logo se tornar grande demais para ser atravessada por um homem.

Um instante depois, perceberam o que a causara. A superfície da arena fora triturada e estilhaçada, formando uma enorme depressão rasa de mais de mil e seiscentos metros. Não era preciso inteligência ou imaginação para conceber a causa. Eras atrás, embora com certeza muito depois de aquele mundo ter sido abandonado, uma imensa forma cilíndrica pousara ali, depois se dirigindo ao espaço outra vez, e deixara o planeta abandonado às próprias memórias.

Quem seriam eles? De onde vieram? Alvin só conseguia olhar e ficar pensando. Jamais saberia se estava distante dos visitantes anteriores por uma diferença de mil ou um milhão de anos.

Retornaram em silêncio para a própria nave – como ela pareceria pequena perto do monstro que um dia pousara ali! – e voaram devagar pela arena até chegar ao edifício mais impressionante que a flanqueava. Enquanto pousavam em frente à entrada ornamentada, Hilvar apontou para uma coisa que Alvin percebera no mesmo instante.

– Esses edifícios não parecem seguros. Está vendo todas as pedras caídas ali? É um milagre que ainda estejam de pé. Se este planeta fosse assolado por tempestades, eles teriam desabado eras atrás. Não seria sensato entrar em nenhum deles.

– Não vou entrar, vou mandar o robô. Ele se locomove mais rápido do que nós e não vai causar nenhuma turbulência que ameace a estrutura.

Hilvar aprovou a precaução, mas também insistiu em outra que Alvin esquecera. Antes que o robô saísse para o reconhecimento, Alvin o fez transmitir uma série de instruções para o cérebro quase igualmente inteligente da nave de modo que, independentemente do que acontecesse com o piloto, eles pudessem retornar para a Terra em segurança.

Demorou pouco para que os dois se convencessem de que aquele planeta não tinha nada a lhes oferecer. Juntos observaram quilômetros de passagens e corredores vazios e cobertos de poeira desfilarem pela tela à medida que o robô explorava os labirintos vazios. Todo edifício projetado por seres inteligentes deve respeitar certas leis básicas e, depois de algum tempo, nem as formas arquitetônicas mais estranhas conseguem evocar surpresa, a mente hipnotizada pela pura repetição, incapaz de absorver mais impressões. Aqueles edifícios deviam ter sido apenas residenciais, com moradores quase do mesmo tamanho dos humanos. Talvez fossem homens; na verdade, havia um número surpreendente de cômodos e anexos onde só criaturas voadoras poderiam entrar, mas isso não significava que os construtores da cidade tivessem asas. Eles podiam ter usado os aparelhos pessoais antigravidade que um dia foram de uso comum, mas dos quais não havia mais nem sinal em Diaspar.

– Alvin – disse Hilvar enfim –, a gente podia passar um milhão de anos explorando estes edifícios. Está claro que não foram apenas abandonados, mas cuidadosamente despojados de tudo de valor que abrigavam. Estamos desperdiçando o nosso tempo.

– Então o que você sugere? – perguntou Alvin.

– Que a gente olhe duas ou três outras áreas deste planeta e veja se estão iguais, como penso que estejam. Depois devíamos fazer uma busca também rápida nos outros planetas e só aterrissar se parecerem essencialmente diferentes ou se percebermos alguma coisa fora do comum. É o que temos de fazer, a menos que fiquemos aqui pelo resto das nossas vidas.

Hilvar estava correto, eles tentavam contatar uma inteligência, não fazer uma pesquisa arqueológica. A primeira tarefa poderia ser executada em alguns dias, se fosse possível executá-la; a segunda demandaria séculos de trabalho de exércitos de pessoas e robôs.

Eles deixaram o planeta duas horas depois, gratos pela partida. Mesmo quando estava repleto de vida, Alvin concluiu, aquele mundo com infinitos edifícios deveria ter sido muito deprimente. Não havia sinal de parque, de espaço aberto com vegetação; um planeta tão estéril que era difícil imaginar o estado psicológico dos habitantes. Se o próximo planeta fosse idêntico, concluiu Alvin, ele provavelmente abandonaria a busca naquele exato momento e lugar.

Não era. Na realidade, seria impossível imaginar um contraste maior.

O novo planeta ficava perto do sol e, mesmo do espaço, parecia quente. As nuvens baixas que o cobriam quase inteiro indicavam água em abundância, ainda que sem sinal de oceanos. Nem tampouco havia qualquer sinal de inteligência. Eles circundaram o planeta duas vezes sem entrever nem um único artefato de espécie alguma. O globo inteiro, dos polos até o equador, estava coberto por um manto de verde virulento.

– Acho que precisamos ter cautela aqui – comentou Hilvar. – O planeta está vivo... e não gosto da cor da vegetação. Seria melhor ficarmos na nave e não abrir a câmara de descompressão de jeito nenhum.

– Nem para enviar o nosso robô?

– Não, nem para isso. Você esqueceu o que é doença e, apesar de o meu povo saber lidar com ela, estamos muito longe de casa e talvez existam perigos invisíveis aqui. Acho que este planeta ficou desgovernado. No passado, pode ter sido tudo parte de um grande jardim ou parque, mas, quando foi abandonado, a Natureza reassumiu o controle. Ele jamais seria assim enquanto o sistema era habitado.

Alvin não duvidava de que Hilvar estava certo. Havia algo ruim e hostil a toda a ordem e regularidade, nas quais tanto Lys quanto Diaspar se baseavam, naquela anarquia biológica ali embaixo. No planeta, uma batalha incessante bramira por um bilhão de anos; seria bom ter cuidado com os sobreviventes.

Eles desceram cautelosamente sobre uma grande planície, tão uniforme que representou um problema imediato. O local era delimitado por um solo mais alto, totalmente coberto de árvores cuja altura só se podia supor… tão compactas e tão emaranhadas pela vegetação rasteira que seus troncos estavam quase enterrados. Muitas criaturas de asas voavam pelos galhos mais altos, movendo-se tão rápido que era impossível dizer se eram animais ou insetos… ou nenhum dos dois.

Aqui e ali um gigante da floresta conseguira se elevar alguns metros acima de suas vizinhas aguerridas, as quais haviam formado uma breve aliança para derrubá-lo e acabar com a vantagem conquistada. Apesar de ser uma guerra silenciosa, travada devagar demais para o olho registrar, a impressão de conflito impiedoso e implacável era avassaladora.

A planície, em comparação, parecia plácida. Era nivelada com uma variação de poucos centímetros até o horizonte e parecia coberta por uma relva fina e espetada. Embora eles estivessem a quinze metros de distância do solo, não havia sinal algum de vida animal, o que Hilvar achou surpreendente. Talvez, concluiu ele, os animais tivessem se assustado e se escondido debaixo da terra com a aproximação deles.

Flutuavam pouco acima da planície enquanto Alvin tentava convencer Hilvar de que seria seguro abrir a câmara de descompressão, e Hilvar lhe explicava pacientemente conceitos como bactérias, fungos, vírus e micróbios – coisas que Alvin achava difícil visualizar e mais difícil ainda aplicar a si mesmo. A discussão vinha acontecendo havia alguns minutos quando notaram um fato peculiar: a tela, que um momento antes mostrava a floresta diante deles, agora ficara vazia.

– Você desligou a tela? – perguntou Hilvar, sua mente, como de costume, apenas um passo à frente da de Alvin.

– Não – respondeu Alvin, um arrepio descendo-lhe pela espinha enquanto pensava na única explicação. – *Você* desligou? – perguntou ao robô.

– Não – veio a resposta, ecoando a dele.

Com um suspiro de alívio, Alvin descartou a ideia de que o robô tivesse começado a agir por vontade própria, de que estivesse diante de um motim mecânico.

– Então por que a tela está vazia? – perguntou ele.

– Cobriram os receptores de imagem.

– Eu não entendo – comentou Alvin, esquecendo-se por um momento de que o robô só agia perante ordens ou perguntas claras. Ele se recompôs rápido e perguntou: – O que cobriu os receptores?

– Não sei.

A interpretação literal do robô às vezes podia ser tão irritante quanto a discursividade dos humanos. Antes que Alvin continuasse o interrogatório, Hilvar o interrompeu.

– Peça para ele elevar a nave – sugeriu ele, com um quê de urgência na voz.

Alvin repetiu a ordem. Como sempre, não houve nenhuma sensação de movimento. Então, aos poucos, a imagem reapareceu na tela, embora por um instante turvada e distorcida. Mas viram o suficiente para acabar com a discussão sobre aterrissar ou não.

A planície nivelada estava alterada, com uma grande saliência logo abaixo deles, rompida no alto onde a nave abrira uma saída. Imensos pseudópodes se agitavam lentamente de um lado a outro da brecha, como que tentando recapturar a presa que acabara de escapar de suas garras. Enquanto observava a cena com um fascínio horrorizado, Alvin notou de relance um orifício escarlate pulsante, rodeado por tentáculos semelhantes a chicotes, os quais batiam em uníssono, levando qualquer coisa que alcançassem para aquela mandíbula escancarada.

Frustrada pela vítima cobiçada, a criatura afundou devagar no solo – e só então Alvin percebeu que a planície lá embaixo era só a fina espuma da superfície de um mar estagnado.

– O que era aquela... *coisa*? – arquejou ele.

– Eu teria que ir lá embaixo e examinar antes de responder – afirmou Hilvar com determinação. – Talvez alguma forma de animal primitivo... Quem sabe um parente do nosso amigo em Shalmirane. Com certeza não era inteligente, ou saberia que era melhor não tentar comer uma espaçonave.

Alvin ficou abalado, mesmo ciente de que não haviam corrido perigo. Pensava no que mais vivia lá embaixo sob aquele terreno inocente, que parecia convidá-lo a sair e correr na superfície macia.

– Eu poderia passar muito tempo aqui – comentou Hilvar, claramente fascinado pelo que acabara de ver. – A evolução deve ter produzido resultados muito interessantes nessas condições. Não só a evolução, mas a *involução* também, já que formas de vida superiores regrediram quando o planeta foi abandonado. A essa altura, devem ter alcançado o equilíbrio... Você já vai embora? – perguntou em um tom de voz meio queixoso enquanto a paisagem lá embaixo ia ficando para trás.

– Já – respondeu Alvin. – Vi dois mundos: um sem vida e outro com vida demais, e não sei de qual deles gosto menos.

Mil e quinhentos metros acima da planície, o planeta lhes ofertou uma surpresa final: uma flotilha de enormes balões roliços flutuando pelo ar. De cada envoltório semitransparente pendiam punhados de gavinhas quase formando uma floresta invertida. Algumas plantas, talvez no esforço de escaparem do feroz conflito na superfície, haviam aprendido a conquistar o ar. Por um milagre de adaptação, haviam conseguido produzir hidrogênio e armazená-lo em bexigas, de maneira que eram capazes de se elevar à comparativa paz da atmosfera inferior.

No entanto, ali não parecia seguro. Os caules e as folhas pendentes abaixo estavam infestados com uma fauna inteira de animais aranhosos, que deviam passar a vida flutuando bem acima da superfície do globo, insistindo na batalha universal pela existência em solitárias ilhas aéreas. Presumivelmente, de tempos em tempos precisavam de algum contato com o solo. Alvin viu um dos grandes balões se romper e cair, seu envoltório partido funcionando como um tosco paraquedas. Ficou pensando se fora um acidente ou parte do ciclo de vida daquelas estranhas entidades.

Hilvar dormiu enquanto esperavam a aproximação do próximo planeta. Por algum motivo que o robô não conseguia explicar a eles, a nave viajava devagar (pelo menos em comparação com a pressa com que abarcava o universo) dentro de um sistema solar. Só depois de quase duas horas chegaram ao planeta que Alvin escolhera para a terceira parada, e ele ficou um pouco surpreso com o fato de uma mera viagem interplanetária demorar tanto.

Alvin acordou Hilvar quando entraram na atmosfera.

– O que você acha disso? – perguntou ele, apontando para a tela.

Lá embaixo havia uma paisagem desoladora em tons de preto e cinza, sem sinal de vegetação ou evidência direta de vida.

Mas havia indícios indiretos: nas colinas baixas e nos vales salpicavam semiesferas perfeitas, algumas dispostas em complexos padrões simétricos.

Eles haviam aprendido a agir com cautela no último planeta e, após considerarem cuidadosamente todas as possibilidades, resolveram permanecer posicionados a uma boa altura na atmosfera e mandar o robô descer para investigar. Através de seus olhos, eles viram uma das semiesferas se aproximar até o robô estar flutuando a apenas alguns metros da superfície completamente lisa e amorfa.

Não havia sinal de entrada nem pista do propósito ao qual a estrutura servia. Era bem grande, mais de trinta metros de altura, embora algumas outras fossem ainda maiores. Se era uma edificação, parecia não haver entrada ou saída.

Depois de hesitar, Alvin ordenou ao robô que avançasse e tocasse a cúpula. Para sua total surpresa, a máquina se recusou a obedecer. Talvez um motim – ou, pelo menos, em princípio, assim parecia.

– Por que não faz o que mandei? – perguntou Alvin quando se recuperou da surpresa.

– É proibido – veio a resposta.

– Quem proibiu?

– Não sei.

– Então como... não, cancele isso. A ordem está incorporada em você?

– Não.

A resposta parecia eliminar uma possibilidade. Os construtores daquelas cúpulas poderiam muito bem ser os mesmos do robô e talvez houvessem incluído esse preceito nas instruções originais da máquina.

– Quando recebeu a ordem? – perguntou Alvin.

– Assim que aterrissei.

Alvin virou-se para Hilvar, uma nova esperança reluzindo nos olhos.

– Existe inteligência aqui! Você consegue sentir?

– Não – respondeu Hilvar. – Para mim este lugar parece tão morto quanto o primeiro planeta que visitamos.

– Vou me juntar ao robô lá fora. O que quer que tenha falado com ele poderá falar comigo.

Hilvar silenciou, embora não parecesse muito feliz. Conduziram a nave para o solo a trinta metros de distância da cúpula, próxima ao robô que estava à espera, e abriram a câmara de descompressão.

Alvin sabia que a trava só seria aberta quando o cérebro da nave confirmasse que a atmosfera era respirável. Por um momento, achou que ele se enganara – o ar tão rarefeito mal alcançava os pulmões. Então, respirando fundo, descobriu que absorvia ar suficiente para sobreviver, embora tivesse a sensação de que suportaria apenas alguns minutos ali.

Respirando com dificuldade, os rapazes caminharam até o robô e a parede curva da enigmática cúpula. No entanto, logo pararam juntos, como que atingidos pelo mesmo golpe repentino. Nas mentes de ambos, como o toque de um gongo potente, ressoara uma única mensagem:

PERIGO. NÃO SE APROXIMEM.

E mais nada. Uma mensagem não em palavras, mas em puro pensamento. Alvin estava seguro de que qualquer criatura, qualquer que fosse o nível de inteligência, receberia o mesmo alerta inconfundível, bem no fundo da mente.

Apenas um alerta, não uma ameaça. De alguma forma, sabiam que não se dirigia *contra* eles, era para a própria proteção deles. Parecia dizer que ali havia alguma coisa intrinsecamente perigosa e os construtores não desejavam que ninguém se ferisse ao encontrá-la sem saber.

Alvin e Hilvar recuaram vários passos e se entreolharam, cada um esperando que o amigo dissesse o que estava pensando. Hilvar foi o primeiro a emitir sua opinião:

– Eu estava certo, Alvin – falou. – Não existe inteligência aqui. O alerta é automático, ativado pela nossa presença quando nos aproximamos.

Alvin concordou com a cabeça.

– Fico imaginando o que estão tentando proteger – comentou ele. – Talvez existam prédios, qualquer coisa, debaixo dessas cúpulas.

– Se todas elas emitirem alertas, não tem jeito de descobrirmos. É interessante... a diferença entre os três planetas que visitamos. Levaram tudo do primeiro, abandonaram o segundo sem se importar com ele, mas tiveram muito trabalho aqui. Talvez esperassem voltar um dia e quisessem tudo pronto para o retorno.

– Mas eles nunca voltaram... E isso foi muito tempo atrás.

– É possível que eles tenham mudado de ideia.

Era curioso, pensou Alvin, como ele e Hilvar haviam inconscientemente começado a usar a palavra "eles". Quem ou o que tivessem sido, deixaram marcas de uma intensa presença naquele primeiro planeta – e ainda mais intensa ali. Este era um mundo cuidadosamente embrulhado e guardado até que pudesse ser útil de novo...

– Vamos voltar para a nave – arquejou Alvin –, não consigo respirar direito aqui.

Quando a câmara de descompressão se fechou depois de entrarem e eles estavam mais à vontade, discutiram o próximo passo. Para uma investigação minuciosa, deveriam tomar como amostra muitas cúpulas na esperança de encontrar uma que não tivesse alerta e onde fosse possível entrar. Se isso não bastasse... Mas Alvin não encararia essa possibilidade até ser forçado.

Ele a enfrentou menos de uma hora depois de uma maneira muito mais dramática do que teria sonhado. Haviam enviado o robô a meia dúzia de cúpulas, sempre com o mesmo resultado, quando se depararam com uma cena insólita naquele planeta organizado e bem empacotado.

Lá embaixo se abria um vale amplo, esparsamente salpicado de tentadoras cúpulas impenetráveis. No centro, a cicatriz inconfundível de uma grande explosão – uma explosão que lançara escombros por quilômetros em todas as direções e formara uma cratera rasa no solo.

E, ao lado da cratera, jaziam os destroços de uma nave.

21

Aterrissaram perto da cena daquela antiga tragédia e andaram devagar, preservando o fôlego, em direção ao imenso casco quebrado que se elevava diante deles. Só restava uma pequena parte – ou a proa ou a popa – da nave, o resto presumivelmente fora destruído na explosão. Enquanto se aproximavam dos destroços, um pensamento aos poucos passou pela cabeça de Alvin, ganhando cada vez mais força até obter o status de certeza.

– Hilvar – ele disse, achando difícil andar e falar ao mesmo tempo –, acho que esta é a nave que pousou no primeiro planeta que visitamos.

Hilvar fez que sim com a cabeça, preferindo não desperdiçar ar. Já lhe ocorrera a mesma ideia. Era um bom exemplo prático, pensou, para visitantes incautos. Esperava que não passasse despercebido por Alvin.

Ao chegarem ao casco, olharam para cima, para o interior exposto da nave. Era como olhar para o interior de um edifício enorme que fora quase rasgado em dois: pisos e paredes e tetos, partidos no ponto da explosão, formavam um quadro distorcido do corte transversal da nave. Que estranhos seres, perguntava-se Alvin, continuariam ali onde haviam encontrado a morte nos destroços da embarcação?

– Não entendo – comentou Hilvar de repente. – Esta parte da nave está muito danificada, mas razoavelmente intacta. Onde está o resto dela? Será que partiu em duas no espaço e essa parte caiu aqui?

Só quando mandaram o robô explorar de novo e examinaram eles mesmos a área em torno dos destroços descobriram a resposta. Não havia sombra de dúvida; qualquer incerteza desapareceu no momento em que Alvin encontrou a fileira de montes baixos, cada um com três metros de comprimento, na pequena colina ao lado da nave.

– Então eles aterrissaram aqui – refletiu Hilvar – e ignoraram os alertas. Eram curiosos, assim como você. Tentaram abrir aquela cúpula.

Ele apontou para o outro lado da cratera, para a carapaça lisa e ainda sem marcas dentro da qual os desaparecidos governantes daquele mundo haviam guardado seus tesouros. Mas não era mais uma cúpula; transformara-se em uma esfera quase completa, pois o solo onde fora colocada havia sido destruído na explosão.

– A nave sofreu uma colisão e muitos morreram. Porém, conseguiram repará-la e partir de novo, separando esta parte e retirando tudo de valor. Sem dúvida uma tarefa e tanto!

Alvin mal o ouviu. Estava observando a curiosa cova que o atraíra àquele lugar: o eixo fino cercado por um círculo horizontal um terço do caminho abaixo da ponta. Por mais estranho e desconhecido, ele reagia à mensagem muda que aquela cova transmitira ao longo das eras.

Debaixo daquelas pedras, caso ele se desse o trabalho de mexer nelas, repousava a resposta a pelo menos uma pergunta. E esta poderia ficar sem resposta. Aquelas criaturas, independentemente do que fossem, haviam conquistado o direito de descansar.

Hilvar mal ouviu as palavras murmuradas por Alvin enquanto voltavam devagar para a nave.

– Espero que eles tenham chegado em casa.

– E aonde vamos agora? – perguntou Hilvar quando já estavam mais uma vez no espaço.

Alvin olhou pensativamente para a tela antes de responder com outra pergunta:

– Você acha que eu deveria voltar?

– Seria o mais sensato. Nossa sorte pode não durar muito mais e quem sabe que outras surpresas existem nos planetas por aí?

Era a voz do bom senso e da precaução, e Alvin estava preparado para lhe dar mais ouvidos do que alguns dias antes. Mas percorrera um longo caminho e esperara a vida inteira por aquele momento; não voltaria atrás enquanto ainda havia tanto a fazer.

– Vamos ficar na nave de agora em diante – disse ele –, e não vamos tocar a superfície. Isso com certeza será seguro.

Hilvar encolheu os ombros, como que se recusando a aceitar qualquer responsabilidade pelo que poderia acontecer. Agora que Alvin estava demonstrando certo grau de cautela, achou imprudente admitir que também se sentia ansioso para continuar a exploração, embora sem qualquer esperança de encontrar vida inteligente em algum daqueles planetas.

Havia um mundo duplo diante deles, um planeta imenso com um satélite menor ao lado. O primeiro poderia ter sido irmão gêmeo do segundo planeta que visitaram, coberto pelo mesmo manto de verde vívido. Não teria sentido aterrissar ali, onde se desdobraria uma história que eles já conheciam.

Alvin fez a nave voar mais baixo sobre a superfície do satélite. Não precisou de qualquer aviso dos complexos mecanismos para saber que não havia atmosfera ali. Todas as sombras tinham pontas afiadas e nítidas, sem gradações entre o dia e a noite. Aquele era o primeiro mundo onde ele via alguma coisa similar à noite, pois apenas um dos sóis mais distantes pairava acima do horizonte na área onde fizeram contato pela primeira vez. Uma luz de tom vermelho-escuro banhava a paisagem, como se tingida de sangue.

Por muitos quilômetros, voaram baixo sobre as montanhas, que continuavam tão irregulares e afiadas quanto nas eras distantes de seu surgimento. Aquele mundo jamais conhecera mudança ou decadência, jamais fora erodido pelos ventos ou pelas chuvas. Era desnecessário qualquer circuito de eternidade ali para preservar o frescor dos objetos imaculados.

Mas, se não havia ar, não poderia ter existido vida... Ou poderia?

– Claro – disse Hilvar quando Alvin lhe fez a pergunta. – Não há nada de biologicamente absurdo nessa ideia. A origem da vida não pode ocorrer em um espaço sem ar... mas podem se desenvolver formas que sobrevivam desse modo. Deve ter acontecido milhões de vezes, sempre que a atmosfera desaparecia de um planeta habitado.

– Mas você esperaria que existissem formas de vida *inteligente* no vácuo? Elas não teriam se protegido contra a perda de ar?

– Provavelmente, se ocorresse *depois* de alcançarem um nível de inteligência que impedisse esse acontecimento. Mas, se a atmosfera sumiu enquanto ainda estavam no estado primitivo, teriam que se adaptar ou perecer. Após a adaptação, talvez desenvolvessem um estágio muito elevado de inteligência. Na verdade, provavelmente desenvolveriam – o estímulo seria bem grande.

O argumento, concluiu Alvin, era teoria pura no que se referia àquele planeta. Não havia qualquer indício de que algum dia ele já abrigara vida, inteligente ou de outro tipo. Mas, se assim fosse, qual seria o propósito daquele mundo? Todo o sistema múltiplo dos Sete Sóis, ele estava certo disso, era artificial, e o planeta deveria fazer parte do seu grandioso projeto.

Podia-se supor que houvesse sido criado apenas como ornamento, para prover uma lua no céu de seu gigantesco companheiro. Mesmo nesse caso, todavia, parecia provável que lhe fosse dado *algum* uso.

– Olhe – falou Hilvar, apontando para a tela. – Lá, à direita.

Alvin mudou o curso da nave e a paisagem ao redor deles se inclinou. Rochas de um vermelho vivo se turvaram devido à velocidade do movimento; então a imagem se estabilizou, e, estendendo-se lá embaixo, estava uma evidência inconfundível de vida.

Inconfundível, mas também desconcertante. Ela formava uma fileira de colunas finas bem espaçadas, cada uma a trinta metros de distância da vizinha e com sessenta metros de altura. Prolongavam-se ao longe, diminuindo em uma perspectiva hipnótica até o horizonte longínquo engoli-las.

Alvin virou a nave para a direita e começou a voar paralelo à linha de colunas, imaginando que finalidade teriam. Eram absolutamente uniformes, seguindo em uma fileira contínua pelas colinas e pelos vales. Nada indicava que já houvessem sustentado alguma coisa; eram lisas e desprovidas de traços característicos, afunilando-se muito de leve ao alcançarem o topo.

De forma bem abrupta, a fileira mudou de rota, fazendo uma curva acentuada para a direita. Alvin passou vários quilômetros do ponto antes de reagir e conseguiu virar a nave para a nova direção.

As colunas seguiam no mesmo ritmo ininterrupto pela paisagem, em um espaçamento perfeitamente regular. Então, oitenta quilômetros após a última mudança de rota, eles voltaram a virar de modo brusco para a direita. Desse jeito, pensou Alvin, logo estariam onde haviam começado.

A sequência interminável de colunas os hipnotizara de tal maneira que, quando rompida, eles continuaram por quilômetros até Hilvar gritar e fazer Alvin – que não percebera nada – trazer a nave de volta. Baixaram devagar e, ao circundarem o que Hilvar encontrara, ocorreu-lhes uma suspeita fantástica, embora a princípio nenhum dos dois ousasse mencioná-la.

Duas das colunas, quebradas perto da base, estendiam-se sobre as pedras onde haviam caído. E mais: as duas colunas vizinhas à lacuna haviam vergado para fora por alguma força imperiosa.

A conclusão se revelou incrível. Naquele momento Alvin soube o que eles vinham sobrevoando; alguma coisa que ele vira com bastante frequência em Lys, mas, até aquele instante, a chocante mudança de escala impedira-o de reconhecer.

– Hilvar – disse ele, ainda mal se atrevendo a expressar seus pensamentos em palavras –, você sabe o que é isto?

– Difícil acreditar, mas a gente estava voando sobre a beirada de um curral. Esta coisa é uma cerca, e não foi muito resistente.

– Pessoas que tinham animais de estimação – comentou Alvin, com o riso nervoso a que as pessoas às vezes recorrem para disfarçar o espanto – deveriam saber mantê-los sob controle.

Hilvar não reagiu ao humor forçado; observava com a testa franzida, pensativo, a barricada partida.

– Não entendo esse animal – disse ele por fim. – Onde conseguiria alimento em um planeta como este? E por que fugiu do curral? Eu daria muito para saber que tipo de animal era.

– Talvez tenha sido deixado aqui e fugido para procurar alimento – deduziu Alvin. – Ou alguma coisa o deixou irritado.

– Vamos descer mais um pouco – falou Hilvar. – Quero dar uma olhada no chão.

Desceram até que a nave estivesse quase tocando a terra estéril, e então perceberam na planície inúmeros buracos de dois centímetros e meio a cinco centímetros, não mais. Do lado de fora da paliçada, porém, os misteriosos buraquinhos desapareciam do solo. Os rapazes pararam abruptamente na linha da cerca.

– Você está certo – comentou Hilvar. – A coisa tinha fome; não era um animal, seria mais adequado chamá-la de planta. Ela tinha esgotado o solo dentro do curral e precisava encontrar alimento fresco em outro lugar. Provavelmente se moveu muito devagar. Talvez tenha levado anos para quebrar aqueles postes.

A imaginação de Alvin rapidamente preencheu os detalhes de que jamais teria certeza. Não duvidava da exatidão da análise de Hilvar e de que algum monstro botânico, talvez se movendo devagar demais para ser visível aos olhos, lutara uma batalha preguiçosa, porém incansável, contra as barreiras que o encerravam.

Talvez estivesse vivo, mesmo depois de tantas eras, perambulando à vontade pela superfície do planeta. No entanto, procurá-lo seria uma tarefa inútil, pois significaria esquadrinhar a superfície de um globo inteiro. Assim, fizeram uma busca aleatória nos poucos quilômetros quadrados ao redor da brecha e localizaram uma grande faixa circular de buraquinhos, com uns cento e cinquenta metros de diâmetro, onde a criatura obviamente parara para se alimentar, se é que era válido aplicar essa palavra a um organismo que, de algum modo, extraía sua nutrição de pedra sólida.

Enquanto subiam para o espaço mais uma vez, Alvin sentiu um estranho cansaço. Vira tanta coisa e descobrira tão pouco! Havia muitas maravilhas em todos aqueles planetas, mas o que ele buscava desaparecera havia muito tempo, levando-o a concluir que a visita aos outros planetas dos Sete Sóis seria em vão. Mesmo que ainda existisse inteligência no Universo, onde a procuraria? Olhou para as estrelas espalhadas como poeira na tela e soube que o Tempo restante não bastaria para explorar todas.

Um sentimento desconhecido de solidão e abatimento parecia sobrepujá-lo. Entendia o medo de Diaspar quanto aos grandes espaços do Universo, o terror que levara seu povo a se reunir no microcosmo de sua cidade. Difícil acreditar que, no final das contas, eles estavam certos.

Virou-se então para Hilvar em busca de apoio. Mas o rapaz estava de pé, os pulsos firmemente cerrados, o olhar vidrado, a cabeça inclinada para um lado. Parecia ouvir alguma coisa, empenhando cada sentido no vazio em torno deles.

– O que foi? – perguntou Alvin com veemência. Teve que repetir a pergunta até que Hilvar mostrasse algum sinal de ouvi-lo. E continuava fitando o nada quando enfim respondeu devagar:

– Alguma coisa está vindo para cá. Algo que não entendo.

Pareceu a Alvin que a cabine ficara subitamente muito fria e o pesadelo racial dos Invasores surgiu para confrontá-lo com todo o seu terror. Com um esforço de vontade que exauriu suas forças, forçou-se a afastar o pânico.

– É amigável? – perguntou. – Devo voltar correndo para a Terra?

Hilvar não respondeu à primeira pergunta, apenas à segunda, em uma voz muito fraca, mas sem sinal de preocupação ou medo. Transmitia uma vasta surpresa e curiosidade, como se ele houvesse encontrado algo tão surpreendente que não podia se dar o trabalho de lidar com a pergunta ansiosa de Alvin.

– Tarde demais – comentou. – Já está aqui.

A Galáxia girara muitas vezes sobre o seu eixo desde que a consciência chegara a Vanamonde. Lembrava-se de poucas coisas daquelas primeiras eras e das criaturas que haviam cuidado dele naquela época – mas conseguia evocar a desolação quando elas partiram e o deixaram sozinho em meio às estrelas. Desde então, no decorrer das eras, vagara de sol a sol, evoluindo aos poucos, seus poderes aumentando. No passado, sonhara reencontrar aqueles que presenciaram seu nascimento e, embora o sonho houvesse desvanecido, nunca morrera de todo.

Em incontáveis mundos, encontrou os escombros que a vida deixara para trás, mas descobrira inteligência só uma vez – e fugira aterrorizado do Sol Negro. Contudo, o Universo era muito grande e a busca mal começara.

Embora muito distante no tempo e no espaço, a grande explosão de energia vinda do coração da Galáxia enviara um sinal para Vanamonde ao longo dos anos-luz. Totalmente diferente da radiação das estrelas, surgira em seu campo de consciência de maneira tão repentina quanto o rastro de um meteoro em um céu sem nuvem. Ele se deslocou pelo tempo e pelo espaço em direção a ela até o último momento de sua existência, desprendendo-se do modo como ele conhecia o padrão morto e imutável do passado.

Não conseguiria entender a longa forma de metal, com infinitas complexidades estruturais, tão estranha para ele como quase todas as coisas do mundo físico. Ao redor dela ainda vibrava a aura de energia que o fizera atravessar o Universo, mas isso não mais lhe importava. Cuidadosamente, com o suscetível nervosismo de uma fera selvagem quase preparada para o voo, ele procurou contato com as duas mentes que descobrira.

E então soube que sua longa procura terminara.

Alvin agarrou Hilvar pelos ombros e chacoalhou-o com violência, tentando trazê-lo a um estado de consciência da realidade.

– Me conte o que está acontecendo! – implorou ele. – O que você quer que eu faça?

O ar distante e alheado desapareceu dos olhos do amigo.

– Ainda não entendo – disse ele –, mas não precisa ficar assustado... tenho certeza disso. O que quer que seja, não vai nos machucar. Ele parece simplesmente... interessado.

Antes de responder, Alvin foi de repente tomado por uma sensação diferente de tudo o que já conhecera. Um brilho cálido e formigante pareceu espalhar-se pelo seu corpo; durou só alguns segundos, mas, quando sumiu, ele não era mais apenas Alvin. Alguma coisa compartilhava o seu cérebro, justapondo-se da mesma forma como um círculo pode cobrir outro. Também tinha ciência da proximidade da mente de Hilvar, igualmente enredada em qualquer que fosse a criatura que se sobrepusera a eles. A sensação, mais estranha do que desagradável, deu a Alvin o primeiro vislumbre da verdadeira telepatia – o poder que, em seu povo, degenerara-se de tal maneira que só era usado para controlar máquinas.

Alvin se rebelara de imediato quando Seranis tentara dominar-lhe a mente, mas não lutou contra aquela intrusão. Seria inútil, e ele sabia que na criatura não havia hostilidade. Relaxou, aceitando sem resistência o fato de uma inteligência infinitamente superior à dele estar explorando sua mente. Mas não estava de todo certo.

Uma daquelas mentes, Vanamonde percebeu, era mais compreensiva e acessível que a outra. Ambas estavam espantadas com a sua presença, o que o surpreendeu muito. Como poderiam ter se esquecido? O esquecimento, assim como a mortalidade, estava além da compreensão de Vanamonde.

A comunicação se revelou bem complicada: muitos dos pensamentos-imagem das mentes eram tão estranhos que ele mal conseguia reconhecê-los. E ainda se sentiu perplexo e um tanto assustado pelo padrão de medo recorrente dos Invasores, lembrando-o de suas próprias emoções quando o Sol Negro entrara em seu campo de conhecimento pela primeira vez.

Mas eles desconheciam o Sol Negro, então as suas perguntas começaram a se formar na mente da criatura.

"O que é você?"

Ele deu a única resposta possível.

"Sou Vanamonde."

Houve uma pausa – como demorava para se formar o padrão dos pensamentos deles! – e então repetiram a pergunta. Não haviam entendido, o que soava estranho, pois com certeza aquela espécie dera a ele o seu nome para que o nome estivesse entre as lembranças de seu nascimento. Ainda que escassas, essas lembranças começavam estranhamente em um único ponto no tempo, claras como a água.

Outra vez os minúsculos pensamentos deles chegaram com dificuldade à consciência de Vanamonde.

"Onde estão as pessoas que construíram os Sete Sóis? O que aconteceu com elas?"

Não sabia. Quase não acreditaram nele, e a decepção que sentiram veio clara e nítida através do abismo que separava aquelas mentes da sua. Mas eram pacientes, e ele estava feliz em ajudá-los, pois buscavam a mesma coisa, e eles lhe proporcionavam a primeira companhia que já tivera.

Enquanto vivesse, Alvin acreditava que nunca mais vivenciaria uma experiência tão estranha quanto aquele diálogo sem palavras. Era difícil acreditar que ele fosse pouco mais do que um espectador, pois admitia até para si mesmo que a mente de Hilvar era, em alguns sentidos, muito mais capaz do que a sua. Portanto, só lhe restava esperar e espantar-se, meio atordoado pela torrente de pensamentos que ultrapassavam os limites do seu entendimento.

Pouco tempo depois, Hilvar, um tanto pálido e tenso, rompeu o contato e virou-se para o amigo.

– Alvin – falou, a voz muito cansada. – Tem alguma coisa estranha aqui. Não estou entendendo nada.

A novidade ajudou a restaurar um pouco a autoestima de Alvin, cujos sentimentos deviam haver transparecido em sua expressão, pois Hilvar deu um súbito sorriso compreensivo.

– Não consigo descobrir o que é esse... Vanamonde – continuou. – Com certeza, uma criatura de imenso conhecimento, mas parece pouco inteligente. Claro, sua mente pode ser de uma ordem tão diferente que não somos capazes de entendê-la... Porém, de algum modo, não acredito nessa explicação.

– Bom, o que você *descobriu*? – perguntou Alvin com certa impaciência. – Ele sabe alguma coisa sobre os Sete Sóis?

A mente de Hilvar ainda parecia muito distante.

– Foram construídos por muitas raças, inclusive a nossa – contou ele, distraído. – A criatura consegue me contar coisas assim, mas não parece entender seu significado. Acho que tem consciência do Passado sem ser capaz de interpretá-lo. Tudo o que aconteceu parece embaralhado em sua mente. – Ele parou pensativamente por um momento, então seu rosto se iluminou. – Só temos uma saída. De um jeito ou de outro, precisamos levar Vanamonde até a Terra para que os nossos filósofos possam estudá-lo.

– Seria seguro? – indagou Alvin.

– Seria – respondeu Hilvar, pensando em como a pergunta do amigo era atípica. – Vanamonde é amigável. Na verdade, parece bastante afetuoso.

E, de forma um tanto repentina, ficou claro o pensamento que esse tempo todo pairara nas margens da consciência de Alvin. Ele se lembrou de Krif e de todos os animais que estavam constantemente fugindo, para a irritação ou preocupação dos amigos de Hilvar. E recordou – parecia fazer tanto tempo! – o interesse zoológico por trás da expedição a Shalmirane.

Hilvar encontrara um novo animal de estimação.

22

Como aquela reunião teria parecido totalmente impensável, refletiu Jeserac, alguns poucos dias antes. Os seis visitantes de Lys estavam diante do Conselho em uma mesa colocada na extremidade aberta da ferradura. Era irônico lembrar que, não muito tempo antes, Alvin estivera no mesmo lugar, onde ouvira o Conselho decidir que Diaspar devia se fechar de novo para o mundo. Naquele momento, o mundo invadira a cidade com uma vingança – e não apenas o mundo, mas o universo.

O próprio Conselho já mudara, com a ausência de não menos que cinco de seus membros. Incapazes de encarar as responsabilidades e os problemas com os quais se confrontavam, haviam seguido o mesmo caminho de Khedron. Se tantos de seus cidadãos eram incapazes de encarar o primeiro desafio verdadeiro em milhões de anos, isso provava, pensou Jeserac, que Diaspar falhara. Muitos milhares deles já haviam fugido para o breve esquecimento dos Bancos de Memória na esperança de que, quando acordassem, a crise houvesse passado e Diaspar estivesse em seu estado normal de vida. Mas ficariam decepcionados.

Jeserac fora cooptado para preencher um dos lugares vagos no Conselho. Embora fosse uma presença um tanto suspeita devido à sua posição como tutor de Alvin, era claramente tão essencial que ninguém sugerira excluí-lo. Ele se sentou a uma ponta da mesa em forma de ferradura – uma posição bem vantajosa. Não só examinava o perfil dos visitantes, mas também via o rosto dos outros conselheiros – e suas expressões bastante elucidativas.

Não havia dúvida de que Alvin estava certo, e o Conselho aos poucos percebia a impalatável verdade. Os representantes de Lys pensavam muito mais rápido do que as melhores mentes de Diaspar. No entanto, essa não era a sua única vantagem, pois também demonstravam um grau extraordinário de coordenação, o que Jeserac supôs dever-se aos poderes telepáticos. Ele se perguntava se estariam lendo os pensamentos dos conselheiros, mas concluiu que não quebrariam a solene promessa que possibilitara aquele encontro.

Jeserac achava que não houvera muito progresso; aliás, não via como poderia ter ocorrido. O Conselho, que mal aceitara a existência de Lys, continuava parecendo incapaz de entender os acontecimentos. Mas estava nitidamente assustado – assim como os visitantes, embora disfarçassem melhor.

O próprio Jeserac não estava tão aterrorizado como esperara; seus medos perduravam, mas enfim os enfrentara. Algo da imprudência de Alvin – ou seria coragem? – começara a mudar sua mentalidade e lhe abrira novos horizontes. Ele não acreditava que algum dia colocaria os pés para fora das muralhas de Diaspar, mas entendia o impulso que motivara Alvin a fazê-lo.

A pergunta do Presidente o pegou de surpresa, mas ele se recuperou rápido.

– Acho – disse ele – que por puro acaso essa situação não ocorreu antes. Sabemos que existiram catorze Singulares e devia existir algum plano concreto por trás da criação deles. Acredito que era garantir que Lys e Diaspar não ficassem separadas para sempre. Isso coube a Alvin, que também fez uma coisa que talvez fizesse parte do esquema original. O Computador Central poderia confirmar minha opinião?

A voz impessoal respondeu de imediato:

– O Conselheiro sabe que não posso comentar as instruções que recebi de meus construtores.

Jeserac aceitou a branda reprovação.

– Qualquer que seja a causa, não podemos contestar os fatos. Quando Alvin voltar, você pode impedi-lo de sair de novo... apesar de que eu duvido que vá conseguir, pois ele terá aprendido muita coisa até lá. E se o seu maior temor se concretizou, não há nada que nenhum de nós possa fazer. A Terra está totalmente impotente... E há milhões de séculos.

Jeserac fez uma pausa e passou os olhos pelas mesas. Suas palavras não haviam agradado a ninguém, nem tampouco ele esperava que agradassem.

– Porém, não vejo motivo para ficarmos alarmados. A Terra não corre perigo maior agora do que sempre correu. Por que dois homens em uma única nave pequena trariam a ira dos Invasores sobre nós de novo? Se formos honestos, temos que admitir que os Invasores poderiam ter destruído o nosso mundo eras atrás.

Seguiu-se um silêncio desaprovador. Isso era heresia... e em épocas anteriores o próprio Jeserac a teria condenado como tal.

O Presidente interrompeu, franzindo o cenho.

– Não existe uma lenda de que os Invasores pouparam a Terra apenas com a condição de que o Homem nunca mais fosse para o espaço? E não descumprimos essas condições agora?

– Sim, uma lenda – retorquiu Jeserac. – Aceitamos muita coisa sem questionar e essa é uma delas. No entanto, não existe nenhuma prova disso. Acho difícil acreditar que alguma coisa tão relevante não estivesse registrada nas memórias do Computador

Central, porém ele não sabe nada sobre o pacto. Eu perguntei, embora apenas através das máquinas de informação. Talvez o Conselho queira fazer a pergunta diretamente.

Jeserac, que não via motivo para correr o risco de uma segunda advertência por invadir território proibido, limitou-se a esperar a resposta do Presidente.

A resposta jamais foi emitida pois, naquele momento, os visitantes de Lys sobressaltaram-se, os rostos ficaram paralisados em expressões simultâneas de incredulidade e preocupação. Pareciam ouvir alguma voz distante vertendo uma mensagem em seus ouvidos.

Os Conselheiros esperaram, a própria apreensão aumentando a cada minuto à medida que a silenciosa conversa prosseguia. O líder da delegação se libertou do transe e virou-se para o Presidente com um tom de desculpas.

– Acabamos de receber notícias muito estranhas e perturbadoras de Lys – anunciou ele.

– Alvin voltou para a Terra? – perguntou o Presidente.

– Não... Alvin não. Outra coisa.

Enquanto fazia sua nave fiel descer na clareira de Airlee, Alvin se perguntava se alguma vez na história humana alguma nave trouxera uma carga daquele tipo para a Terra – se, de fato, Vanamonde se encontrava no espaço físico da máquina. Não houvera sinal dele durante a viagem. Hilvar acreditava, em uma espécie de conhecimento mais imediato, que apenas a esfera de atenção de Vanamonde possuía alguma posição no espaço. O próprio Vanamonde não se encontrava em lugar nenhum... Talvez nem em *algum tempo específico*.

Seranis e cinco senadores os esperavam quando saíram da nave. Um dos senadores, Alvin já conhecera na última visita; os outros dois daquele encontro anterior, concluiu ele, estavam em Diaspar. Ele ficava pensando em como a delegação estava se saindo e como a cidade reagira à presença dos primeiros intrusos em tantos milhões de anos.

– Parece, Alvin – disse Seranis secamente, depois de cumprimentar o filho –, que você tem talento para encontrar entidades extraordinárias. Porém, acho que vai levar um tempo até conseguir superar a sua façanha atual.

Para variar, foi a vez de Alvin ficar surpreso.

– Então Vanamonde chegou?

– Chegou algumas horas atrás. De alguma forma, ele conseguiu traçar o caminho que a sua nave fez na viagem de ida... um feito surpreendente e que levanta problemas filosóficos interessantes. Existem algumas evidências de que chegou a Lys no momento em que você o descobriu e, portanto, é capaz de atingir velocidades infinitas. E isso não é tudo. Nas últimas horas, ele nos ensinou mais sobre história do que pensávamos existir.

Alvin a fitou admirado. Então entendeu. Não era difícil imaginar o impacto causado por Vanamonde sobre aquele povo com percepções aguçadas e mentes maravilhosamente interligadas. Eles haviam reagido num ritmo surpreendente, e ele teve uma súbita imagem incongruente de Vanamonde, talvez um pouco assustado, cercado pelos ávidos intelectos de Lys.

– Descobriram o que ele é? – perguntou Alvin.

– Descobrimos, e foi simples, apesar de ainda não sabermos a sua origem. Ele é uma mentalidade pura e seu conhecimento parece ser ilimitado. Mas é infantil, em um sentido bem literal.

– Claro! – gritou Hilvar. – Eu devia ter adivinhado.

Alvin parecia perplexo, e Seranis ficou com pena dele.

– Quero dizer que, apesar de Vanamonde ter uma mente colossal, talvez infinita, é imaturo e pouco desenvolvido. Sua inteligência real é menor do que a de um ser humano. – Ela deu um sorriso um pouco sarcástico. – Mas seus processos mentais são muito mais velozes e ele aprende muito rápido, além de ter alguns poderes que não entendemos ainda. O passado inteiro parece aberto para a mente dele de uma maneira difícil de descrever. Talvez tenha recorrido a essa capacidade para seguir a trilha de volta para a Terra.

Alvin ficou em silêncio, pela primeira vez um tanto abatido. Percebeu que de fato Hilvar agiu de modo correto trazendo Vanamonde para Lys. E sabia que um dia tivera sorte em ludibriar Seranis, coisa que não faria duas vezes na vida.

– Quer dizer – perguntou ele – que Vanamonde acabou de nascer?

– Pelos padrões dele, sim. Já viveu muito, mas ao que parece menos que o Homem. É extraordinário como insiste que *nós* o criamos, e não há dúvida de que sua origem está ligada a todos os grandes mistérios do passado.

– O que está acontecendo com Vanamonde agora? – indagou Hilvar em um tom de voz meio enciumado.

– Os historiadores de Grevarn estão interrogando-o. Querem mapear os principais fatos históricos do passado, mas esse trabalho vai demorar anos. Vanamonde descreve o passado em perfeitos detalhes, mas não parece entender o que vê. É muito difícil lidar com ele.

Alvin ficou imaginando como Seranis sabia tudo aquilo. Depois se deu conta de que provavelmente todas as mentes de Lys estavam observando o progresso da grande pesquisa. Ele se sentia orgulhoso por saber que deixara uma marca igualmente intensa tanto em Lys como em Diaspar; no entanto, ao orgulho se misturava a frustração. Ali estava algo que jamais poderia compartilhar nem compreender por completo: o contato direto, mesmo entre mentes humanas, era tão misterioso para ele quanto a música devia ser para um surdo ou a cor para um cego.

Contudo, os habitantes de Lys conseguiam trocar pensamentos com aquele ser inimaginavelmente estranho que ele levara à Terra, mas que ele não conseguia detectar com nenhum de seus sentidos.

Não havia lugar para Alvin ali. Quando o interrogatório terminasse, contariam a ele as repostas. Alvin abrira os portões do infinito e sentia espanto, e até medo, em relação a tudo que fizera. Para a própria paz de espírito, deveria retornar ao minúsculo mundo familiar de Diaspar em busca de abrigo até ponderar bem sobre seus sonhos e sua ambição. Havia ali uma ironia: aquele que rejeitara a cidade para se aventurar entre as estrelas estava voltando para casa como uma criança assustada corre de volta para a mãe.

23

Diaspar não ficou muito feliz em rever Alvin. A cidade continuava agitada, como uma grande colmeia violentamente sacudida com uma vara. Relutava em encarar a realidade, mas, para aqueles que se recusavam a admitir a existência de Lys e do mundo exterior, não havia mais onde se esconder. Os Bancos de Memória haviam deixado de aceitá-los: as pessoas que tentavam se agarrar aos seus sonhos e refugiar-se no futuro entravam inutilmente na Sala de Criação. A chama dissipada e não desprovida de calor se abstinha de saudá-los. Não acordavam mais, as mentes limpas, cem mil anos adiante no fluxo do tempo. Nenhum apelo ao Computador Central produzia resultados, tampouco ele explicava por que agia daquele modo. Os que pretendiam refugiar-se tinham de voltar, tristes, para a cidade e enfrentar os problemas de sua era.

Alvin pousara na periferia do Parque, não muito longe do Prédio do Conselho. Até o último instante, ele não estava seguro de que conseguiria trazer a nave para o interior da cidade passando por quaisquer telas que cercassem o céu do mundo exterior. O firmamento de Diaspar, como todo o resto, era artificial, ou pelo menos em parte. Nunca se permitia que a noite, com suas lembranças estreladas de tudo o que o Homem perdera, invadisse a cidade, também protegida das tempestades que às vezes assolavam o deserto e enchiam o céu com paredes móveis de areia.

Os guardiões invisíveis deixaram Alvin passar e, enquanto via Diaspar espraiando-se lá embaixo, ele soube que estava em casa. Por mais que o universo e seus mistérios o atraíssem, ali era o lugar onde nascera e do qual fazia parte. Nunca lhe bastaria, porém sempre voltaria ao lar. Atravessara meio universo para descobrir essa simples verdade.

Multidões haviam se reunido mesmo antes de a nave pousar, e Alvin se perguntava como seus concidadãos o receberiam. Interpretou com bastante facilidade aquelas expressões faciais enquanto as observava pela tela antes de abrir a câmara de descompressão. Todos pareciam curiosos, uma emoção nova em Diaspar. Mesclado a isso, manifestava-se também apreensão, e aqui e ali havia sinais inconfundíveis de medo. Ninguém, pensou Alvin um pouco melancólico, estava feliz por vê-lo de volta...

O Conselho, por outro lado, decididamente lhe deu as boas-vindas – embora não por mera amizade. Ainda que responsável pela crise, só ele seria capaz de expor os fatos que embasariam a política futura. Ouviram-no com profunda atenção enquanto descrevia o voo aos Sete Sóis e o encontro com Vanamonde. Depois respondeu a inúmeras perguntas com uma paciência que provavelmente surpreendeu os interrogadores. Alvin logo descobriu que predominava na mente deles o medo dos Invasores, mesmo que não mencionassem o nome e se mostrassem visivelmente descontentes quando ele abordou o assunto de forma direta.

– Se os Invasores ainda estiverem no Universo – Alvin falou ao Conselho –, então sem dúvida eu deveria ter me encontrado com eles bem lá no centro. Mas não existe vida inteligente nos Sete Sóis. Nós já tínhamos adivinhado antes de Vanamonde confirmar. Acredito que os Invasores foram embora eras atrás.

Vanamonde, que parece pelo menos tão antigo quanto Diaspar, certamente não sabe nada sobre eles.

– Tenho uma sugestão – disse um dos Conselheiros de repente. – Vanamonde pode ser descendente dos Invasores de alguma forma que ultrapassa nossa atual compreensão. Ele esqueceu sua origem, mas isso não significa que não possa um dia se tornar perigoso de novo.

Hilvar, ali presente como mero espectador, não esperou permissão para falar. Pela primeira vez, Alvin o via irritado.

– Vanamonde olhou a minha mente – falou –, e vislumbrei a dele. Meu povo já descobriu muita coisa sobre ele, apesar de não terem descoberto ainda o que ele é. Mas uma coisa é certa: ele é amigável e ficou feliz em nos encontrar. Não precisamos temê-lo.

Seguiu-se um breve período de silêncio e Hilvar relaxou, no rosto uma expressão um tanto constrangida. Ficou evidente que a tensão na Câmara do Conselho diminuiu dali em diante, como se houvessem tirado uma sombra dos espíritos presentes. O Presidente nem sequer tentou censurar Hilvar pela interrupção, como era de praxe.

Ficou claro para Alvin, enquanto ouvia o debate, que estavam representadas no Conselho três escolas de pensamento. Os conservadores, em minoria, continuavam esperando que o relógio retrocedesse e a antiga ordem fosse restaurada. Contra toda razão, agarravam-se à esperança de que Diaspar e Lys se esquecessem mutuamente.

A presença dos progressistas, ainda que também em minoria, agradou e surpreendeu Alvin. Mesmo não exatamente apreciando aquela invasão do mundo exterior, estavam determinados a tirar o melhor proveito dela. Alguns chegavam até a sugerir que deveria haver uma forma de romper as barreiras psicológicas que haviam por tanto tempo fechado Diaspar de maneira mais eficaz do que as barreiras físicas.

A maior parte do Conselho, refletindo fielmente o estado de espírito da cidade, adotara uma atitude de cautela vigilante enquanto esperava surgir o padrão do futuro. Perceberam que não poderiam fazer planos gerais nem tentar colocar em prática uma política definida até a tempestade passar.

Jeserac se juntou a Alvin e Hilvar quando a sessão terminou. Parecia mudado desde a última vez que se encontraram – e se separaram – na Torre de Loranne, com o deserto estendendo-se lá embaixo. Alvin não esperara tal mudança, mas acabaria encontrando-a com cada vez mais frequência nos dias vindouros.

Jeserac parecia mais jovem, como se o fogo da vida fosse movido por um novo combustível e brilhasse com mais intensidade nas veias do tutor. Apesar da idade, ele era um dos que talvez aceitassem o desafio que Alvin lançara sobre Diaspar.

– Tenho novidades para você, Alvin – falou ele. – Acho que conhece o senador Gerane.

Alvin ficou intrigado por um momento, depois lembrou.

– Claro... ele foi uma das primeiras pessoas que conheci em Lys. Não é membro da delegação?

– É. Nós passamos a nos conhecer bastante bem. É um homem brilhante e entende mais sobre a mente humana do que eu acreditaria ser possível... apesar de me dizer que, para os padrões de Lys, é apenas um principiante. Enquanto está aqui, vai começar um projeto que será do seu agrado. Ele espera analisar a compulsão que nos mantém dentro da cidade e acredita que, quando descobrir a resposta, conseguirá removê-la. Uns vinte de nós já estão cooperando com o senador.

– O senhor é um deles?

– Sou – respondeu Jeserac, no rosto uma expressão meio de modéstia que Alvin nunca vira ou ainda veria. – Não é fácil e certamente não é agradável... mas é estimulante.

– Como Gerane trabalha?

– Através das Sagas. Ele construiu uma série delas e estuda as nossas reações quando as vivenciamos. Nunca pensei que, na minha idade, eu fosse voltar às minhas recreações de infância!

– O que são as Sagas? – perguntou Hilvar.

– Mundos imaginários – explicou Alvin. – Pelo menos a maioria é, apesar de alguns provavelmente se basearem em eventos reais. Existem milhões deles registrados nas células de memória da cidade. Você escolhe qualquer tipo de aventura ou experiência que quiser e ela vai parecer totalmente real enquanto os impulsos estiverem sendo inseridos na sua mente.

Ele se virou para Jeserac.

– A que tipos de Sagas Gerane leva vocês?

– Como você já imagina, a maioria envolve sair de Diaspar. Algumas nos conduziram para as nossas primeiras vidas, ao momento mais próximo da fundação da cidade. Gerane acredita que, quanto mais se aproximar da origem dessa compulsão, mais fácil será conseguir enfraquecê-la.

Alvin se animou com essas notícias. Seu trabalho ficaria apenas pela metade se ele houvesse aberto os portões de Diaspar só para descobrir que ninguém passaria por eles.

– O senhor quer *mesmo* ser capaz de sair de Diaspar? – perguntou Hilvar com astúcia.

– Não – respondeu Jeserac sem hesitar. – A ideia me dá pavor. Mas percebo que nós estávamos completamente errados em pensar que Diaspar era todo o mundo que importava e a lógica me diz que precisamos fazer alguma coisa para retificar esse erro. Emocionalmente, ainda não sou capaz de sair da cidade. Talvez eu seja assim sempre. Gerane acha que consegue fazer alguns de nós viajar a Lys e estou disposto a ajudá-lo com o experimento, apesar de metade do tempo esperar que fracasse.

Alvin olhou para o antigo tutor com um novo respeito. Ele não desconsiderava mais o poder da sugestão nem subestimava as forças capazes de obrigar uma pessoa a agir desafiando a lógica. O rapaz não pôde deixar de comparar a coragem tranquila de Jeserac com a fuga em pânico de Khedron para o futuro, embora, com nova compreensão da natureza humana, não se sentisse impelido a condenar o Bufão.

Alvin tinha certeza de que Gerane realizaria o que estava determinado a fazer. Jeserac talvez já fosse muito velho para romper o padrão de uma vida inteira, mesmo disposto a um recomeço. Isso não importava, pois outros conseguiriam com a orientação qualificada dos psicólogos de Lys. E quando alguns escapassem do molde de bilhões de anos, seria só uma questão de tempo até que os outros os acompanhassem.

Ele pensava no que aconteceria com Diaspar – e com Lys – quando as barreiras ruíssem por completo. De algum modo, os melhores atributos das duas cidades deveriam ser salvos, então se fundindo em uma cultura nova e mais saudável. Seria uma tarefa fenomenal, que exigiria sabedoria e paciência.

Eles já haviam encontrado algumas dificuldades com as adaptações vindouras. Os visitantes de Lys haviam se recusado, de forma bastante educada, a viver nas casas que lhes foram fornecidas, optando por montar sua própria acomodação temporária no Parque, em um ambiente que os lembrava de Lys. Hilvar foi a única exceção: embora não gostasse de morar em uma casa com paredes indeterminadas e mobília efêmera, ele bravamente aceitou a hospitalidade de Alvin, tranquilizado pela promessa de que não ficariam ali por muito tempo.

Hilvar, que jamais se sentira sozinho na vida, conheceu a solidão em Diaspar. Estranhou mais a cidade do que Alvin se surpreendera em Lys, sentindo-se oprimido e sobrecarregado por aquela infinita complexidade e pela miríade de estranhos que parecia se aglomerar a cada centímetro de espaço à sua volta. Ele conhecia, mesmo que não de todo, o povo do mundo em

Lys, quer houvesse se encontrado com eles ou não. Nem em mil existências conheceria todos em Diaspar e, embora percebesse a irracionalidade da sensação, sentia-se vagamente deprimido. Ficava naquele mundo tão diferente do dele apenas pela lealdade a Alvin.

Muitas vezes tentara analisar seus sentimentos em relação ao amigo. A amizade que acalentava por ele se originava, Hilvar sabia, da mesma fonte que inspirava sua simpatia por todas as criaturas pequenas e batalhadoras. Isso surpreenderia aqueles que consideravam Alvin voluntarioso, obstinado e egocêntrico, uma pessoa que não precisava da afeição de ninguém e que era incapaz de retribuí-la.

Hilvar sabia que o amigo não era assim; sentira instintivamente desde o começo. Alvin vivia como um explorador, e todos os exploradores procuram alguma coisa perdida. Raras vezes a encontram, e é mais raro ainda a conquista proporcionar-lhes mais felicidade do que a busca.

O que Alvin estava procurando, Hilvar não sabia. O amigo era impulsionado por forças ativadas eras atrás pelos geniais planejadores de Diaspar com sua habilidade perversa – ou pelas pessoas ainda mais geniais que se opuseram a eles. Como todo ser humano, Alvin era, em certa medida, uma máquina, as ações predeterminadas pela herança. Isso não mudava a sua necessidade por compreensão e simpatia nem o tornava imune à solidão ou ao desgosto. Para o seu próprio povo, era uma criatura tão inexplicável que às vezes se esqueciam de que o rapaz compartilhava as mesmas emoções. Foi preciso um estranho de um entorno totalmente diferente para vê-lo como outro ser humano.

Alguns dias depois de chegar a Diaspar, Hilvar fora apresentado a mais pessoas do que em toda a sua vida. Fora apresentado a elas, mas não conhecera praticamente nenhuma. Por viverem tão amontoados, os habitantes da cidade mantinham uma reserva difícil de ser rompida. Conheciam apenas a privacidade mental, e ainda se agarravam a ela durante as infinitas atividades sociais de Diaspar. Hilvar sentia compaixão por eles, embora soubesse que não necessitavam de solidariedade. Não percebiam o que estavam perdendo, não entendiam o caloroso senso de comunidade, ou a sensação de *pertencimento* que interligava todos na sociedade telepática de Lys. Na verdade, ainda que educadas o bastante para disfarçar, a maioria das pessoas com quem conversava o fitava com consternação, como se considerassem que a vida de Hilvar era incrivelmente enfadonha e sem graça.

Eriston e Etania, os guardiões de Alvin, Hilvar rapidamente os avaliou como nulidades gentis, porém desorientadas. Achava muito confuso ouvir Alvin se referir a eles como pai e mãe, palavras que em Lys mantinham o antigo significado biológico. Era preciso um contínuo esforço de imaginação para lembrar que as leis da vida e da morte haviam sido revogadas pelos criadores de Diaspar, e em alguns momentos parecia a Hilvar que, apesar de toda a atividade, a cidade estava meio vazia porque nela não viviam crianças.

Ele se perguntava o que aconteceria em Diaspar com o fim do isolamento. Concluiu que o melhor seria a cidade destruir os Bancos de Memória que os mantivera hipnotizados por tantas eras. Por mais milagrosos que fossem – talvez o triunfo supremo da ciência que os produzira –, eram criações de uma cultura adoecida, uma cultura que temera muitas coisas. Alguns desses medos se fundamentavam na realidade, mas outros, parecia naquele instante, subsistiam apenas na imaginação. Hilvar conhecia um pouco o padrão que estava começando a surgir da exploração da mente de Vanamonde. Em alguns dias, Diaspar conheceria também – e descobriria quanto do passado fora apenas um mito.

No entanto, se destruíssem os Bancos de Memória, em mil anos a cidade estaria morta, pois o povo perdera a capacidade de se reproduzir. Esse dilema precisava ser encarado, mas Hilvar já vislumbrara uma solução possível. Sempre havia uma resposta para um problema técnico, e sua gente era exímia em ciências biológicas. O que havia sido feito poderia ser desfeito, se Diaspar assim desejasse.

Primeiro, porém, a cidade teria de descobrir o que perdera. O processo de educação levaria muitos anos, talvez muitos séculos. Mas estava começando. Muito em breve, o impacto da primeira lição abalaria Diaspar tão profundamente quanto o próprio contato com Lys.

Abalaria Lys também. Apesar de todas as diferenças culturais, a origem das duas cidades se assentava na mesma raiz, e ainda haviam compartilhado as mesmas ilusões. Ambas seriam mais saudáveis se olhassem mais uma vez, com um olhar calmo e resoluto, para o passado perdido.

24

O anfiteatro fora projetado para abrigar toda a população desperta de Diaspar, e os quase dez milhões de assentos estavam preenchidos. Ao olhar para a grande extensão curvada de seu ponto de observação bem no alto do declive, Alvin lembrou-se irresistivelmente de Shalmirane. As duas crateras tinham o mesmo formato e quase o mesmo tamanho. Se enchessem a de Shalmirane de seres humanos, ficaria muito semelhante àquela.

Havia, contudo, uma diferença fundamental entre as duas: a grande bacia de Shalmirane era real; o anfiteatro nunca existira, era só um fantasma, um padrão de cargas elétricas dormitando na memória do Computador Central até que fosse necessário invocá-lo. Alvin sabia que, na realidade, ainda estava em seu cômodo e que todas as miríades de pessoas que pareciam cercá-lo se alojavam igualmente em seus lares. Contanto que não se movimentasse, a ilusão era perfeita. Ele até acreditaria que Diaspar fora abolida e que todos os seus cidadãos se reuniam ali naquela enorme concavidade.

Nunca, em mil anos, a vida da cidade parara de modo que todo o povo se agrupasse na Grande Assembleia. Alvin sabia que em Lys também acontecia o equivalente àquela reunião. Lá seria um encontro de mentes, mas talvez associado a um aparente encontro de corpos, tão imaginário quanto este parecia real.

Ele conseguiu reconhecer a maioria dos rostos até onde conseguia ver sem ajuda. A mais de mil e seiscentos metros de distância e pouco mais de trezentos metros abaixo estava o palco circular onde se fixava a atenção do mundo inteiro. Era difícil acreditar que poderia ver alguma coisa a essa distância, mas Alvin sabia que, quando o discurso começasse, ele observaria e ouviria tudo com a mesma clareza que toda a população de Diaspar.

O palco se encheu de névoa, que logo se transformou em Callitrax, líder do grupo cuja tarefa fora reconstruir o passado a partir da informação que Vanamonde trouxera à Terra. Sem dúvida, um empreendimento estupendo, quase impossível, e não apenas por conta dos períodos de tempo envolvidos. Só uma vez, com a ajuda mental de Hilvar, Alvin tivera um breve vislumbre da mente do estranho ser que eles haviam descoberto – ou que os descobrira. Para Alvin, os pensamentos de Vanamonde soavam tão sem sentido quanto mil vozes gritando juntas em uma ampla caverna ecoante. Contudo, as pessoas de Lys conseguiram desenredá-los, conseguiram registrá-los para uma análise posterior. Diziam que até aquele momento – embora Hilvar não negasse nem confirmasse – a descoberta era muito estranha e bem diferente da história que toda a raça humana aceitara durante um bilhão de anos.

Callitrax começou a falar. Para Alvin, assim como para todos em Diaspar, a voz clara e nítida parecia vir de um ponto a apenas alguns centímetros de distância. Então, de um modo difícil de definir, da mesma maneira como a geometria de um sonho desafia a lógica, mas não causa surpresa na mente do sonhador, Alvin estava de pé ao lado de Callitrax, mantendo, porém, ao mesmo tempo, sua posição no alto do declive do anfiteatro. O paradoxo não o intrigou: apenas o aceitou sem questionar, como todos os outros controles sobre o tempo e o espaço que a ciência lhe oferecera.

De forma bem concisa, Callitrax percorreu a história da raça. Falou sobre os povos desconhecidos das Civilizações do Amanhecer, dos quais restara apenas um punhado de grandes nomes e as lendas decadentes do Império. Mesmo no começo, segundo a história, o Homem desejara as estrelas – e por fim as alcançara. Durante milhões de anos, espalhara-se pela Galáxia, dominando sistema após sistema sob sua influência. Então, da escuridão além do limite do Universo, foi atacado pelos Invasores, que lhe tiraram tudo o que conquistara.

A retirada para o Sistema Solar fora amarga e devia ter levado muitas eras. A própria Terra por pouco fora salva pelas fabulosas batalhas ao redor de Shalmirane. Quando tudo terminou, restaram ao ser humano somente lembranças e o mundo onde nascera.

Desde então, todo o resto fora um anticlímax prolongado. Como derradeira ironia, a raça que sonhara dominar o Universo abandonara a maior parte do próprio planeta minúsculo e se dividira nas duas culturas isoladas de Lys e Diaspar, oásis de vida em um deserto que as separara com tanta eficácia quanto os abismos entre as estrelas.

Callitrax fez uma pausa. Para Alvin, assim como para todos ali, parecia que o historiador fitava direto o rapaz com olhos que haviam testemunhado coisas em que mesmo naquele momento não acreditavam de todo.

– E aí estão as histórias em que nós acreditamos desde o início dos nossos registros – falou Callitrax. – Devo lhes dizer agora que são falsas, falsas em todos os detalhes, *tão falsas que até agora não conseguimos conciliá-las com a verdade.*

Ele esperou para que o sentido integral de suas palavras se cravasse no povo. Depois, falando lenta e cuidadosamente, transmitiu tanto para Lys quanto para Diaspar o conhecimento obtido da mente de Vanamonde.

Nem sequer era verdade que o Homem alcançara as estrelas. A totalidade do seu pequeno império se restringia às órbitas de Plutão e Perséfone, pois a conquista do espaço interestelar mostrou estar além da sua capacidade humana. Toda a sua civilização estava amontoada ao redor do Sol, e ainda era muito jovem quando as estrelas a alcançaram.

O impacto deve ter sido devastador. Apesar dos fracassos, o Homem jamais duvidara que um dia conquistaria as profundezas do espaço. Acreditava também que, se o Universo abrigava seres iguais, não abrigava superiores. Naquele instante, todos entenderam que, além de ambas as crenças estarem erradas, entre as estrelas existiam mentes muito mais elevadas do que as deles. Durante muitos séculos, primeiro nas naves de outras raças e mais tarde em máquinas construídas com conhecimento emprestado, o Homem explorara a Galáxia. Em toda parte, encontrara culturas que conseguia entender, mas com as quais não podia se equiparar, e aqui e ali descobriu mentes que logo ultrapassariam sua compreensão.

O choque foi gigantesco, mas pôs à prova a criação da raça. Mais triste e infinitamente mais sábio, o Homem voltara ao Sistema Solar para amadurecer todo esse conhecimento novo. Desafio aceito, aos poucos desenvolveu um plano que dava esperança para o futuro.

No passado, o Homem se interessara sobretudo pelas ciências físicas. Depois de todo o ocorrido, voltou-se com mais ímpeto à genética e ao estudo da mente. Qualquer que fosse o custo, ele se conduziria ao limite da evolução.

O grande experimento consumira todas as energias da raça durante milhões de anos. Tanto empenho, tanto sacrifício e labor tornaram-se apenas um punhado de palavras na narrativa de Callitrax. Isso trouxera ao Homem as suas maiores vitórias: o banimento da doença, a vida eterna, se assim desejasse, e o domínio da telepatia, submetendo o mais sutil de todos os poderes à sua vontade.

Ele estava pronto para ir de novo, confiando em seus próprios recursos, aos grandes espaços da Galáxia. Ele se encontraria como igual com as raças dos mundos das quais um dia desviara o olhar e desempenharia integralmente seu papel na história do Universo.

Assim o fez. Dessa era, talvez a mais voltada para o espaço, surgiram as lendas do Império. Fora um império de muitas raças, mas isso fora esquecido no drama, grande demais para tragédia, no qual chegara ao fim.

O Império durara pelo menos um milhão de anos. Devia ter passado por crises, talvez até guerras, mas todas elas se perderam no movimento de grandes raças caminhando juntas em direção à maturidade.

– Nós devemos ter orgulho – continuou Callitrax – do papel desempenhado por nossos ancestrais na história. Mesmo quando alcançaram o auge cultural, não perderam nem um pouco da sua iniciativa. Estamos lidando com conjeturas, não com fatos, mas parece certo que os experimentos que representaram, ao mesmo tempo, a derrocada do Império e a sua glória suprema foram inspirados e conduzidos pelo Homem.

"A filosofia subjacente a esses experimentos parece ter sido esta: o contato com outras espécies tinha mostrado ao Homem como a visão de mundo de uma raça dependia profundamente do seu corpo físico e dos órgãos do sentido com os quais estava equipada. Discutiu-se muito se uma verdadeira imagem do Universo poderia ser obtida, se possível, apenas por uma mente liberta dessas limitações físicas – uma mentalidade pura, na verdade. Essa era uma concepção comum entre muitas das antigas fés religiosas da Terra, e parece estranho que uma ideia que não teve origem racional se tornasse enfim um dos maiores objetivos da ciência.

"Nenhuma inteligência incorpórea jamais fora encontrada no universo natural. O Império decidiu criá-la. Nós esquecemos, junto a tantas outras coisas, as habilidades e os conhecimentos que tornaram isso possível. Os cientistas do Império tinham dominado todas as forças da Natureza, todos os segredos do tempo e do espaço. Como as nossas mentes são o subproduto de uma organização imensamente intricada de células cerebrais, conectadas entre si pela rede do sistema nervoso, eles se empenharam em criar um cérebro cujos componentes não fossem materiais, mas padrões gravados no próprio espaço. O funcionamento desse cérebro, se podemos chamá-lo assim, usaria energias elétricas ou outras ainda superiores, libertando-se completamente da tirania da matéria. Poderia funcionar com uma velocidade muito superior a qualquer inteligência orgânica, poderia sobreviver desde que houvesse um erg de energia livre no Universo, com poderes ilimitados. Uma vez criado, ele desenvolveria potencialidades que nem os seus criadores poderiam prever.

"Em grande parte como resultado da experiência conquistada em sua própria regeneração, o Homem sugeriu que deveriam tentar criar esses seres, sem dúvida o maior desafio já lançado à inteligência no Universo; após séculos de debate, ele foi aceito. Todas as raças da Galáxia se uniram para a sua realização.

"Mais de um milhão de anos separaria o sonho da realidade. Civilizações entrariam em ascensão e declínio, reiteradas vezes a longa labuta dos mundos se perderia, mas nunca esqueceram o objetivo. Um dia talvez possamos conhecer a história completa desse labor, o maior esforço contínuo de toda a história. Hoje só sabemos que seu final foi um desastre que quase exterminou a Galáxia.

"A mente de Vanamonde se recusa a visitar esse período. Um pequeno intervalo de tempo está bloqueado, mas acreditamos que a causa esteja nos medos dele. No começo vemos o Império no apogeu de sua glória, tenso com a expectativa do sucesso iminente. No final, apenas alguns milhares de anos depois, o Império está destroçado e o brilho das próprias estrelas diminuiu, como se sua energia tivesse sido drenada. Sobre a Galáxia se estende um manto de medo, um medo ligado a um nome: 'Mente Insana'.

"Não é difícil supor o que deve ter acontecido naquele curto período. A mentalidade pura fora criada, mas ou era louca ou, como parece mais provável segundo outras fontes, implacavelmente hostil à matéria. Durante séculos, ela devastou o Universo até ser controlada por forças que desconhecemos. Seja qual for a arma que o Império usou nessa condição extrema, ela gastou os recursos das estrelas. Das lembranças desse conflito surgem algumas, embora não todas, lendas dos Invasores. Mas sobre isso logo vou contar mais.

"A Mente Insana não podia ser destruída; era imortal. Então foi levada aos limites da Galáxia e lá foi aprisionada de um modo que não entendemos. A prisão era uma estranha estrela artificial conhecida como Sol Negro, e lá ela permanece até hoje. Quando o Sol Negro morrer, estará livre novamente. Não sabemos daqui a quanto tempo."

Callitrax calou-se, como que perdido nos próprios pensamentos, inconsciente do fato de que os olhos do mundo inteiro se fixavam nele. Durante esse longo silêncio, Alvin olhou para a multidão apinhada à sua volta, cujas mentes tentava ler enquanto assimilavam a revelação – e a ameaça desconhecida que deveria substituir o mito dos Invasores. Em grande parte, nos rostos de seus concidadãos havia descrença. Ainda lutavam para rejeitar o passado falso e não conseguiam aceitar a realidade ainda mais estranha que o suplantara.

Callitrax recomeçou a falar em um tom de voz baixo e mais suave enquanto descrevia os últimos dias do Império. Era naquela época, percebeu Alvin enquanto a imagem se revelava diante dele, que gostaria de ter vivido. Uma época marcada por aventura e por uma coragem esplêndida e destemida, que conseguia arrebatar a vitória das garras do desastre.

– Apesar de a Mente Insana ter devastado a Galáxia, os recursos do Império ainda eram enormes, e seu espírito, inquebrantável. Com uma coragem que admiramos, retomaram o grande experimento em busca da falha responsável pela catástrofe. A essa altura, claro, muitos se opunham ao trabalho e previam mais desastres, mas foram voto vencido. O projeto seguiu adiante e, com o conhecimento obtido de forma tão amarga, obteve êxito.

"A nova raça que nasceu tinha um intelecto potencial que não podia nem sequer ser mensurado. Mas era infantil. Não sabemos se os criadores esperavam que isso ocorresse, mas parece provável que soubessem que era inevitável. Seriam necessários milhões de anos até que chegasse à maturidade, e nada aceleraria o processo. Vanamonde foi a primeira dessas mentes. Devem existir mais em outras partes da Galáxia, mas acreditamos que criaram apenas alguns poucos, pois Vanamonde nunca encontrou nenhum companheiro.

"A criação de mentalidades puras representou a maior conquista da civilização galáctica, e o Homem desempenhou um papel significativo, talvez dominante. Não fiz nenhuma referência à Terra em si porque a sua história é só um fio minúsculo em uma enorme tapeçaria. Despojado de seus espíritos mais aventureiros, o nosso planeta se tornou inevitavelmente muito conservador e, no final, se opôs aos cientistas que criaram Vanamonde, o que não contribuiu nem um pouco para o último ato.

"O trabalho do Império estava terminado. As pessoas daquela era olharam para as estrelas devastadas naquele perigo desesperado e tomaram uma decisão: iam deixar o Universo para Vanamonde.

"Há um mistério neste ponto, um mistério que talvez nunca possamos resolver, pois Vanamonde não pode nos ajudar. A única coisa que sabemos é que o Império fez contato com alguma coisa muito estranha e muito grandiosa, muito longe na curva do Cosmos, na outra extremidade do espaço. Só supomos o que era, mas seu chamado deve ter sido de uma urgência imensa e de uma promessa gigantesca. Em um período muito curto de tempo, os nossos ancestrais e as raças amigas saíram em uma viagem que não podemos seguir. Os pensamentos de Vanamonde parecem limitados aos confins da Galáxia, mas, através de sua mente, observamos o começo dessa grande e misteriosa aventura. Aqui está a imagem que reconstruímos. Agora vocês vão ver mais de um bilhão de anos no passado..."

Qual pálido espectro de sua glória passada, a roda de giro lento da Galáxia pendia no nada. Por toda a sua extensão surgiam grandes rasgos vazios que a Mente Insana fizera – feridas que, nas eras vindouras, as estrelas à deriva preencheriam. Mas nunca substituiriam o esplendor perdido.

O Homem estava prestes a deixar o Universo, assim como muito tempo antes deixara o seu mundo. E não só o Ser Humano, mas também milhares de outras raças que haviam trabalhado com ele para criar o Império. Estavam agrupados, ali nos limites da Galáxia, com toda a espessura que havia entre eles e o objetivo que demorariam eras para alcançar.

Haviam reunido uma frota que intimidava a imaginação. Suas nau-almirantes eram sóis, suas embarcações menores, planetas. Um aglomerado globular inteiro, com todos os seus sistemas solares e todos os seus mundos fervilhantes, estava prestes a ser lançado pelo infinito.

A comprida linha de fogo avançou pelo coração do Universo, saltando de estrela a estrela. Num instante, mil sóis haviam morrido, fornecendo sua energia à monstruosa forma que se precipitara do eixo da Galáxia e agora recuava para o abismo...

* * *

– Então o Império deixou o nosso Universo para encontrar seu destino em outra parte. Quando seus herdeiros, as mentalidades puras, tiverem atingido envergadura plena, ele poderá voltar. Mas esse dia ainda deve estar longe.

"Esta, em contornos mais breves e superficiais, é a história da civilização galáctica. A nossa própria história, que nos parece tão importante, não passa de um epílogo tardio e trivial, embora tão complexo que não fomos capazes de desvendar seus detalhes. Parece que muitas das raças mais antigas e menos aventureiras se recusaram a deixar seus lares. Nossos ancestrais estavam entre elas. A maioria delas entrou em decadência e agora está extinta, embora muitas talvez tenham sobrevivido. O nosso próprio mundo quase não escapou do mesmo destino. Durante os Séculos de Transição, que na verdade duraram milhões de anos, o conhecimento sobre o passado foi perdido ou destruído de propósito. A hipótese da destruição, por mais difícil que seja acreditar nela, parece mais provável. Ao longo de eras, o Homem mergulhou em uma barbárie supersticiosa, porém científica, e, durante esse tempo, distorceu a história para omitir a sensação de impotência e fracasso. As lendas dos Invasores são falsas, embora a luta desesperada contra a Mente Insana tenha sem dúvida contribuído para a sua criação. Nada trouxe os nossos ancestrais de volta para a Terra a não ser o mal-estar de suas almas.

"Quando descobrimos isso, um problema em particular deixou nosso povo de Lys intrigado. A Batalha de Shalmirane nunca aconteceu, mas Shalmirane existia e existe até hoje. E mais, era uma das maiores armas de destruição já construídas.

"Levou algum tempo para solucionarmos esse quebra-cabeça, mas a resposta, quando a encontramos, era muito simples.

Muito tempo atrás, a nossa Terra tinha um único e gigantesco satélite, a Lua. Quando, no cabo de guerra entre as marés e a gravidade, a Lua finalmente começou a cair, foi necessário destruí-la. Construíram Shalmirane com esse propósito, e sobre a utilização dela se teceram as lendas que vocês todos conhecem."

Callitrax deu um sorriso tristonho para a sua imensa plateia.

– Existem muitas lendas assim, em parte verdadeiras e em parte falsas, e também outros paradoxos em nosso passado que ainda não solucionamos. Mas esse é um problema para o psicólogo, não para o historiador. Não podemos confiar plenamente nem sequer nos registros do Computador Central; eles têm evidências claras de adulteração no passado bem remoto.

"Na Terra, só Diaspar e Lys sobreviveram ao período de decadência: Diaspar por conta da perfeição de suas máquinas; Lys por conta de seu isolamento parcial e dos poderes intelectuais incomuns do seu povo. Mas as duas culturas, mesmo se esforçando por voltarem ao seu nível anterior, estavam corrompidas pelos medos e mitos que herdaram.

"Esses temores não precisam mais nos assombrar. Como historiador, não me cabe prever o futuro, só observar e interpretar o passado. Mas a lição é bastante clara: vivemos tempo demais sem contato com a realidade; chegou o momento de reconstruirmos nossas vidas."

25

Jeserac caminhou em silêncio pelas ruas de uma Diaspar irreconhecível, tão diferente do local onde passara todas as suas vidas. No entanto, sabia que ali estava Diaspar, embora não se perguntasse *como* sabia disso.

As ruas eram estreitas; os edifícios, mais baixos... e o Parque desaparecera, ou melhor, ainda nem existia. Assim era a Diaspar antes da mudança, a Diaspar aberta ao mundo e ao universo. No céu azul-pálido salpicavam tufos emaranhados de nuvens, virando-se e retorcendo-se lentamente ao sabor dos ventos que sopravam pela face de uma Terra mais jovem.

Atravessando as nuvens e indo mais além, havia viajantes do céu. Quilômetros acima da cidade, marcando os céus com arabescos silenciosos, as naves que ligavam Diaspar ao mundo exterior se mantinham em constante vaivém, imersas em seus negócios. Jeserac olhou por um longo tempo para o mistério e a maravilha do céu aberto e, por um momento, o medo lhe tocou a alma. Sentiu-se despido, desprotegido, consciente de que aquela pacífica cúpula azul no alto não passava da mais fina das camadas – que depois dela estava o misterioso e ameaçador Espaço.

O medo não era intenso a ponto de lhe paralisar a vontade. Em uma parte de sua mente, Jeserac sabia que toda aquela experiência era um sonho, e um sonho não podia lhe fazer mal, até acordar mais uma vez na cidade que conhecia.

Caminhava para o coração de Diaspar, dirigindo-se ao ponto onde, em sua própria era, ficava o Túmulo de Yarlan Zey. Não havia nenhum túmulo ali naquela cidade antiga – apenas um prédio circular baixo com muitas entradas em forma de arco ocupava o espaço. Ao lado de uma das passagens, um homem o esperava.

Jeserac deveria ter-se espantado, mas nada o surpreenderia naquele momento. De algum modo, parecia certo e natural que estivesse cara a cara com o homem que construíra Diaspar.

– Imagino que me reconheça – disse Yarlan Zey.

– Claro. Vi sua estátua mil vezes. Você é Yarlan Zey, e esta é a Diaspar de um bilhão de anos atrás. Sei que estou sonhando e que nenhum de nós dois está aqui de verdade.

– Então não precisa ficar alarmado com nada do que acontecer. Venha comigo e lembre-se de que nada pode machucar você, já que pode acordar em Diaspar a hora que quiser... na sua própria era.

Obedientemente, Jeserac seguiu Yarlan Zey para dentro do prédio, a mente do tutor, uma esponja receptiva e acrítica. Alguma lembrança, ou o eco de uma lembrança, alertou-o sobre o que iria acontecer, e ele sabia que, mais uma vez, recuaria horrorizado. No entanto, não se atemorizava. Não só se sentia protegido por saber que aquela experiência não era real, mas também pela presença de Yarlan Zey, que lhe parecia um talismã contra os perigos que poderia confrontar.

Poucas pessoas deslizavam pelas vias que levavam para as profundezas do prédio, e os dois homens não tinham nenhuma outra companhia quando, pouco tempo depois, pararam em silêncio ao lado do cilindro comprido e aerodinâmico que, Jeserac sabia, podia tirá-lo da cidade em uma viagem que antes lhe destruiria a mente. Quando seu guia apontou para a porta aberta, ele parou por um instante na entrada e depois a atravessou.

– Viu? – falou Yarlan Zey com um sorriso. – Agora relaxe e lembre que está em segurança, que nada pode atingi-lo.

Jeserac acreditou. Sentiu apenas um ínfimo tremor quando a entrada do túnel passou silenciosamente por ele e a máquina onde viajava começou a ganhar velocidade nas profundezas da terra. Quaisquer que fossem os seus medos, eles foram esquecidos em razão da ânsia por conversar com aquela figura quase mítica do passado.

– Não parece estranho para você – começou Yarlan Zey – que, apesar de os céus estarem abertos para nós, tentamos nos enterrar na Terra? É o começo da enfermidade que resultou naquilo que você viu na sua era. A humanidade está tentando se esconder. Teme o que existe lá no espaço e logo fechará todas as portas que levam ao Universo.

– Mas vi espaçonaves no céu de Diaspar – falou Jeserac.

– Não as verá por muito mais tempo. Perdemos contato com as estrelas e logo até mesmo os planetas serão abandonados. Demoramos milhões de anos para fazer a viagem para o espaço, mas apenas séculos para voltar para casa. E daqui a pouco tempo abandonaremos quase toda a Terra.

– Por que fizeram isso? – perguntou Jeserac. Mesmo conhecendo a resposta, sentiu-se compelido a fazer a pergunta.

– Precisávamos de um abrigo para nos proteger de dois medos: o da Morte e o do Espaço. Éramos um povo doente e não queríamos mais nada com o Universo, então fingimos que não existia. Tínhamos visto o caos assolar as estrelas e desejávamos paz e estabilidade. Portanto, Diaspar precisava ser fechada, para que nada de novo jamais pudesse entrar.

"Nós projetamos a cidade que você conhece e inventamos um passado fictício para ocultar a nossa covardia. Ah, não fomos os primeiros a fazer isso, mas fomos os primeiros a fazer com tantos pormenores. E redesenhamos o espírito humano, roubando sua ambição e suas paixões mais intensas para que se contentasse com o mundo que tinha.

"Demoramos mil anos para construir a cidade e todas as máquinas. À medida que cada um de nós completava a própria tarefa, apagavam-se de sua mente as lembranças, implantava-se o padrão cuidadosamente planejado das falsas memórias e sua identidade era armazenada nos circuitos da cidade até chegar o momento de trazê-la de volta à existência.

"Então, finalmente chegou o dia em que não havia mais ninguém vivo em Diaspar. Restava o Computador Central, obedecendo às ordens incorporadas a ele e controlando os Bancos de Memória onde nós estávamos dormindo. Nesse ponto, a história começou, sem que pessoa alguma tivesse contato com o passado...

"Depois, um a um, em uma sequência predeterminada, fomos chamados dos circuitos de memória e recebemos um corpo físico de novo. Como uma máquina recém-construída e operando pela primeira vez, Diaspar começou a realizar as tarefas para as quais tinha sido projetada.

"Porém, alguns de nós tinham dúvidas mesmo no começo. A eternidade era um longo tempo, e reconhecíamos os riscos de não deixar uma saída e tentar nos fechar completamente para o Universo. Não podíamos desafiar os desejos da nossa cultura, então trabalhamos em segredo, modificando o que achávamos necessário.

"Os Singulares foram invenção nossa. Eles apareceriam em longos intervalos de tempo e descobririam, se as circunstâncias permitissem, se fora de Diaspar existia algo que valesse a pena ser buscado. Nunca imaginamos que ia demorar tanto tempo para um deles conseguir... nem imaginamos que o êxito seria tão excepcional."

Apesar da suspensão das faculdades críticas, o que constituía a própria essência de um sonho, Jeserac se perguntou brevemente como Yarlan Zey falava com tanto conhecimento de coisas que haviam acontecido um bilhão de anos depois de quando vivera. Era muito confuso, e ele não sabia onde estava no tempo e no espaço.

A viagem estava chegando ao final. As paredes do túnel não passavam mais por Jeserac a uma velocidade tão vertiginosa. Yarlan Zey recomeçou a falar com uma urgência e uma autoridade que não mostrara antes:

– O passado acabou. Fizemos o nosso trabalho, para o bem ou para o mal, e agora já terminou. Quando você foi criado, Jeserac, abrigou o medo do mundo exterior e a compulsão de permanecer na cidade que compartilha com todos os habitantes de Diaspar. Você entende agora que esse medo era infundado, que foi imposto de maneira artificial. Eu, Yarlan Zey, responsável por ele, agora o liberto dessa escravidão. Entende?

Com essas últimas palavras, a voz de Yarlan Zey foi elevando-se tanto até que pareceu reverberar por todo o espaço. O transportador subterrâneo onde ele viajava a toda velocidade se embaciou e estremeceu ao redor de Jeserac, como se seu sonho estivesse chegando ao fim. No entanto, enquanto a visão desvanecia, ele ainda ouviu aquela voz imperiosa retumbando em seu cérebro:

"Você não tem mais medo, Jeserac. *Você não tem mais medo.*"

Esforçou-se para despertar, como um mergulhador sobe das profundezas do oceano para a superfície do mar. Yarlan Zey desvanecera, mas houve um estranho interregno em que vozes que Jeserac conhecia, mas não conseguia reconhecer, conversavam com ele em um tom encorajador, e sentiu-se apoiado por mãos amigas. Então, como um rápido amanhecer, a consciência da realidade foi voltando.

Abrindo os olhos, viu Alvin e Hilvar e Gerane ansiosos à sua volta. Mas não prestou atenção neles, a mente sobrecarregada da maravilha que se estendia à sua frente: a paisagem de florestas e rios e a abóbada azul do céu aberto.

Estava em Lys, e não sentia medo.

Ninguém o interrompeu enquanto aquela visão eternizada ficava gravada em sua mente. Por fim, quando se convenceu da realidade da cena, virou-se para os companheiros.

– Obrigado, Gerane – disse. – Nunca pensei que você fosse conseguir.

O psicólogo, parecendo muito satisfeito consigo mesmo, fazia delicados ajustes em uma pequena máquina que pairava no ar ao seu lado.

– O senhor nos deixou angustiados em alguns momentos – admitiu ele. – Uma ou duas vezes começou a fazer perguntas que não podiam ser respondidas de forma lógica e receei que teria que interromper a sequência.

– E se Yarlan Zey não tivesse me convencido... o que vocês fariam?

– Nós teríamos mantido o senhor inconsciente e o teríamos levado de volta para Diaspar, onde poderia acordar naturalmente, sem nunca saber que tinha estado em Lys.

– E aquela imagem de Yarlan Zey inserida na minha mente... quanto do que ele disse era verdade?

– Acredito que quase tudo. Eu estava muito mais preocupado que a minha pequena Saga fosse convincente, não historicamente exata, mas Callitrax a examinou e não encontrou erros. Com certeza é condizente com tudo o que sabemos sobre Yarlan Zey e as origens de Diaspar.

– Então agora podemos realmente abrir a cidade – disse Alvin. – Talvez demore muito tempo, mas vamos acabar conseguindo neutralizar esse medo, e todos que quiserem poderão sair de Diaspar.

– Vai demorar muito – replicou Gerane secamente. – E não esqueça que em Lys não cabem várias centenas de milhões de pessoas a mais, se todo o seu povo decidir mudar para cá. Acho pouco provável, mas possível.

– Esse problema vai se resolver sozinho – afirmou Alvin. – Lys talvez seja mesmo minúscula, mas o mundo é vasto. Por que deveríamos deixar tudo para o deserto?

– Então você continua sonhando, Alvin – falou Jeserac com um sorriso. – Eu estava me perguntando o que restaria para você fazer.

Alvin não respondeu. A mesma pergunta se tornara cada vez mais pertinaz em sua mente nas últimas semanas. Ele se perdeu em pensamentos, ficando para trás enquanto desciam a colina em direção a Airlee. Seriam os séculos que tinha pela frente um longo anticlímax?

A resposta estava em suas próprias mãos. Ele cumprira seu destino; daí em diante talvez pudesse começar a viver.

26

Há uma tristeza peculiar na realização, na compreensão de que um objetivo desejado há muito tempo enfim se concretizou e que o planejamento da vida deve ser norteado por novas finalidades. Alvin conheceu essa tristeza enquanto caminhava sozinho pelas florestas e campos de Lys. Nem mesmo Hilvar o acompanhara, pois há momentos em que um homem deve se separar até dos seus amigos mais próximos.

Não vagava a esmo, embora não soubesse em que vilarejo faria sua próxima escala. Não procurava nenhum lugar em particular, mas um estado de espírito, uma influência – na verdade, um estilo de vida. Diaspar não precisava mais dele. O fermento que introduzira na cidade estava agindo rápido, e nada que fizesse aceleraria ou retardaria as mudanças nela.

Aquela terra tranquila também mudaria. Muitas vezes ele se perguntava se fizera mal, em seu ímpeto atroz de satisfazer a própria curiosidade, ao abrir o antigo caminho entre duas culturas. No entanto, certamente era melhor que Lys conhecesse a verdade: ela, assim como Diaspar, também fora em parte fundada sobre medos e falsidades.

Às vezes ele ficava imaginando o formato da nova sociedade. Achava que Diaspar deveria escapar da prisão dos Bancos de Memória e restaurar o ciclo de vida e morte. Sabia que Hilvar tinha certeza de que isso ocorreria, embora suas propostas fossem técnicas demais para Alvin entender. Talvez voltasse a existir um tempo em que o amor em Diaspar não fosse mais completamente estéril.

Seria *isso*, refletiu Alvin, que sempre lhe faltara Diaspar? Seria isso que estivera de fato procurando? Ele sabia naquele momento que, quando o poder, a ambição e a curiosidade estavam satisfeitos, ainda restavam os anseios do coração. Ninguém vivera de verdade até alcançar essa síntese de amor e desejo cuja existência ele jamais imaginara até vir a Lys.

Andara sobre os planetas dos Sete Sóis – o primeiro homem a fazê-lo em um bilhão de anos. Todavia, isso pouco lhe importava. Às vezes, pensava que abriria mão de todas as suas conquistas para ouvir o choro de uma criança recém-nascida e saber que era sua.

Em Lys, talvez um dia encontrasse o que desejava. O povo era cordial e compreensivo, o que, ele percebia, faltava em Diaspar. Mas, antes que pudesse descansar, antes que pudesse encontrar paz de espírito, precisava tomar uma decisão.

O poder viera parar em suas mãos, e ainda o tinha. Sem dúvida, uma responsabilidade que um dia procurara e aceitara com avidez, embora soubesse naquele instante que não teria paz enquanto a mantivesse. No entanto, jogá-la fora seria traição de confiança...

Alvin chegara a um vilarejo de canais minúsculos às margens de um grande lago quando enfim tomou sua decisão. As casas coloridas, que pareciam flutuar ancoradas sobre as ondas suaves, formavam um cenário de beleza quase surreal. Vibravam vida e calor e conforto ali – tudo de que sentira falta em meio à grandeza desolada dos Sete Sóis.

Um dia, a humanidade estaria pronta para explorar o espaço mais uma vez. Que novo capítulo o Homem seria capaz de escrever entre as estrelas, Alvin não sabia, nem lhe dizia respeito; seu futuro estava aqui na Terra.

Mas ele faria mais um voo antes de virar as costas para as estrelas.

Quando Alvin verificou o rompante ascendente da nave, a cidade já se distanciava demais para ser reconhecida como obra do ser humano, e a curva do planeta já estava visível. Logo vislumbraram a linha do crepúsculo a milhares de quilômetros de distância, em interminável marcha sobre o deserto. Acima e em torno deles estavam as estrelas, ainda brilhantes apesar de toda a glória perdida.

Hilvar e Jeserac ficaram em silêncio, imaginando, sem saber ao certo, por que Alvin estava fazendo aquele voo e por que pedira que o acompanhassem. Nenhum dos dois sentia vontade de falar à medida que o desolado panorama se desdobrava lá embaixo. O vazio do cenário oprimia ambos, e Jeserac vivenciou uma súbita raiva desdenhosa das pessoas negligentes do passado, responsáveis pela morte de tanta beleza da Terra.

Esperava que os sonhos de Alvin estivessem certos e aquilo fosse mudado. O poder e o conhecimento ainda existiam – só era necessária a vontade de voltar pelos séculos e fazer os oceanos rolarem outra vez. A água continuava lá, bem no fundo em lugares escondidos da Terra, ou, se preciso, usinas de transmutação poderiam ser construídas para criá-la.

Havia muito a fazer nos anos vindouros. Jeserac sabia que estava entre duas eras. À sua volta, sentia a aceleração do pulso da humanidade de novo. Havia grandes problemas a serem enfrentados – mas Diaspar os enfrentaria. Remapear o passado levaria séculos, mas, quando terminasse, o Homem teria recuperado quase tudo o que um dia perdera.

Entretanto, Jeserac se perguntava se conseguiria recuperar tudo. Difícil acreditar na reconquista da Galáxia e, mesmo que isso fosse feito, qual seria a finalidade?

Alvin interrompeu seu devaneio e Jeserac virou as costas para a tela.

– Eu queria que vissem isso – disse Alvin em voz baixa. – Talvez nunca tenham outra chance.

– Você não vai embora da Terra?

– Não. Não quero mais nada do espaço. Mesmo que ainda existam outras civilizações nesta Galáxia, duvido que valham o esforço de encontrá-las. Há tanto a fazer aqui! Agora sei que este é o meu lar, e não vou deixá-lo de novo.

Ele olhou para os grandes desertos, mas seus olhos viram as águas que se estenderiam sobre eles dali a mil anos. O Homem redescobrira seu mundo, e conseguiria torná-lo belo enquanto permanecesse ali. E depois disso...

– Não estamos prontos para ir às estrelas e vai demorar muito tempo até podermos encarar esse desafio outra vez. Estive me perguntando o que faria com esta nave. Se ela ficar aqui na Terra, vou me sentir tentado a usá-la e nunca vou ter paz de espírito. Porém, não posso desperdiçá-la. Sinto que ela foi confiada a mim e devo usá-la para o bem do planeta.

"Então decidi: vou mandá-la para fora da Galáxia com o robô no controle a fim de descobrir o que aconteceu com os nossos ancestrais... e, se possível, *o que* os levou a deixar o nosso universo. Deve ter sido algo maravilhoso para que abandonassem tanta coisa e partissem em sua busca.

"O robô nunca se cansará, por mais longa que a viagem seja. Um dia, nossos primos receberão a minha mensagem e vão saber que estamos aqui na Terra à espera deles. Voltarão, e espero que, até lá, sejamos dignos deles, por mais grandiosos que tenham se tornado."

Alvin calou-se, olhando para o futuro que moldara, mas que talvez nunca fosse ver. Enquanto o Homem estivesse reconstruindo seu mundo, aquela nave continuaria atravessando a escuridão entre as Galáxias e, dali a milhares de anos, voltaria. Talvez ele ainda estivesse ali para recebê-la, mas, caso isso não acontecesse, já estava bastante satisfeito.

– Acho que você é sábio – comentou Jeserac. Depois, pela última vez, o eco de um antigo temor o afligiu. – Mas suponhamos – acrescentou – que a nave faça contato com algo que não queremos encontrar... – A voz do antigo tutor desvaneceu quando ele reconheceu a fonte de sua ansiedade e deu um sorriso sarcástico e autodepreciativo que baniu o último fantasma dos Invasores.

– O senhor esquece – falou Alvin, levando-o mais a sério do que ele esperava – que logo teremos Vanamonde para nos ajudar. Não conhecemos os poderes dele, mas todos em Lys parecem pensar que são potencialmente ilimitados. Não é, Hilvar?

Hilvar não respondeu de imediato. Vanamonde era o outro grande enigma, o ponto de interrogação sobre o futuro da humanidade enquanto permanecesse na Terra. Já parecia certo de que a evolução de Vanamonde para a autoconsciência fora acelerada pelo contato com os filósofos de Lys, que nutriam grandes esperanças de futura cooperação com a supermente infantil, acreditando que reduziriam as eras que o desenvolvimento natural de Vanamonde exigiria.

– Não sei não – confessou Hilvar. – De algum modo, acho que não devíamos esperar muito de Vanamonde. Podemos ajudá-lo agora, mas vamos ser apenas um breve incidente na extensão total da vida dele. Não acho que seu destino final tenha alguma coisa a ver com o nosso.

Alvin olhou surpreso para o amigo e perguntou:

– Por que você pensa assim?

– Não sei explicar – respondeu Hilvar. – É só intuição. – Ele poderia ter acrescentado mais detalhes, mas manteve silêncio. Não dava para falar dessas coisas e, embora Alvin não fosse rir do seu sonho, ele não se deu o trabalho de discuti-lo nem com o amigo.

Estava certo de que era mais que um sonho e o assombraria para sempre. De alguma forma adentrara sua mente durante aquele contato indescritível e não compartilhável com Vanamonde. Ele saberia de seu destino solitário?

Um dia, as energias do Sol Negro se enfraqueceriam e libertariam seu prisioneiro. E então, no fim do Universo, enquanto o próprio Tempo estivesse gradualmente parando, Vanamonde e a Mente Insana voltariam a se encontrar entre os cadáveres das estrelas.

Esse conflito poderia baixar a cortina sobre a própria Criação. No entanto, não envolveria o Homem, que jamais conheceria o resultado...

– Olhem! – exclamou Alvin de repente. – Era isso que eu queria mostrar. Vocês entendem o que significa?

A nave estava sobre o Polo, e o planeta lá embaixo formava um hemisfério perfeito. Fitando o cinturão de crepúsculo, Jeserac e Hilvar vislumbraram, no mesmo instante, o nascer e o pôr do sol em lados opostos do mundo. O simbolismo era tão perfeito e tão impressionante que se lembrariam desse momento pelo resto da vida.

Neste universo caía a noite. As sombras avançavam em direção a um leste que não veria outro crepúsculo. Mas, em outra parte, as estrelas ainda eram jovens, a luz da manhã reluzia e, pelo caminho já percorrido um dia, o Homem passaria outra vez.

Londres, setembro de 1954
S.S. Himalaya
Sydney, março de 1955

A CIDADE E AS ESTRELAS

TÍTULO ORIGINAL:
The City and the Stars

CAPA:
Mateus Acioli

COPIDESQUE:
Tássia Carvalho

PROJETO GRÁFICO E DIAGRAMAÇÃO:
Desenho Editorial

REVISÃO:
Renato Ritto

DIREÇÃO EXECUTIVA:
Betty Fromer

DIREÇÃO EDITORIAL:
Adriano Fromer Piazzi

DIREÇÃO DE CONTEÚDO:
Luciana Fracchetta

EDITORIAL:
Daniel Lameira
Tiago Lyra
Andréa Bergamaschi
Débora Dutra Vieira
Luiza Araujo

COMUNICAÇÃO:
Fernando Barone
Nathália Bergocce
Júlia Forbes

COMERCIAL:
Giovani das Graças
Lidiana Pessoa
Roberta Saraiva
Gustavo Mendonça

FINANCEIRO:
Roberta Martins
Sandro Hannes

The city and the stars by Arthur C. Clarke © Rocket Publishing Company Ltd, 1956
Copyright © Editora Aleph, 2021
(edição em língua portuguesa para o Brasil)

Todos os direitos reservados.
Proibida a reprodução, no todo ou em parte, através de quaisquer meios.

Para saber mais sobre como o legado de Sir Arthur C. Clarke está sendo honrado atualmente, visite http://www.clarkefoundation.org.

DADOS INTERNACIONAIS DE CATALOGAÇÃO NA PUBLICAÇÃO (CIP) DE ACORDO COM ISBD

C597c Clarke, Arthur C.
A cidade e as estrelas / Arthur C. Clarke ; traduzido por Aline Storto Pereira. - São Paulo, SP : Editora Aleph, 2021.
320 p. ; 14cm 21cm.

Tradução de: The city and the stars
ISBN: 978-85-7657-495-8

1. Literatura inglesa. 2. Ficção científica. I. Pereira, Aline Storto. II. Título.

2021-3838

CDD 823.91
CDU 821.111-3

Elaborado por Vagner Rodolfo da Silva - CRB-8/9410

ÍNDICE PARA CATÁLOGO SISTEMÁTICO:
1. Literatura inglesa : ficção científica 823.91
2. Literatura inglesa : ficção científica 821.111-3

Rua Tabapuã, 81, cj. 134
04533-010 – São Paulo – SP – Brasil
Tel.: (55 11) 3743-3202
www.editoraaleph.com.br

TIPOGRAFIA:
Minion [texto]
Minion Display [entretítulos]

PAPEL:
Pólen Soft 80 g/m² [miolo]
Cartão Supremo 250 g/m² [capa]

IMPRESSÃO:
Rettec Artes Gráficas e Editora [novembro de 2021]